FORT BRAGG BRANCH LIBRARY
JAN 1 6 2006

WITHDRAWN

FORT BRAGG BRANCH LIBRARY
499 E LAUREL ST
FORT BRAGG CA 95437

BAKER & TAYLOR

La boda

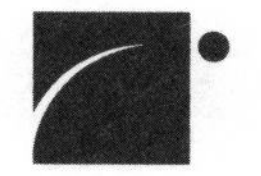

La boda

Nicholas Sparks

Traducción de
Miguel Martínez-Lage

Rocaeditorial

Título original inglés: *The Wedding*
© 2003 by Nicholas Sparks

Primera edición: marzo de 2004

© de la traducción: Miguel Martínez-Lage
© de esta edición: Roca Editorial de Libros, S.L.
Marquès de l'Argentera, 17. Pral. 1.ª
08003 Barcelona
correo@rocaeditorial.com
www.rocaeditorial.com

Impreso por Graficromo S.A.
Polígono Industrial Las Quemadas,
parcela n.º 10 (Córdoba)

ISBN: 84-96284-02-6
Depósito legal: CO. 35-2004

Todos los derechos reservados. Esta publicación no puede ser reproducida, ni en todo ni en parte, ni registrada en o transmitida por, un sistema de recuperación de información, en ninguna forma ni por ningún medio, sea mecánico, fotoquímico, electrónico, magnético, electroóptico, por fotocopia, o cualquier otro, sin el permiso previo por escrito de la editorial.

Para Cathy, que me ha convertido en el hombre más afortunado del mundo desde que accedió a casarse conmigo.

Prólogo

Me pregunto si es de veras posible que un hombre llegue a cambiar. ¿O el carácter y el hábito conforman los límites inamovibles de nuestra vida?

Estamos a mediados de octubre de 2003, y me paro a pensar en estas cuestiones mientras observo cómo se agita una frenética polilla contra el farol del porche. Estoy fuera, estoy solo. Jane, mi mujer, duerme en el piso de arriba, y ni siquiera ha cambiado de postura cuando me he levantado sigiloso. Es tarde, pasa ya con mucho de la medianoche, tiene el aire una frescura que encierra la promesa de que llegará el invierno adelantado. Llevo un grueso albornoz de algodón, y aunque pensaba que sería suficiente para mantener el frío a raya, me doy cuenta de que me tiemblan las manos antes de introducirlas hasta el fondo de los bolsillos.

Por encima de mí, las estrellas son puntos de pintura plateada esparcidos en un lienzo de color carbón. Veo Orión y las Pléyades, la Osa Mayor y la Corona Boreal, y me parece que tendría que servirme de inspiración el hecho de que no sólo contemplo las estrellas, sino que miro también el pasado. Las constelaciones resplandecen con una luz que fue emitida hace eones, y aguardo al verlas que algo me llegue, las palabras que un poeta podría emplear para esclarecer los misterios de la vida, pero no llega nada.

No me sorprende. Nunca me he tenido por un hombre sentimental; si cualquiera se lo preguntase a mi mujer, a buen seguro se mostraría muy de acuerdo. No me ensimismo en las películas o las obras de teatro, nunca he sido un soñador, y si aspiro a poseer alguna maestría en esta vida, es a lo sumo la que definen las reglas del Ministerio de Hacienda y codifica la ley. He pasado la mayor parte de mis días y de mis años dedicado a la abogacía, especializándome en asuntos de herencias, en compañía de personas que se preparan para afrontar su propia muerte, y supongo que habrá quien diga que por eso mismo mi vida tiene una menor carga de significado. Sin embargo, aun cuando tengan razón, ¿qué puedo hacer? No me disculpo por nada, nunca lo he hecho, y cuando termine mi historia tengo la esperanza de que el lector sabrá ver esa peculiaridad de mi carácter con ojos benévolos.

Por favor, no quisiera que me interpreten erróneamente. Puede que no sea un hombre sentimental, pero no carezco por completo de emociones, y hay momentos en los que me embarga una profunda sensación de asombro. Por lo general son las cosas sencillas las que me parecen extrañamente conmovedoras: estar entre las secuoyas gigantes de la Sierra Nevada, o contemplar cómo chocan unas con otras las olas del océano ante el cabo Hatteras, lanzando al cielo penachos de sal. La semana pasada noté que se me ponía un nudo en la garganta cuando vi a un niño pequeño que buscaba la mano de su padre mientras paseaban por la acera. Y no deja de haber otras cosas: a veces pierdo del todo la noción del tiempo cuando contemplo el cielo repleto de nubes azotadas por el viento, y cuando oigo el retumbar de los truenos siempre me acerco a la ventana para esperar los relámpagos. Cuando el siguiente destello ilumina el cielo, a menudo noto que me invade cierta añoranza, aunque no sabría explicar qué es lo que me parece en esos momentos que falta en mi vida.

Me llamo Wilson Lewis, y ésta que aquí cuento es la historia de una boda. También es la historia de mi propio matrimonio, aunque a pesar de los treinta años que Jane y yo hemos pasado juntos supongo que debería comenzar por reconocer que hay otras personas que saben del matrimonio mucho más que yo. Ninguno aprenderá nada si me pide consejo. En el transcurso de mi matrimonio he sido terco y egoísta, y más ignorante que un pez de colores, y me duele darme cuenta de ello. Con todo, si vuelvo la vista atrás creo que, si hay una sola cosa que he hecho bien, ha sido amar a mi mujer durante todos los años que hemos pasado juntos. Y si esto a más de uno le puede parecer una hazaña indigna de mención, debería tener presente que hubo un tiempo en el que estuve seguro de que mi mujer no tenía ese mismo sentimiento por mí.

Obvio es decir que todos los matrimonios atraviesan altibajos, consecuencia natural de la decisión que se toma en pareja de seguir juntos muy a largo plazo. Entre nosotros, mi mujer y yo hemos vivido juntos la muerte de mis padres y la de su madre, así como la enfermedad de su padre. Nos hemos mudado de casa cuatro veces, y si bien yo he tenido éxito en mi vida profesional, han sido muchos los sacrificios realizados a fin de asegurarnos esta posición. Tenemos tres hijos, y así como ninguno de los dos estaría dispuesto a trocar la experiencia de la paternidad ni por toda la riqueza de Tutankamón, las noches sin dormir y las frecuentes visitas al hospital cuando los niños eran bebés nos dejaban a los dos agotados y a menudo abrumados. Ni que decir tiene que sus años de adolescencia fueron una experiencia por la que preferiría no tener que volver a pasar.

Todos esos acontecimientos generan sus propias tensiones, y cuando son dos las personas que conviven en medio de todos ellos, las tensiones fluyen en uno y otro sentido. He terminado por pensar que ésta es, al mismo tiempo, la bendición y la maldición del matrimonio. Es una bendición, porque proporciona una válvula de escape a las tensiones de la vida cotidiana; es una maldición, porque la válvula de escape es una persona que a uno le importa muchísimo.

¿Por qué lo comento? Porque quiero dejar muy claro que a lo largo de todos estos acontecimientos nunca he puesto en duda los sentimientos que tengo por mi mujer. Desde luego, hubo días en los que incluso rehuíamos el mirarnos a los ojos a la hora del desayuno, a pesar de lo cual nunca dudé de nosotros. Pecaría de insincero si dijera que nunca me he preguntado cómo habrían sido las cosas si me hubiera casado con otra mujer, pero en todos los años que hemos pasado juntos nunca me he arrepentido de haberla elegido a ella, y nunca me he tenido que lamentar de que ella me haya elegido a mí. Creía que nuestra relación de pareja estaba plenamente asentada, pero al final descubrí que me equivocaba. Lo supe hace poco más de un año —catorce meses, para ser precisos—, y fue ese descubrimiento, más que ninguna otra cosa, lo que desencadenó todo lo que estaba por venir.

¿Qué pasó entonces, se preguntan?

Si se tiene en cuenta la edad que tengo yo, cualquiera supondría que se trata de algún incidente provocado por la crisis de los cuarenta. Un súbito deseo de cambiar de vida, o tal vez un delito sentimental. Pero no fue ninguna de las dos cosas. No, mi pecado fue un pecado venial dentro del orden del universo, un incidente que en distintas circunstancias habría podido ser motivo de una anécdota humorística muchos años después. Pero a ella le dolió, a los dos nos dolió, y es por tanto ahí donde debo dar comienzo a mi relato.

Fue el 23 de agosto de 2002, y esto fue lo que hice aquel día: me levanté, desayuné y pasé el día en el despacho, como tengo por costumbre. Los sucesos de mi jornada laboral no tuvieron ningún papel relevante en lo que pasó después; si he de ser sincero, no recuerdo nada de ella, con la salvedad de que no hubo nada extraordinario. Llegué a casa a la hora de costumbre y me sorprendió muy gratamente encontrarme a Jane, que estaba en la cocina preparando mi cena favorita. Cuando se volvió a saludarme, me pareció ver que le habían bailado los ojos hacia abajo, como si quisiera cerciorarse de que llevaba en las manos otra cosa que no fuese mi maletín, pero yo llegué con las manos vacías. Una hora después cenamos juntos y, mientras Jane comenzaba a recoger la mesa, saqué unos cuantos documentos legales del maletín, pues deseaba examinarlos. Sentado en mi despacho, estaba estudiando la primera página cuando reparé en que Jane se encontraba en el umbral. Se estaba secando las manos con un trapo de cocina, y en la cara se le notaba una decepción que yo había aprendido a reconocer a lo largo de los años, aunque no la entendiera del todo.

—¿Hay alguna cosa que me quieras decir? —me preguntó al cabo de un momento.

Dudé, y deduje que en su pregunta había algo más de lo que su inocencia daba a entender. Pensé que quizás se refiriese a que había cambiado de peinado, pero la miré con atención y no encontré en ella nada que se saliera de lo habitual. A lo largo de los años me había esforzado por percatarme de esos detalles. Con todo, estaba desorientado, y mientras nos hallábamos el uno frente al otro caí en la cuenta de que debía preguntarle algo.

—¿Qué tal has pasado el día? —le pregunté por fin.

Me contestó con una media sonrisa extraña, y se dio la vuelta.

Ahora sé qué era lo que estaba esperando, por supuesto, pero en ese momento me encogí de hombros sin darle mayor importancia y me puse de nuevo a trabajar. Lo anoté como otro ejemplo claro de lo misteriosas que son las mujeres.

Más tarde, me metí a gatas en la cama y mientras me acomodaba oí a Jane suspirar una sola vez rápido. Estaba tumbada de costado, de espaldas hacia mí, y cuando me percaté de que se le estremecían los hombros de pronto se me ocurrió que estuviera llorando. Desconcertado, conté con que me dijera qué era lo que la tenía tan disgustada, pero en vez de decir nada ofreció otra serie de chirriantes aspiraciones, como si le costara trabajo respirar mientras lloraba. Instintivamente, se me hizo un nudo en la garganta y noté que empezaba a asustarme. Procuré no tener miedo, procuré no pensar que le había pasado algo grave a su padre o a los chicos, o que el médico le había dado a ella alguna terrible noticia. Procuré no pensar que existía algún problema cuya solución no estaba en mi mano, y le puse una mano en la espalda con la esperanza de darle algún consuelo.

—¿Qué es lo que pasa? —le pregunté.

Pasó un instante antes de que me respondiera. La oí suspirar a la vez que se tapaba hasta los hombros.

—Feliz aniversario —susurró.

Veintinueve años, lo recordé cuando ya era tarde, y en una de las esquinas de la habitación vi los regalos que me había comprado ella, perfectamente envueltos, colocados sobre la cómoda.

Lisa y llanamente, se me había olvidado.

No pido disculpas por ello, y tampoco lo haría aun cuando pudiera. ¿Qué sentido tendría disculparse? Le pedí perdón, por supuesto; volví a pedírselo a la mañana siguiente, y por la noche, cuando abrió el perfume que había escogido para ella con todo esmero, y con la ayuda de una jovencita de Belk's, sonrió y me dio las gracias y una palmada en un muslo.

Sentado a su lado en el sofá, supe que la amaba tanto como el día en que nos casamos. Ahora bien, al mirarla, al reparar quizás por vez primera en el desconsuelo con que apartaba la mirada, en la tristeza inconfundible que se le notaba por el modo de inclinar la cabeza, de repente comprendí que no podía estar muy seguro de que ella aún me amase.

Capítulo 1

Pensar que tu esposa quizás ya no te quiera es algo que te rompe el corazón. Aquella noche, después de que Jane se llevara el perfume al dormitorio, me pasé unas cuantas horas sentado en el sofá, preguntándome cómo habíamos podido llegar a una situación semejante. Al principio quise pensar que Jane solamente había reaccionado con mucha emotividad, y que yo interpretaba el incidente mucho más de lo que en realidad merecía. Sin embargo, cuanto más pensaba en ello, más notaba no sólo su desagrado por la distracción de su cónyuge, sino también las huellas de una melancolía que venía de más antiguo, como si mi descuido sencillamente fuese el golpe definitivo tras una larga, muy larga serie de pasos en falso.

¿Acaso nuestro matrimonio había terminado por ser decepcionante para Jane? Aunque yo no tuviera ningunas ganas de pensar en tal posibilidad, con su expresión ya había contestado a mi pregunta de otra manera muy distinta, de modo que me vi preguntándome qué era lo que eso significaba de cara a nuestro futuro. ¿Estaba dudando ella si seguir o no seguir conmigo? De entrada, ¿estaba satisfecha con su decisión de haberse casado conmigo? Debo añadir que daba miedo pararse siquiera a considerar todas estas preguntas, con respuestas que podrían ser aún más aterradoras, pues hasta ese momento siempre había dado por hecho que Jane estaba tan contenta conmigo como siempre había estado yo con ella.

Me preguntaba qué era lo que nos había llevado a tener sentimientos tan distintos el uno respecto al otro.

Supongo que tendré que empezar por decir que mucha gente consideraría nuestras vidas bastante normales. Al igual que tantos otros hombres, yo tenía la obligación de mantener económicamente a mi familia, y mi vida se centraba en gran medida en mi carrera. A lo largo de los últimos treinta años he trabajado con el bufete de Ambry, Saxon y Tundle, de New Bern, en Carolina del Norte, y mis ingresos —aunque no fuesen exorbitantes— eran suficientes para que disfrutásemos de una asentada posición de clase media alta. Me gusta jugar al golf y dedicarme a la jardinería los fines de semana, prefiero la música clásica y leo el periódico todas las mañanas. Aunque Jane había sido en sus tiempos maestra de escuela primaria, había pasado casi toda nuestra vida matrimonial dedicada a criar a tres hijos. Se ocupaba de la casa y de nuestra vida social, y las pertenencias de las que se siente más orgullosa son los álbumes de fotografías que reunía con esmero como una historia visual de nuestras vidas. Nuestra casa de ladrillo tiene una valla de madera y aspersores automáticos incluidos; tenemos dos coches y somos miembros tanto del Club de los Rotarios como de la Cámara de Comercio. En el transcurso de nuestra vida conyugal hemos ahorrado para la jubilación, hemos construido unos columpios de madera en la parte posterior del jardín, que ahora nadie utiliza; hemos asistido a montones de reuniones de padres y profesores, hemos votado con asiduidad, hemos hecho aportaciones pecuniarias a la iglesia Episcopaliana todos los domingos. A mis cincuenta y seis años, tengo tres más que mi esposa.

A pesar de los sentimientos que Jane me inspira, a veces pienso que somos una extraña pareja para haber pasado la vida juntos. Somos distintos prácticamente en todos los sentidos, y aunque los opuestos pueden atraerse y se atraen, siempre he tenido la sensación de que yo salí más beneficiado que ella el día en que nos casamos. A fin de cuentas, Jane es una de esas personas que siempre he querido ser. Mientras que yo tiendo al estoicismo y a la lógica, Jane es extrovertida, amable, y posee una empatía natural que le granjea el cariño de los demás. Se ríe con facilidad y tiene un amplio círculo de amistades. A lo largo de los años he terminado por comprender que, de hecho, la mayoría de mis amigos son los maridos de las amigas de mi mujer, aunque creo que esto es corriente en casi todos los matrimonios de nuestra edad. Sin embargo, tengo la fortuna de que Jane siempre ha parecido elegir nuestras amistades teniéndome a mí en cuenta, y siempre agradezco que haya alguien con quien puedo charlar cuando tenemos una cena. De no haber entrado ella en mi vida, a veces pienso que habría terminado por llevar una existencia monacal.

Y no es sólo eso: me fascina el hecho de que Jane siempre haya exteriorizado sus emociones con la facilidad de una niña. Si está triste, llora; si está contenta, ríe; no hay nada que le guste tanto como que la sorprendan con un gesto maravilloso. En esos momentos posee una inocencia intemporal, y aunque una sorpresa sea por definición inesperada, a Jane el recuerdo de una sorpresa le puede suscitar los mismos sentimientos de entusiasmo años después. A veces, cuando está soñando despierta, le pregunto en qué está pensando y de pronto se pone a hablar con una voz aturdida sobre algo que yo había olvidado hacía mucho. Esto, debo confesarlo, es algo que nunca dejará de asombrarme.

Así como Jane cuenta con la bendición de poseer el corazón más tierno que se pueda imaginar, en muchos aspectos es más fuerte que yo. Sus valores y creencias, como los de la mayoría de las mujeres del sur, están cimentados en Dios y en la familia; contempla el mundo a través de un prisma de blanco o negro, bien o mal. En el caso de Jane, las decisiones difíciles son algo a lo que llega de manera instintiva —y casi nunca se equivoca—, mientras que yo, en cambio, casi siempre me encuentro sopesando opciones inagotables y a menudo las cuestiono a posteriori. Y a diferencia de mí, mi mujer casi nunca se cohíbe. Esta falta de preocupación por las percepciones de los demás exige una confianza en uno mismo que a mí siempre me resulta difícil de alcanzar; es algo que envidio de ella por encima de todo lo demás.

Supongo que algunas de nuestras diferencias son producto de las distintas educaciones que hemos recibido. Mientras que Jane se crió en una ciudad pequeña, con tres hermanos y unos padres que la adoraban, yo me crié en una casa unifamiliar en Washington D. C., siendo hijo único de unos abogados del Estado. Mis padres rara vez estaban en casa antes de las siete de la tarde. A resultas de ello, pasaba solo gran parte de mi tiempo libre; aún a día de hoy me siento muy cómodo en la privacidad de mi estudio.

Como ya he señalado, tenemos tres hijos, y aunque los quiero más que a mi vida son sobre todo producto de mi esposa. Ella los ha parido y los ha criado; los tres se sienten muy cómodos con ella. Si bien algunas veces lamento no haber pasado con ellos todo el tiempo que debería haberles dedicado, me consuela la idea de que Jane ha compensado con creces mis ausencias. Parece ser que nuestros hijos han salido bien a pesar de mí. Hoy son adultos y vive cada cual por su cuenta, aunque nos consideramos afortunados de que sólo uno se haya ido a vivir a otro estado. Nuestras dos hijas aún nos visitan con frecuencia, y mi mujer procura tener listas en el frigorífico sus comidas preferidas por si acaso tienen hambre, cosa que nunca parecen tener. Cuando vienen, pasan horas enteras charlando con Jane.

A sus veintisiete años, Anna es la mayor. Con el cabello negro y los ojos oscuros, su aspecto reflejaba personalidad taciturna mientras crecía. Era una muchacha meditabunda que pasó casi toda la adolescencia encerrada en su habitación, escuchando música triste y escribiendo un diario. Por aquel entonces, para mí era una desconocida. Podían pasar varios días seguidos sin que dijera una sola palabra en mi presencia; yo no tenía ni la menor pista sobre lo que podía haber hecho para provocar semejante situación. Todo lo que yo dijera parecía suscitar por su parte poco más que un suspiro o meneos de la cabeza, y si me daba por preguntarle si había alguna cosa que le fastidiase, me miraba como si mi pregunta fuese incomprensible. Mi mujer no parecía ver nada insólito en todo esto y lo despachaba como si no fuera más que una fase típica de todas las jovencitas, pero de todos modos Anna hablaba con ella. A veces, pasaba por delante de la habitación de Anna y la oía cuchichear con Jane, aunque si me oían delante de la puerta los cuchicheos cesaban enseguida. Después, cuando le preguntaba a Jane de qué habían estado hablando, se encogía de hombros y hacía un misterioso gesto con la mano, como si el único objetivo de las dos fuera mantenerme in albis.

Con todo, por ser mi primogénita, Anna siempre ha sido mi preferida. Esto no es algo que reconocería ante cualquiera, pero creo que ella también lo sabe, y últimamente he terminado por pensar que incluso durante sus años de silencio me tenía más cariño de lo que yo suponía. Aún recuerdo ocasiones en las que yo podía estar encerrado en mi despacho, repasando testamentos y fideicomisos y ella se colaba por la puerta. Daba vueltas por la habitación, escudriñaba los anaqueles y cogía varios libros, pero si yo me dirigía a ella, salía tan sigilosamente como había entrado. Con el correr del tiempo aprendí a no decirle nada, y a veces se pasaba una hora entera en mi despacho, observándome escribir deprisa en mis hojas amarillas. Si dirigía la mirada hacia ella me dedicaba una sonrisa cómplice, disfrutaba con ese juego que teníamos entre los dos. Ahora mismo no lo entiendo mejor que entonces, pero es algo que se me ha quedado grabado en la memoria como pocas imágenes.

En la actualidad, Anna trabaja de periodista para el *Raleigh News and Observer*, aunque creo que sueña con llegar a ser novelista. En la universidad se especializó en escritura creativa, y los relatos que escribía entonces eran tan oscuros como su personalidad. Recuerdo haber leído uno en el que una jovencita se convierte en prostituta para poder cuidar a su padre enfermo, que antes había abusado sexualmente de ella. Cuando dejé las páginas, me pregunté qué tenía que pensar de una cosa así.

Además, está locamente enamorada. Anna, siempre cuidadosa y reflexiva en sus elecciones, fue sumamente selectiva cuando le tocó escoger a un hombre; gracias a dios, Keith siempre me ha parecido alguien que la trata bien. Quiere ser traumatólogo, y se conduce con un aplomo que sólo he visto en quienes han tenido que afrontar pocos reveses en la

vida. Gracias a Jane supe que Keith se llevó a Anna, en la primera cita de ambos, a volar cometas a una playa cerca de Fort Macon. Después, esa misma semana, cuando Anna lo trajo a casa, Keith vino con una chaqueta deportiva, recién duchado, con un tenue olor a colonia. Mientras nos saludábamos con un apretón de manos, me sostuvo la mirada y me impresionó al decirme: «Es un placer conocerle, señor Lewis».

Joseph, nuestro segundo hijo, es un año más pequeño que Anna. Siempre me ha llamado «papi», aunque en la familia nadie más emplea ese término. Y tenemos muy poco en común. Es más alto y más delgado que yo, lleva vaqueros para la mayoría de las funciones sociales, y cuando nos visita por Acción de Gracias o por Navidad sólo se alimenta de verduras. Mientras crecía, lo tenía por un muchacho más bien silencioso. No obstante, su reserva, como la de Anna, parecía dirigida en particular a mí. Los demás a menudo comentaban su sentido del humor, aunque si he de ser sincero yo rara vez vi muestras de esa faceta suya. Siempre que pasábamos el tiempo juntos, tenía la sensación de que él intentaba sacar en claro una impresión de mí.

Al igual que Jane, ya de niño era un chiquillo dotado de una gran empatía. Se mordía las uñas de pura preocupación por los demás, y desde que tenía cinco años no han sido más que una pequeña protuberancia. Huelga decir que cuando le sugerí que pensara en la posibilidad de estudiar económicas o empresariales hizo caso omiso de mi consejo y escogió la sociología. Ahora trabaja en una casa de acogida de mujeres maltratadas en Nueva York, aunque acerca de su trabajo nunca nos cuenta nada más. Sé que piensa en las elecciones que yo he tomado a lo largo de mi vida, tal como pienso yo en las suyas, pero a pesar de nuestras diferencias es con Joseph con quien tengo las conversaciones que siempre quise mantener con todos mis hijos cuando los tenía en mis brazos siendo ellos bebés. Es un hombre sumamente inteligente, sacó unas notas casi perfectas en sus exámenes de aptitud, y las cosas que le interesan abarcan un espectro amplísimo, desde la historia de la *dhimmitude* en Oriente Medio hasta las aplicaciones teóricas de la geometría fractal. Es además muy sincero —lo es de un modo a veces doloroso—, y ni que decir tiene que todos esos aspectos de su personalidad me colocan en franca desventaja cuando llega la hora de tener un debate con él. Aunque a veces me frustra un tanto su terquedad, es en esos momentos cuando me siento particularmente orgulloso de que sea mi hijo.

Leslie, la pequeña de la familia, en la actualidad estudia biológicas y fisiología en Wake Forest con la intención de ser veterinaria. En vez de volver a casa durante los veranos, como casi todos los estudiantes, va a clases adicionales a fin de licenciarse cuanto antes, y pasa las tardes trabajando en un sitio que se llama Rebelión en la granja, como la novela de Orwell. De todos nuestros hijos, es la más sociable. Se ríe igual que Jane. Como a Anna, a ella le gustaba hacerme visitas en mi despacho, aunque era más feliz cuando le concedía toda mi atención sin reservas. De jovencita le gustaba sentarse en mis rodillas y tirarme de las orejas; cuando creció le gustaba llegar como si tal cosa y compartir chistes graciosos. Tengo los estantes cubiertos de los regalos que me hacía al crecer: moldes de yeso de las huellas de sus manos, dibujos al pastel, un collar hecho con macarrones. De los tres, era la que más se dejaba querer, la primera en recibir besos y abrazos de los abuelos; le encantaba acurrucarse en el sofá a ver películas románticas por la televisión. No me extrañó que fuera la reina de la fiesta de principio de curso en el instituto, hace tres años.

Además, es una persona amable. Invitaba a todos sus compañeros de clase a sus fiestas de cumpleaños por miedo a herir los sentimientos de alguno; a los nueve años pasó una tarde entera yendo de toalla en toalla en la playa, pues se había encontrado un reloj desechado en el oleaje y deseaba devolvérselo a su propietario. De todos mis hijos, es la que menos preocupaciones me ha ocasionado, y cuando viene de visita siempre dejo lo que tenga entre manos para pasar un rato con ella. Tiene una energía contagiosa. Cuando estamos juntos, me pregunto cómo es posible que yo haya tenido semejante bendición.

Ahora que ya ninguno vive con nosotros, la casa ha cambiado. Allí donde la música atronaba, ahora sólo reina la quietud; así como en la despensa se guardaban en otros tiempos hasta ocho tipos distintos de cereales con azúcar, ahora no hay más que una sola marca, que promete fibra extra. Los muebles no han cambiado en los dormitorios de los niños, pero como se han retirado los pósters y los tableros, así como otros recuerdos de su personalidad, no hay ya nada que distinga una habitación de las otras. Ahora bien, era el vacío de la propia casa el que parecía dominar todo el espacio. Si nuestra casa era perfecta para una familia de cinco miembros, de pronto me pareció un recuerdo grande y tenebroso de cómo deberían ser las cosas. Recuerdo haber albergado la esperanza de que este cambio doméstico guardase alguna relación con cómo se sentía Jane.

Con todo, al margen de la razón que hubiera, yo ya no podía negar que nos habíamos alejado el uno del otro, y cuanto más lo pensaba más cuenta me daba de lo grande que era la distancia que nos separaba. Habíamos empezado por ser una pareja y nos habíamos transformado en padre y madre, algo que siempre me había parecido tan normal como inevitable; ahora bien, al cabo de veintinueve años era como si hubiéramos vuelto a ser dos perfectos desconocidos. Sólo parecía mantenernos unidos la costumbre. Nuestras vidas tenían muy poco en común; nos levantábamos a distinta hora, pasábamos el día en sitios distintos, cada cual se plegaba a su rutina por la tarde. Poca cosa sabía yo de sus actividades cotidianas, y reconocía que también mantenía en secreto algunas partes de las mías. No atinaba a recordar cuándo fue la última vez que Jane y yo hablamos de algún asunto sin previo aviso.

Quince días después de mi olvido del aniversario, sin embargo, eso fue lo que hicimos.

—Wilson —me dijo—, tenemos que hablar.

Levanté la vista hacia ella. Sobre la mesa había una botella de vino entre los dos, casi habíamos terminado la cena.

—¿Sí?

—Estaba pensando —dijo— en ir a Nueva York a pasar unos días con Joseph.

—¿No iba a venir él por vacaciones?

—Para eso aún faltan dos meses. Y como este verano no ha venido a casa, he pensado que sería agradable hacerle una visita para variar.

En el fondo, me di cuenta de que tal vez nos sentara bien, en tanto pareja, pasar unos cuantos días fuera de casa. Tal vez ésa hubiera sido la razón de que Jane me lo sugiriera. Sonriendo, alcancé mi copa de vino.

—Es una buena idea —reconocí—. No hemos estado en Nueva York desde que se trasladó allí.

Jane esbozó una fugaz sonrisa antes de bajar la mirada hacia el plato.

—Hay una cosa más.

—¿Sí?

—Pues... es sólo que tú estás bastante atareado con el trabajo, y sé que te resultará muy difícil irte unos días.

—Creo que puedo hacer un hueco en la agenda y tomarme unos días de descanso —dije, a la vez que mentalmente ya repasaba mis compromisos pendientes. Me iba a resultar difícil, pero podía hacerlo—. ¿Cuándo querías ir?

—Bueno, es que eso es lo que pasa... —dijo.

—¿Qué es lo que pasa?

—Wilson, por favor, déjame terminar —dijo. Respiró hondo, sin tomarse la molestia de disimular el cansancio en su tono de voz—. Lo que intentaba decirte es que creo que me gustaría hacerle una visita por mi cuenta.

Me quedé un instante sin saber qué decir.

—Estás enfadado. ¿No? —dijo.

—No —respondí enseguida—. Es nuestro hijo. ¿Por qué iba a enfadarme? —A fin de subrayar mi ecuanimidad, corté otro pedazo de carne con el cuchillo—. ¿Y cuándo tienes pensado marcharte?

—La semana que viene —dijo—. El jueves.

—¿El jueves?

—Ya tengo el billete.

Aunque no había terminado del todo de cenar, se levantó y se dirigió a la cocina. Por su manera de rehuir mi mirada, sospeché que tenía alguna cosa más que decir, pero no estaba muy segura de cómo expresarla. Un instante después estaba solo en la mesa. Nada más con darme la vuelta podría verle la cara de perfil al estar ella al lado de la fregadera.

—Pues suena divertido —dije en voz alta, y esperé que sonase a completa despreocupación—. Y sé que Joseph también lo disfrutará. A lo mejor podéis ir juntos a algún espectáculo o algo así.

—A lo mejor —oí que decía—. Supongo que dependerá de cómo esté de trabajo.

Al oír correr el agua del grifo, me levanté y llevé mi plato a la fregadera. Jane no dijo nada cuando me acerqué a ella.

—Seguro que será un fin de semana estupendo —añadí.

Alcanzó mi plato y empezó a enjuagar.

—Ah, en cuanto a eso... —dijo.

—¿Sí?

—Estaba pensando en quedarme no sólo el fin de semana.

Nada más oírselo decir, noté que se me tensaban los hombros.

—¿Cuánto tiempo piensas quedarte?

Dejó mi plato a un lado.

—Un par de semanas —respondió.

Obvio es decir que no le echaba la culpa a Jane por el rumbo que parecía haber tomado nuestro matrimonio. De alguna manera, era consciente de que mi parte de responsabilidad era mayor que la suya, aun cuando todavía no había ensamblado todas las piezas del porqué y el cómo. De entrada, he de reconocer que nunca he llegado a ser del todo la persona que mi mujer desearía que fuera, ni siquiera al comienzo de nuestra vida conyugal. Sé, por ejemplo, que quería que fuese más romántico, como había sido su padre con su madre. Su padre era uno de esos hombres capaces de tomar de la mano a su mujer el rato que pasaban juntos después de cenar, o de hacer espontáneamente un ramillete de flores silvestres y llevárselo al volver a casa del trabajo. Ya de niña, a Jane le embelesaba el idilio de sus padres. A lo largo de los años la he oído hablar por teléfono con su hermana Kate, preguntándose en voz alta por qué a mí lo romántico me parece un concepto tan difícil. Y no es que no haya hecho algún que otro intento, sino que parece que no comprendo qué es lo que hace falta para lograr que a tu pareja le palpite con fuerza el corazón. Ni los besos ni los abrazos eran comunes en el hogar en que yo me crié, y exteriorizar afecto a menudo me hacía sentirme incómodo, sobre todo en presencia de mis hijos. Una vez lo hablé con el padre de Jane, quien me sugirió que le escribiese una carta a mi mujer. «Dile por qué la quieres —me aconsejó—, y dale razones concretas.» De esto hace doce años. Recuerdo que intenté seguir su consejo, pero cuando la mano se cernió sobre la hoja parecía que no encontraba las palabras adecuadas. Al final dejé el bolígrafo. Al contrario que su padre, nunca me he sentido a gusto al hablar de mis sentimientos. Soy formal, sí. Soy de fiar en todo. Soy fiel, sin lugar a dudas. Pero lo romántico, he de reconocerlo, eso es algo que desconozco tanto como dar a luz.

A veces me pregunto cuántos hombres son exactamente como yo.

Mientras Jane estuvo en Nueva York, Joseph se encargó de coger el teléfono cada vez que llamé.

—Hola, papi —se limitó a decir.

—Eh, hola —dije—. ¿Cómo estás?

—Bien —dijo. Y al cabo de un momento que se me hizo dolorosamente largo, preguntó—: ¿Y tú?

Cambié el peso de un pie a otro.

—Esto está muy tranquilo, pero me las arreglo bastante bien —respondí—. ¿Qué tal la visita de tu madre?

—Muy bien. La he tenido ocupada.

—¿De compras, haciendo turismo?

—Un poco. Sobre todo nos hemos dedicado a conversar. Ha sido interesante.

Titubeé sin saber qué decir. Aunque me preguntaba a qué se podía referir, Joseph no pareció sentir ninguna necesidad de entrar en detalles.

—Ah, ya —dije, y procuré mantener la voz suave—. ¿Está ella por ahí?

—Pues no, ahora no. Ha salido a comprar algo a la tienda de ultramarinos. No tardará en volver, si quieres volver a llamar.

—No, no hace falta, déjalo —dije—. Pero dile que he llamado, ¿quieres? Estaré aquí toda la noche, por si le apetece llamarme.

—Descuida, lo haré —contestó—. Oye, papi —dijo al poco—, quería preguntarte una cosa.

—¿Sí?

—¿De veras se te olvidó vuestro aniversario?

Respiré hondo.

—Sí —dije—, se me olvidó.

—¿Y eso?

—No lo sé —dije—. Me acordé cuando faltaban unos días, pero cuando llegó el momento se me fue por completo de la cabeza. No tengo disculpa.

—A ella le ha dolido —dijo.

—Lo sé.

Hubo un instante de silencio al otro lado del hilo.

—¿Y entiendes por qué? —me preguntó al final.

Aunque no respondí a la pregunta de Joseph, me pareció que sí lo entendía.

Lisa y llanamente, Jane no quería que terminásemos por ser una de esas parejas de avanzada edad a las que a veces veíamos cuando salíamos a cenar por ahí, parejas que siempre nos habían despertado compasión.

Esas parejas, conviene que lo deje bien claro, suelen ser educadas el uno con el otro. El marido retira una silla para que se siente su mujer o recoge las chaquetas, la mujer le sugiere uno de los platos especiales de la casa. Cuando llega el camarero, es posible que apostillen la elección del otro gracias al conocimiento mutuo que han adquirido a lo largo de toda una vida en común, por ejemplo que no ponga sal en los huevos fritos, o que añada mantequilla adicional en la tostada.

Pero una vez que han pedido, no intercambian ni una sola palabra.

En cambio, toman a sorbos sus bebidas y miran por la ventana, a la espera, en silencio, de que llegue la comida. Cuando esto ocurre, tal vez hablan un momento con el camarero, para pedirle por ejemplo que les sirva más café, pero después rápidamente se retiran cada cual a su propio mundo. Y a lo largo de la comida permanecen sentados como dos desconocidos que casualmente comparten la misma mesa, como si creyeran que el disfrute de la compañía del otro supone un esfuerzo mucho mayor del que merece.

Tal vez esto sea una exageración por mi parte de cómo son sus vidas en realidad, pero a veces me he preguntado qué es lo que lleva a esas parejas hasta tales extremos.

No obstante, mientras Jane estaba en Nueva York, de pronto se me ocurrió la idea de que quizás fuéramos el mismo camino.

ϒ

Cuando recogí a Jane en el aeropuerto, recuerdo haber sentido un extraño nerviosismo. Fue una sensación rara, y me alivió ver en sus labios el asomo de una sonrisa cuando salía por la puerta hacia mí. Ya estaba cerca cuando cogí su equipaje de mano.

—¿Qué tal el viaje? —le pregunté.

—Muy bien —respondió—. Pero no entiendo por qué le gusta tanto a Joseph vivir allí. Siempre hay ajetreo y ruido. Yo no podría.

—Así que te alegras de estar en casa.

—Sí —dijo—, pero estoy cansada.

—Claro. Los viajes siempre cansan.

Por unos momentos, ninguno de los dos dijo nada. Me cambié de mano su equipaje.

—¿Qué tal está Joseph? —le pregunté.

—Está bien. Me parece que ha engordado un poco desde la última vez que lo vimos.

—¿Le pasa algo emocionante que no me mencionaste por teléfono?

—La verdad es que no —dijo—. Trabaja demasiado, pero poca cosa más.

En su voz noté un dejo de tristeza que no entendía del todo. Me paré a considerarlo y vi una pareja joven. Se abrazaban como si no se hubieran visto en muchos años.

—Me alegro de que hayas vuelto a casa —le dije.

Me echó un vistazo, me aguantó la mirada, se volvió despacio a la cinta transportadora de los equipajes.

—Lo sé.

Así estaban las cosas entre nosotros hace un año.

Ojalá pudiera contar que las cosas mejoraron durante las semanas siguientes al viaje de Jane, pero no fue así. Al contrario, nuestra vida siguió como hasta entonces; cada cual continuó por separado con su rutina, y un día poco memorable dejaba paso al siguiente. Jane no estaba exactamente enojada conmigo, pero tampoco me parecía que estuviera contenta, y por más que me esforzase estaba desorientado sobre qué hacer al respecto. Era como si entre nosotros se hubiese erigido un muro de indiferencia sin que yo siquiera me diese cuenta. A finales del otoño, pasados tres meses desde el olvido del aniversario, estaba tan preocupado por nuestra relación que supe que tenía que hablar con su padre.

Se llama Noah Calhoun, y si lo conocieran entenderían por qué fui a visitarlo aquel día. Se había instalado casi once años antes con Allie, su esposa, en la clínica de reposo Creekside, cuando se cumplieron cuarenta y seis años de su matrimonio. Aunque en otro tiempo compartieron el lecho, Noah ahora duerme solo, y no me sorprendió encontrar vacía su habitación. Casi siempre que iba a visitarlo estaba sentado en un banco, cerca del estanque. Recuerdo haberme asomado a la ventana para verificar que estaba allí.

Incluso desde lejos lo reconocí con facilidad: los blancos mechones de cabello que el viento levantaba un poco, su postura encorvada, el jersey azul claro que Kate le había tejido hacía poco. Tenía ochenta y siete años, un viudo con las manos retorcidas por culpa de la artritis y una salud más bien precaria. Llevaba en el bolsillo un frasco de cápsulas de nitroglicerina y padecía cáncer de próstata, pero a los médicos les preocupaba bastante más su salud mental. Años antes nos habían sentado a Jane y a mí en la consulta y nos habían contemplado con un gesto de gravedad. Sufre delirios, nos informaron, y parecen ir a peor. Yo, por mi parte, no estaba tan seguro. Creía que lo conocía mejor que muchas otras personas, mejor en cualquier caso que los médicos. Con la excepción de Jane, era mi amigo más querido, y cuando vi su figura solitaria no pude evitar que me doliera todo lo que él había perdido con el tiempo.

Su matrimonio había terminado cinco años antes, aunque cualquier cínico diría que terminó bastante antes que eso. Allie sufrió la enfermedad de Alzheimer en sus últimos años de vida, y yo he terminado por creer que es una enfermedad intrínsecamente perversa. Es un lento desmadejarse de todo lo que fue una persona. A fin de cuentas, ¿qué somos sin los recuerdos, sin los sueños que tenemos? Observar la progresión de la enfermedad fue como ver a cámara lenta una tragedia inevitable. A Jane y a mí se nos hacía muy difícil visitar a Allie; Jane quería recordar a su madre tal como había sido antes, de modo que nunca la presioné para que fuésemos, pues a mí también se me hacían dolorosas aquellas visitas. Pero quien más sufrió, sin duda, fue Noah.

Pero ésa es otra historia.

Salí de su habitación y fui hacia el patio. Hacía una mañana fresca incluso para ser otoño. Las hojas de los árboles brillaban a la inclinada luz del sol, y en el aire flotaba un tenue aroma a humo de chimenea. Recordé que era la época del año que más le gustaba a Allie, y al aproximarme a él noté su soledad. Como siempre, estaba dando de comer al cisne del estanque. Cuando llegué a su lado, dejé una bolsa de tienda de comestibles en el suelo. Contenía tres paquetes de pan de molde. Si iba a visitarlo, Noah siempre me pedía que le llevase lo mismo.

—Hola, Noah —dije. Sabía que podía llamarlo «papá», como había hecho Jane con mi padre, pero eso nunca me ha resultado nada cómodo, y a Noah nunca ha parecido que le importe.

Al oír mi voz, Noah volvió la cabeza.

—Hola, Wilson —dijo—. Gracias por venir a verme.

Le apoyé una mano en el hombro.

—¿Qué tal te encuentras?

—Pues podría estar mejor —dijo. Y con una sonrisa traviesa añadió—: pero también podría estar peor, claro.

Ésas eran las palabras que siempre intercambiábamos para saludarnos. Dio unas palmadas en el banco y me senté a su lado. Miré el estanque. Las hojas caídas parecían un calidoscopio al flotar a flor de agua. La superficie de cristal era un espejo del cielo despejado.

—He venido a hacerte una pregunta —le dije.

—¿Sí? —Noah arrancó un pedazo de pan y lo arrojó al agua. El cisne inclinó el pico hacia él y estiró el cuello para tragarlo.

—Se trata de Jane —añadí.

—Jane —murmuró—. ¿Cómo está?

—Bien —dije asintiendo con la cabeza y moviéndome con torpeza—. Supongo que vendrá más tarde a verte. —Era cierto. Durante los últimos años lo hemos visitado con frecuencia, unas veces juntos y otras cada cual por su cuenta. Me pregunté si ellos hablarían de mí cuando no estaba presente.

—¿Y los chicos?

—Pues también están bien los tres. Anna escribe artículos ahora y Joseph por fin encontró un apartamento nuevo. Está en Queens, creo, pero muy cerca de una boca de metro. Este fin de semana Leslie se va de acampada al monte con sus amigos. Nos dijo que había sacado sobresalientes en los exámenes parciales.

Asintió con la cabeza sin dejar de mirar el cisne.

—Tienes mucha suerte, Wilson —dijo—. Espero que te des cuenta de la suerte que tienes al ver a tus hijos convertidos en unos adultos tan maravillosos.

—Me doy cuenta —dije.

Guardamos silencio. Desde cerca, las arrugas de la cara le formaban hendiduras. Vi las venas latiendo bajo la piel de las manos, cada vez más fina. Detrás de nosotros los jardines estaban desiertos, pues el frío no animaba a salir al resto de los internos.

—Se me olvidó nuestro aniversario —le dije.

—Caramba.

—Veintinueve años —añadí.

—Mmm.

A nuestras espaldas oía el crujir de las hojas secas a merced de la brisa.

—Estoy preocupado por nosotros —reconocí por fin.

Noah me echó una mirada. Al principio creí que iba a preguntarme por qué estaba preocupado, pero se limitó a entornar los ojos tratando de interpretar mi cara. Luego volvió la cara y echó al cisne otro pedazo de pan. Cuando tomó la palabra, lo hizo con una voz suave, baja, como la de un anciano barítono atemperada por un acento sureño.

—¿Te acuerdas de cuando Allie enfermó? ¿Te acuerdas de cuando yo le leía?

—Sí —respondí, y noté que el recuerdo tiraba de mí. Le solía leer pasajes de un cuaderno que había escrito antes de que se mudasen a Creekside. El cuaderno contenía la historia de los dos, de cómo se habían enamorado. A veces, después de que le leyera en voz alta, Allie recobraba una lucidez pasajera a pesar de los estragos que en ella había hecho el Alzheimer. La lucidez nunca duraba mucho —y a medida que la enfermedad siguió su curso cesó por completo—, pero cuando aquello sucedía, la mejoría de Allie era tan espectacular que algunos especialistas viajaban de Chapel Hill a Creekside con la esperanza de entenderla. A veces funcionaba que él le leyera a Allie, sin duda ninguna. Sin embargo, por qué funcionaba siguió siendo un misterio que los especialistas nunca lograron descifrar.

—¿Sabes por qué lo hacía? —me preguntó.

Puse las manos sobre las rodillas.

—Creo que sí —respondí—. Porque a Allie le ayudaba. Y porque ella te pidió que le prometieras que lo ibas a hacer.

—Sí —dijo—, eso es verdad. —Hizo una pausa, le oí respirar con dificultad, un sonido como el del aire en un acordeón viejo—. Pero ésa no fue la única razón. También lo hice por mí. Eso es algo que mucha gente no alcanzó a entender.

Aunque se calló, supe que no había terminado, y no dije nada. En el silencio, el cisne dejó de trazar círculos y se acercó un poco más. Con la excepción de una mancha negra del tamaño de un dólar de plata en el pecho, el cisne era todo del color del marfil. Pareció quedarse quieto esperando con expectación cuando Noah tomó de nuevo la palabra.

—¿Sabes qué es lo que más recuerdo de los buenos tiempos? —me preguntó.

Supe que se refería a aquellos días en que Allie aún lo reconocía, y negué con la cabeza.

—No —respondí.

—Enamorarme —dijo—. Eso es lo que recuerdo. Cuando ella aún estaba bien, era como si los dos volviésemos a empezar de nuevo.

Sonrió.

—A eso me refiero cuando digo que lo hice por mí. Cada vez que me sentaba a leerle era como si la estuviera cortejando, porque a veces, sólo algunas veces, ella volvía a enamorarse de mí exactamente igual que se había enamorado muchos años antes. Y ésa es la sensación más maravillosa que existe en este mundo. ¿A cuántas personas les es dada esa posibilidad, es decir, que una y otra vez se enamore de ti una persona a la que amas?

Noah no parecía contar con que le diera una respuesta, y yo no se la ofrecí.

En cambio, pasamos la hora siguiente hablando de los niños y de su salud. No volvimos a hablar de Jane ni de Allie.

Después de marcharme, no obstante, pensé en esta visita. A pesar de las preocupaciones de los médicos, Noah parecía tan agudo como siempre. No sólo había sabido que yo iría a visitarle, sino que además, comprendí después, había acertado al suponer cuál era la razón de mi visita. Y a la manera típicamente sureña, me había dado la respuesta a mi problema sin que yo siquiera tuviese que pedírsela directamente.

Fue entonces cuando supe qué era lo que tenía que hacer.

Capítulo 2

Tenía que volver a cortejar a mi mujer.

Parece muy sencillo, ¿verdad? ¿Puede haber algo más fácil? En una situación como la nuestra al fin y al cabo había ciertas ventajas. De entrada, Jane y yo vivimos en la misma casa, y después de tres décadas juntos no es como si tuviéramos que empezar desde cero. Podíamos ahorrarnos las historias de familia, las anécdotas humorísticas sobre nuestras respectivas infancias, las preguntas acerca de lo que hacía cada cual para ganarse la vida y si nuestros objetivos en la vida eran o no eran compatibles. Además, esas sorpresas que todo individuo tiende a mantener ocultas durante las fases iniciales de una relación ya eran de dominio mutuo. Mi esposa, por ejemplo, ya sabía que yo roncaba, de modo que no existía motivo ninguno para ocultarle una realidad así. Por mi parte, la he visto cuando está griposa, y me da lo mismo qué pinta tenga con el pelo alborotado cuando se levanta por la mañana.

Habida cuenta de esas realidades prácticas, di por supuesto que conquistar de nuevo el amor de Jane iba a ser algo relativamente fácil. Me bastaría con tratar de recrear todo aquello que habíamos vivido en nuestros primeros años de vida en pareja, igual que había hecho Noah en beneficio de Allie al leerle. Ahora bien, tras una reflexión más a fondo poco a poco me di cuenta de que nunca había entendido de veras qué era lo que ella veía en mí, eso en primer lugar. Aunque me tengo por hombre responsable, no era precisamente ése el tipo de rasgo que las mujeres consideraban atractivo en aquel entonces. A fin de cuentas, había nacido después de la Segunda Guerra Mundial: pertenecía a la generación de los despreocupados, de los individualistas.

Fue en 1971 cuando vi a Jane por vez primera. Yo tenía veinticuatro años, estaba en mi segundo año de derecho en la Universidad de Duke, y la mayoría me habría considerado un estudiante serio, incluso antes de acabar la carrera. Nunca tuve un compañero de habitación durante más de un trimestre, pues a menudo me quedaba estudiando hasta altas horas de la noche con la lámpara brillando. Casi todos mis antiguos compañeros de habitación parecían considerar la universidad como un mundo de fines de semana separados por aburridas clases. Para mí, los estudios eran una preparación de cara al futuro.

Si bien reconozco que era un chico serio, Jane fue la primera que me tachó de tímido. Nos conocimos un sábado por la mañana en un café del centro. Fue a comienzos de noviembre, y debido a las responsabilidades que yo tenía en la *Law Review*, seguir al día con mis clases me resultaba arduo. Preocupado por la posibilidad de quedarme atrás en mis estudios, había ido en coche a un café con la esperanza de disponer de un sitio donde estudiar sin que nadie me reconociera ni interrumpiera.

Fue Jane quien se acercó a la mesa y me tomó nota. Todavía recuerdo con toda claridad el momento. Llevaba el cabello oscuro recogido en una cola de caballo, y el toque aceitunado de su piel le resaltaba los ojos de color chocolate. Vestía un delantal azul oscuro sobre un vestido azul celeste, y me asombró la facilidad con que me sonrió, como si se alegrase de que hubiera escogido para sentarme una de las mesas que le tocaba atender. Cuando me pidió la comanda, noté en su voz el acento sureño característico de la región oriental de Carolina del Norte.

Yo no sabía entonces que a su debido tiempo íbamos a cenar juntos, pero recuerdo haber vuelto al día siguiente y haber pedido exactamente la misma mesa. Sonrió cuando me vio sentarme, y no negaré que me encantó que pareciera acordarse de mí. Estas visitas de fin de semana se dilataron por espacio de un mes, a lo largo del cual nunca llegamos a entablar una conversación, ni a preguntarnos cómo nos llamábamos, si bien no tardé en reparar en que me distraía cada vez que se aproximaba a la mesa para servirme otra taza de café. Por una razón que no consigo explicarme, parecía oler siempre a canela.

Para ser sincero, de joven yo no me sentía del todo a mis anchas con las personas del sexo opuesto. En el instituto no destaqué ni por ser deportista ni por ser miembro del consejo de estudiantes, que eran los dos grupos de alumnos más populares. Me gustaba mucho el ajedrez, y fundé un club que llegó a contar con once integrantes. Por desgracia, ninguno de ellos era de sexo femenino. A pesar de mi falta de experiencia, me las había apañado para salir con una media docena de chicas en mis años de universitario, y había disfrutado mucho de su compañía aquellas noches en que habíamos salido, pero como había tomado la determinación de no buscar una relación de pareja hasta que no estuviera listo para ello económicamente, no llegué a conocer bien del todo a ninguna de aquellas chicas, y pronto las olvidé.

Con todo, en cuanto me iba del café, me veía pensando en la camarera de la cola de caballo, a menudo cuando menos me lo esperaba. Me distraía pensando en ella durante las clases más de una vez, me la imaginaba caminando por el aula con su delantal azul, ofreciendo la carta. Esas imágenes me avergonzaban, pero ni siquiera así conseguía impedir que se repitieran.

No tengo ni idea de en qué habría terminado todo esto si ella al fin no hubiera tomado la iniciativa. Me había pasado casi toda la mañana estudiando envuelto en la humareda que llegaba de los cigarrillos de los otros clientes en sus reservados cuando de pronto empezó a llover. Era una lluvia fría y torrencial, una tormenta que había traído el viento de las montañas. Llevaba un paraguas, cómo no, porque esperaba que pasara una cosa así.

Cuando ella se acercó a la mesa levanté los ojos pensando que me serviría otro café, pero vi que llevaba el delantal debajo del brazo. Se quitó la cinta con que se sujetaba la coleta y le cayó el cabello en una catarata sobre los hombros.

—¿Te importa acompañarme hasta mi coche? —preguntó—. Me he fijado en que llevas paraguas, y prefiero no mojarme.

Era imposible negarse a semejante petición, de modo que recogí mis cosas, le abrí la puerta y caminamos juntos hasta su coche, en medio de charcos tan profundos como un molde de tarta. Su hombro rozaba el mío; según avanzábamos chapoteando por la calle, bajo el aguacero, me gritó su nombre y mencionó que estudiaba en Meredith, un colegio universitario exclusivamente femenino. Se iba a especializar en literatura inglesa, añadió, y tenía la esperanza de dedicarse a la enseñanza cuando terminara los estudios. Mi respuesta fue más bien parca, pues iba concentrado en cubrirla de la lluvia con el paraguas. Cuando llegamos al coche, supuse que iba a meterse dentro de inmediato, pero en cambio se volvió hacia mí.

—Eres bastante tímido, ¿verdad? —dijo.

No supe muy bien cómo responder a eso, y creo que ella me lo notó en la cara, pues se echó a reír casi al momento.

—No te preocupes, Wilson. Da la casualidad de que me gustan los tímidos.

Que ella hubiera tomado la iniciativa de saber mi nombre debió de sorprenderme, pero no fue así. En cambio, al verla en la calle bajo la lluvia mientras se le corría el rimel por las mejillas, sólo acerté a pensar que nunca en la vida había visto a una persona tan bella.

Mi esposa sigue siendo bella.

Por supuesto su belleza se ha suavizado, se ha ahondado con la edad. Tiene la piel delicada al tacto, tiene arrugas donde antes tenía la piel lisa. Se le han redondeado las caderas, tiene el vientre algo más relleno, pero aún me siento colmado de deseo cuando la veo desnudarse en el dormitorio.

En estos últimos años hemos hecho el amor con poca frecuencia; cuando lo hemos hecho, ha sido sin la espontaneidad, sin la excitación que disfrutábamos en el pasado. Sin embargo, no es hacer el amor lo que yo más he echado en falta. Lo que anhelaba era la mirada de deseo ausente desde hacía mucho en los ojos de Jane, o una simple caricia, un simple gesto que me diera a entender que ella me deseaba tanto como yo a ella. Echaba de menos algo, lo que fuera, que me indicara que yo todavía era especial para ella.

¿Y cómo, me preguntaba, cómo iba a conseguir yo que sucediera algo así? Desde luego, era consciente de que tenía que volver a cortejar a Jane, pero comprendí que eso no iba a ser tan fácil como en principio había supuesto. Nuestra completa familiaridad, que al principio creí que simplificaría las cosas, de hecho iba a constituir un gran obstáculo. Nuestras conversaciones durante la cena, por ejemplo, eran poco naturales por la rutina. Después de mi conversación con Noah pasé de hecho algunas semanas dedicando parte de la tarde, en el despacho, a idear temas de conversación para tratarlos con ella, pero cuando los sacaba a colación parecían forzados y pronto se apagaban. Como siempre, terminábamos por hablar de nuestros hijos, o bien sobre los clientes y empleados de mi bufete.

Nuestra vida en común, según empecé a comprender, se

había adaptado a un patrón que no iba a ser propicio para la renovación de ninguna clase de pasión. Durante años habíamos adoptado horarios distintos teniendo en cuenta nuestros deberes, en general distintos. Durante los primeros años de nuestra vida de familia yo pasaba largas horas en el bufete —incluidas las tardes hasta hora avanzada, también los fines de semana—, para asegurarme de que se me considerase un socio digno de serlo cuando llegara el momento. Nunca hice uso de todo el tiempo de vacaciones que tenía adjudicado. Es posible que pecara de un celo excesivo en mi determinación de impresionar a Ambry y a Saxon, pero como mi familia iba en aumento y yo tenía que mantenerla, no deseaba correr el más mínimo riesgo. Ahora caigo en la cuenta de que la persecución del éxito profesional, combinada con mi natural reticencia de trato, me mantenía apartado del resto de la familia. Y he llegado a creer que siempre he sido una especie de extraño en mi propia casa.

Mientras me afanaba en mi propio mundo, Jane estaba ocupadísima con los niños. A medida que aumentaron sus actividades y exigencias, a veces daba la impresión de ser una mancha borrosa de actividad agobiada, con la que tan sólo me cruzaba por el pasillo sin verla y sin que ella me viera. Hubo años, he de reconocerlo, en los que cenábamos por separado más a menudo que juntos, y aunque a veces me parecía raro que así fuese, no hice nada por cambiar las cosas.

Tal vez nos fuimos acostumbrando a esa forma de vida, pero cuando los niños dejaron de estar presentes y de regir nuestras vidas, los dos parecimos incapaces de llenar los espacios que habían quedado vacantes entre nosotros. Y a pesar de mi preocupación por el estado de nuestra relación de pareja, el repentino empeño por cambiar nuestra rutina era semejante al empeño de abrir un túnel en un macizo de roca caliza a golpe de cuchara.

No quiero decir con esto que no lo intentase. En enero, por ejemplo, compré un recetario de cocina y empecé a preparar las cenas de los sábados por la noche para los dos; debo añadir que algunas fueron bastante originales y deliciosas. Además de mi habitual partida de golf, empecé a pasear por la vecindad tres mañanas por semana con la esperanza de perder con el ejercicio un poco de peso. Incluso pasé unas cuantas tardes en la librería, mirando en la sección de auto-ayuda, con la esperanza de averiguar qué más podía hacer. ¿Y cuáles son los consejos de los expertos para mejorar la vida de una pareja? Concentrarse en las cuatro aes: atención, apreciación, afecto y atracción. Sí, recuerdo haber pensado en ese momento: eso tiene muchísimo sentido. Y concentré mis esfuerzos en esas cuatro direcciones. Al terminar la jornada, procuraba pasar más tiempo con Jane en vez de encerrarme a trabajar en mi despacho; le hacía cumplidos con frecuencia; cuando me hablaba de sus actividades cotidianas le escuchaba con gran atención y asentía con la cabeza cuando me parecía oportuno hacerle saber que contaba con toda mi atención.

No me había hecho la ilusión de que ninguno de tales remedios pudiera restaurar por arte de magia la pasión que tuviera Jane por mí, y tampoco me hice a la idea de que era una cuestión que se zanjaría a corto plazo. Si nos había costado veintinueve años distanciarnos, estaba bien claro, y yo lo sabía, que unas cuantas semanas de esfuerzo eran sólo el comienzo de un largo proceso de acercamiento. Sin embargo, si bien las cosas iban mejorando ligeramente, el progreso era más lento de lo que yo esperaba. A finales de la primavera llegué a la conclusión de que además de los cambios cotidianos tenía que hacer algo más, algo espectacular, algo que a Jane le demostrase que seguía siendo y que siempre iba a ser la persona más importante que hay en mi vida. Una noche, mientras echaba una ojeada a los álbumes de fotos familiares, una idea empezó a afianzarse.

Desperté al día siguiente pletórico de energía y de buenas intenciones. Sabía que iba a ser preciso llevar a cabo mi plan de manera metódica y en secreto, y lo primero que hice fue contratar el uso de un apartado de correos. Por el momento no avancé mucho más en mi plan, pues fue más o menos entonces cuando Noah sufrió un derrame cerebral.

No fue el primero, pero fue el más grave. Estuvo hospitalizado cerca de ocho semanas, durante las cuales mi mujer se entregó por completo a su atención. Pasaba todos los días en el hospital, y de noche estaba demasiado cansada y disgustada para reparar en mis esfuerzos por renovar nuestra relación. Por fin, Noah pudo volver a Creekside, y no tardó en estar de nuevo a la orilla del estanque dando de comer al cisne, pero creo que a todos nos quedó bien claro que ya no le quedaba mucho tiempo por delante. Pasé muchas horas aplacando en silencio las lágrimas de Jane y dándole consuelo sin más.

De todo lo que hice a lo largo del año, creo que fue eso lo que más agradeció ella. Tal vez fuera la constancia que yo aportaba, o quizás fuera en realidad resultado de mis esfuerzos a lo largo de los meses anteriores; fuera lo que fuese, comencé a notar algunas muestras ocasionales de calidez revivida por parte de Jane. Aunque eran infrecuentes, las saboreaba como agua de mayo, con la esperanza de que nuestra relación de algún modo volvía a transitar por el buen camino.

Gracias al Cielo, Noah no dejó de mejorar. A comienzos de agosto, el año en que había olvidado la fecha de nuestro aniversario de boda ya estaba próximo a su fin. Había perdido casi diez kilos desde que había comenzado mis paseos por los alrededores, y había tomado por costumbre pasar caminando airosamente por la oficina de correos para recoger los objetos que había solicitado que me enviasen otras personas. Me dedicaba a mi proyecto especial mientras estaba en la oficina, a fin de mantenerlo en secreto y que Jane no se enterase. Asimismo, decidí tomarme libres las dos semanas en torno a nuestro trigésimo aniversario, las vacaciones más largas que me había tomado nunca, con la intención de pasar tiempo con Jane. Teniendo en cuenta lo que había hecho el año anterior, quería que este aniversario fuese lo más memorable posible.

La noche del viernes 15 de agosto, la primera noche de la quincena que me tomé libre en el trabajo, ocho días antes de nuestro aniversario, sucedió algo que ni Jane ni yo olvidaríamos jamás.

Estábamos los dos tranquilamente sentados en el cuarto de estar, yo en mi sillón preferido, leyendo una biografía de Theodore Roosevelt, mientras mi mujer hojeaba las páginas de un catálogo. De pronto, Anna irrumpió por la puerta de la calle. Por entonces aún vivía en New Bern, aunque no hacía mucho había depositado una fianza para alquilar un apartamento en Raleigh, adonde tenía previsto mudarse en cuestión de dos o tres semanas, para estar con Keith durante su primer año como residente en la Facultad de Medicina de Duke.

A pesar del calor, Anna vestía de negro. Llevaba dos agujeros en cada oreja, y su lápiz de labios parecía al menos unos cuantos tonos demasiado oscuro. Para entonces, yo ya estaba acostumbrado a las inclinaciones góticas de su personalidad, aunque cuando tomó asiento frente a nosotros volví a notar cuánto se parecía a su madre. Estaba arrebolada, y había unido las manos como si tratara de tranquilizarse.

—Mamá, papá —dijo—, tengo algo que deciros.

Jane se irguió en el sofá y dejó el catálogo a un lado. Supe que se había dado cuenta, por la manera de hablar de Anna, de que nos aguardaba algo muy serio. La última vez que Anna se había comportado de ese modo nos había anunciado que se iba a vivir con Keith.

Lo sé, lo sé. Pero era una persona adulta, ¿qué podía hacer yo?

—¿Qué sucede, cariño? —le preguntó Jane.

Anna apartó la mirada de Jane y me miró a mí antes de mirar de nuevo a su madre y respirar hondo.

—Me voy a casar.

He terminado por creer que los hijos viven para la satisfacción de sorprender a sus padres, y el anuncio de Anna no fue una excepción.

A decir verdad, todo lo que se relaciona con el hecho de tener hijos ha sido una sorpresa. Existe ese lamento bastante común de que el primer año de vida matrimonial es el más difícil, aunque para Jane y para mí no fuera de ese modo. Y tampoco fue nuestro séptimo año, el supuesto año de la crisis conyugal, el más difícil.

No. Para nosotros —dejando quizás a un lado estos últimos años—, los años más retadores fueron los que siguieron al nacimiento de nuestros hijos. Parece haber una idea falsa, sobre todo entre aquellas parejas que aún no han tenido hijos, según la cual el primer año de la vida de un hijo parece un anuncio de pañales, con bebés que susurran y padres sonrientes y tranquilos.

Por el contrario, mi esposa aún llama ese periodo «los años odiosos». Lo dice medio en broma, cómo no, pero yo tengo serias dudas de que ella quiera volver a vivirlos más que yo.

Cuando dice «odiosos», Jane se refiere a esto: hubo momentos en que ella llegó a odiarlo prácticamente todo. Odiaba su aspecto, odiaba cómo se sentía. Odiaba a las mujeres a las que no les dolían los pechos y a las mujeres que aún se podían poner la ropa de antes. Odiaba lo grasa que se le había puesto la piel y odiaba las espinillas que le habían vuelto a salir por vez primera desde la adolescencia. Pero lo que más iras suscitaba en ella era la falta de sueño; por consiguiente, nada la irritaba más que oír historias de otras madres cuyos bebés dormían toda la noche de un tirón a las pocas semanas de haber salido del hospital. De hecho, odiaba a todo el que tuviera la oportunidad de dormir más de tres horas seguidas, y hubo ocasiones, según parecía, en que incluso me odiaba a mí por el papel que tenía en todo aquello. Al fin y al cabo, yo no podía dar de mamar a los niños, y debido a la larga jornada laboral en el bufete no me quedaba más remedio que dormir a veces en la habitación de invitados, a fin de poder funcionar en el despacho al día siguiente. Aunque no me cabe la menor duda de que intelectualmente lo entendía de sobra, a menudo no parecía así.

—Buenos días —podía decirle cuando la veía entrar dando tumbos en la cocina—. ¿Qué tal ha dormido la pequeña?

En vez de contestarme, suspiraba con impaciencia mientras iba hacia la cafetera.

—¿No has podido pegar ojo? —preguntaba con indecisión.

—Tú no aguantarías ni una semana.

Como si acabaran de darle pie, la niña se ponía a llorar. Jane apretaba los dientes, dejaba la taza de café ruidosamente y se le ponía un aire como si se preguntase por qué Dios parecía odiarla a muerte.

Con el tiempo, aprendí que era más sensato no decir nada.

Por otra parte, hay que tener en cuenta que el hecho de tener un hijo transforma la relación fundamental del matrimonio. Ya no somos tan sólo marido y mujer; somos también padre y madre, y toda la espontaneidad desaparece inmediatamente. ¿Salir a cenar? Hay que enterarse antes de si sus padres pueden cuidar de la pequeña o de si se puede recurrir a otra canguro. ¿Una película de estreno? Hace más de un año que no voy al cine. ¿Un fin de semana de viaje? Ni siquiera se me pasaría por la cabeza. De entrada, no había tiempo para todas aquellas cosas que nos habían alentado a enamorarnos, dar paseos, charlar, pasar el tiempo a solas los dos. Y eso se nos hizo difícil a ambos.

No quiero decir con esto que el primer año fuera un espanto absoluto. Cuando me preguntan qué se siente al ser padre, suelo decir que se trata de una de las cosas más difíciles con que uno pueda vérselas en toda la vida pero, a cambio, se aprende cuál es el verdadero significado del amor incondicional. Todo lo que hace un bebé les parece al padre o a la madre la cosa más mágica que han visto nunca. Siempre recordaré el día en que cada uno de mis hijos me sonrió por vez primera; recuerdo haber dado palmas y haber visto las lágrimas en las mejillas de Jane cuando dieron sus primeros pasos, y no hay nada que a uno le llene tanto de paz como tener en la comodidad de los brazos a un niño dormido, preguntándote cómo es posible que nos importe tanto. Esos son los momentos que me veo recordando con vívido detalle ahora. Los retos —aunque puedo hablar desapasionadamente de ellos— no son más que imágenes remotas y envueltas por la bruma, más afines a un sueño que a la realidad.

No, no hay ninguna experiencia comparable a la de tener hijos, y a pesar de los retos a los que tuvimos que enfrentarnos, me siento dichoso por la familia que hemos creado.

Tal como he dicho, sin embargo, acabo de aprender a estar preparado para las sorpresas.

Al conocer la noticia de Anna, Jane se puso en pie de un salto, con un chillido, y rápidamente la abrazó. Los dos sentíamos un gran cariño por Keith. Cuando le di la enhorabuena y un abrazo, Anna respondió con una críptica sonrisa.

—Oh, cariño —repitió Jane—, es maravilloso... ¿Cómo te lo ha pedido? ¿Cuándo...? Quiero que me lo cuentes con pelos y señales... A ver, enséñame el anillo de pedida...

Tras la ráfaga de interrogaciones, vi que a mi mujer se le entristecía el rostro cuando Anna se puso a negar con la cabeza.

—No va a ser una boda de ese estilo, mamá. Ya vivimos juntos, y ninguno de los dos queremos hacer nada a lo grande. No es en plan «necesitamos una licuadora o una ensaladera nueva.»

Su afirmación no me sorprendió. Anna, como he señalado, siempre ha hecho las cosas a su manera.

—Ah... —dijo Jane, pero antes de que pudiera añadir nada, Anna la tomó de la mano.

—Mamá, una cosa más. Es importante.

Anna me miró a mí y luego a Jane otra vez con cautela.

—Lo que sucede... bueno, los dos sabéis cómo está el abuelo, ¿verdad?

Asentimos con la cabeza. Como todos mis hijos, Anna siempre se había sentido muy unida a Noah.

—Y ahora, con lo del derrame y todo eso... en fin, Keith ha disfrutado al conocerlo, y yo lo quiero más que nada en el mundo...

Hizo una pausa. Jane le apretó la mano apremiándola a continuar.

—Bueno, queremos casarnos mientras aún esté sano, y ninguno sabe cuánto tiempo le queda. Por eso, Keith y yo comenzamos a hablar sobre las posibles fechas, teniendo en cuenta que él se marcha a Duke dentro de quince días para empezar la residencia, y yo además me voy con él, y si se piensa en la salud del abuelo... Bueno, nos preguntábamos si a vosotros dos no os importaría que...

Guardó silencio y al final miró a Jane.

—Sí, di —susurró Jane.

Anna respiró hondo.

—Estábamos pensando en casarnos el sábado que viene.

A Jane los labios le formaron una pequeña O. Anna siguió hablando, obviamente deseosa de terminar de decir lo que tuviera que decir antes de que la interrumpiéramos.

—Sé que es vuestro aniversario, y me parece perfecto si decís que no, claro, pero los dos pensamos que sería una manera maravillosa de homenajearos a los dos. Por todo lo que habéis hecho el uno por el otro, por todo lo que habéis hecho por mí. Y parece lo mejor. O sea, queremos una cosa sencilla, el juez de paz en el juzgado, una cena con la familia quizás. No queremos regalos ni lujos. ¿Os importaría?

Nada más ver la cara de Jane, supe cuál iba a ser su respuesta.

Capítulo 3

Como el de Anna, el noviazgo que tuvimos Jane y yo no fue largo. Tras licenciarme en la facultad de derecho, empecé a trabajar como asociado en el bufete de Ambry y Saxon; Joshua Trundle todavía no era entonces uno de los socios de la firma. Al igual que yo, sólo era asociado; nuestros despachos estaban uno frente al otro. Originario de Pollocksville, una pequeña aldea a menos de veinte kilómetros al sur de New Bern, había asistido a la Universidad de Carolina del Este y a lo largo del primer año en que trabajé para el bufete a menudo me preguntó qué tal me adaptaba a la vida en una ciudad pequeña. No era exactamente, le confesé, lo que me había imaginado. Ya en la facultad de derecho había supuesto siempre que terminaría por trabajar en una ciudad grande, igual que les sucedió a mis padres, si bien al final acepté un trabajo en la ciudad en la que se había criado Jane.

Si me mudé aquí fue por ella, aunque no puedo decir que haya tenido que lamentar mi decisión alguna vez. Puede que en New Bern no haya ni una universidad ni un parque empresarial de investigación y desarrollo, pero lo que le pueda faltar por tamaño lo compensa con creces por carácter. Se encuentra a ciento cuarenta kilómetros al sudeste de Raleigh, en una zona llana y baja, entre pinos del incienso y ríos anchos de corriente lenta. Las aguas salobres del río Neuse bañan los alrededores de la ciudad y parecen cambiar de color cada hora, de un gris plomizo al alba al azul de las tardes soleadas, pasando por el ocre de los crepúsculos. De noche, es un remolino de carbón líquido.

Mi despacho está en pleno centro de la ciudad, cerca de la zona de interés histórico; después de la comida, a veces paseo junto a las casas antiguas. New Bern se fundó en 1710 por obra de unos colonos suizos y también del Palatinado, con lo que es la segunda ciudad más antigua de Carolina del Norte. Cuando vine por primera vez, muchas de las casas de interés histórico estaban abandonadas, medio derruidas. Esto es algo que ha cambiado en los últimos treinta años. Uno a uno, los nuevos propietarios comenzaron a restaurar esas residencias y a devolverles la gloria de antaño. Hoy en día, un paseo por esas aceras le deja a uno con la impresión de que es posible renovarse incluso en épocas y en lugares donde era difícil esperarlo. A quienes les interese la arquitectura podrán encontrar vidrieras de cristal soplado hecho a mano en los ventanales, dispositivos de latón en las puertas y revestimientos de madera tallados a mano a juego con los suelos de corazón de pino dentro. Porches elegantes dan a las estrechas calles, evocando una época en que los lugareños se sentaban fuera por las tardes para pillar alguna que otra brisa. Las calles tienen la sombra de robles y cornejos, y las azaleas florecen por millares todas las primaveras. Es, sencillamente, uno de los lugares más hermosos que he visto jamás.

Jane se crió en las afueras de la ciudad, en lo que antiguamente había sido una casa de una plantación, construida casi doscientos años antes. Noah la restauró en los años que siguieron a la Segunda Guerra Mundial con gran meticulosidad, y al igual que muchos de los edificios históricos de la ciudad conserva un aire de grandeza que ha crecido con el paso del tiempo.

A veces hago una visita a la antigua casa. Me paso un rato por allí al terminar el trabajo, o cuando voy a hacer la compra; otras veces voy a próposito. Es uno de mis secretos, pues Jane no sabe nada de mis visitas. Si bien estoy seguro de que no le importaría, hay un placer oculto en el hecho de guardármelas para mí. Cuando voy allí, me siento al mismo tiempo misterioso y fraternal, pues sé que todo el mundo tiene sus secretos, incluida mi esposa. Contemplo la propiedad y me suelo preguntar cuáles serán los suyos.

Sólo hay una persona que esté al corriente de mis visitas. Se llama Harvey Wellington, y es un hombre negro más o menos de mi edad, que vive en una casa pequeña de madera en la finca adyacente. En la casa han vivido uno o más miembros de su familia desde antes de comienzos de siglo. Sé que es reverendo en la iglesia baptista local. Siempre ha estado cerca de todos los miembros de la familia de Jane, en especial de ella, aunque desde que Allie y Noah se mudaron a Creekside casi todas nuestras comunicaciones han sido en forma de felicitaciones de Navidad que intercambiamos anualmente. Lo he visto de pie en el combado porche de su casa cuando voy de visita, pero debido a la distancia me es imposible saber en qué piensa cuando me ve.

Rara vez entro en la casa de Noah. Desde que Allie y Noah se marcharon a Creekside, las puertas y las ventanas están cerradas y protegidas con tablones, y los muebles están cubiertos como los fantasmas ensabanados de Halloween. Prefiero recorrer la finca a pie. Paseo arrastrando los pies por el camino de gravilla, recorro la verja, acaricio los postes; me encamino a la parte posterior de la casa, cerca de la cual pasa el río. El río es más estrecho allí, en la casa, que en el centro de la ciudad. Y hay momentos en los que el agua se remansa por completo, un espejo que refleja el cielo. A veces me quedo al borde del embarcadero, contemplo el cielo reflejado en el agua y escucho la brisa que mueve con suavidad las hojas por encima de mí.

A veces me veo bajo el enrejado que construyó Noah después de casarse. A Allie siempre le encantaron las flores, y Noah plantó una rosaleda en forma de corazones concéntricos, visible desde la ventana del dormitorio, que rodeaba una fuente de diseño formal en tres niveles. También instaló una serie de focos que permitían ver las flores incluso en la oscuridad, y el efecto logrado era deslumbrante. El enrejado, tallado a mano, conduce al jardín. Como Allie era pintora, las dos cosas aparecen en bastantes cuadros suyos, cuadros que por la razón que sea siempre parecían transmitir cierta tristeza a pesar de su belleza. Ahora, la rosaleda no está cuidada, de modo que se ha asilvestrado, y el enrejado está viejo y agrietado, pero aún me conmuevo cuando estoy delante. Al igual que en sus trabajos en la casa, Noah dedicó un gran esfuerzo para lograr que el enrejado y el jardín fuesen algo único. A menudo alargo una mano para recorrer la madera tallada, o sencillamente contemplo las rosas, quizá con la esperanza de absorber de ese modo un talento que nunca he tenido.

Si voy allí, es porque se trata de un lugar para mí muy especial. A fin de cuentas, fue allí donde comprendí por vez primera que estaba enamorado de Jane, y así como sé que mi vida ha mejorado gracias a ello, he de reconocer que aún ahora me desconcierta el modo como ocurrió.

Yo desde luego no tenía intención de enamorarme de Jane cuando la acompañé hasta el coche aquel día de lluvia de 1971. Apenas la conocía, pero al estar bajo el paraguas y observarla alejarse al volante de su coche, de pronto tuve la total certeza de que deseaba volver a verla. Horas después, mientras estudiaba, ya de noche, el eco de sus palabras aún rebotaba en mi memoria.

«No te preocupes, Wilson», había dicho. «Da la casualidad de que me gustan los tímidos.»

Incapaz de concentrarme, dejé el libro a un lado y me levanté de la mesa. No tenía ni tiempo ni ganas de entablar una relación, me dije, y tras caminar de un lado a otro por la habitación y reflexionar sobre mi apretado programa, así como sobre mi deseo de ser independiente en el plano económico, tomé la decisión de no volver al café. No era una decisión nada fácil, pero era la correcta, creí, y resolví no darle más vueltas al asunto.

A la semana siguiente estudié en la biblioteca, pero mentiría si dijera que no vi a Jane. Todas y cada una de las noches que siguieron me veía reviviendo nuestro breve encuentro: su cabello en cascada, la cadencia de su voz, su mirada paciente mientras estábamos bajo la lluvia. Sin embargo, cuanto más me obligaba a no pensar en ella, más poderosas eran las imágenes. Supe entonces que mi decisión no iba a aguantar en firme una segunda semana, y el sábado por la mañana me vi cogiendo las llaves.

No fui al café para proponerle que saliéramos. Fui más bien para demostrarme a mí mismo que aquello no había sido más que un enamoramiento caprichoso y pasajero. Era una chica normal y corriente, me dije; cuando la volviera a ver, entendería que no tenía nada de particular. Casi me había convencido de ello cuando aparqué el coche.

Como siempre, el local estaba lleno. Zigzagueé entre un grupo de hombres que ya se marchaban, camino de mi reservado de costumbre. Estaba recién limpiado. Nada más sentarme, utilicé una servilleta de papel para secarlo antes de abrir el libro de texto.

Con la cabeza inclinada, trataba de localizar el capítulo correspondiente cuando me di cuenta de que ella se acercaba. Fingí no haberlo notado hasta que ella se paró ante la mesa. Cuando levanté los ojos vi que no era Jane. Era una mujer de cuarenta y tantos años. Llevaba una libreta para apuntar las comandas en el bolsillo del delantal y un lápiz sobre una oreja.

—¿Le sirvo una taza de café? —me preguntó. Tenía aspecto de eficaz, lo que me hizo pensar en que probablemente llevaba años trabajando allí. Me pregunté por qué no me había fijado antes en ella.

—Sí, por favor.

—Tardo un minuto —dijo con voz cantarina, y me dejó una carta sobre la mesa. En cuanto se fue, miré por todo el café y localicé a Jane, que en ese momento llevaba unos platos desde la cocina hasta un grupo de mesas situado al otro extremo. La miré un momento, preguntándome si se habría dado cuenta de mi llegada, pero estaba concentrada en su trabajo y no miró hacia donde me encontraba yo. Desde lejos no percibí que hubiera nada mágico en su manera de estar quieta, de moverse, y sin darme cuenta se me escapó un suspiro de alivio, convencido de que por fin me había librado de la extraña fascinación que tanto me había asediado últimamente.

Llegó mi café e hice la comanda. Absorto como estaba de nuevo en el libro de texto, ya llevaba media página leída cuando oí su voz justo a mi lado.

—Hola, Wilson.

Jane sonrió cuando levanté la mirada.

—No te vi el fin de semana pasado —siguió como si tal cosa—. Pensé que te había asustado.

Tragué, incapaz de decir palabra, pensando que era incluso más guapa de lo que yo recordaba. No sé cuánto tiempo me quedé mirándola sin decir nada, pero fue lo suficiente para que a ella se le pusiera cara de preocupación.

—Wilson —me dijo—, ¿te pasa algo? ¿Te encuentras bien?

—Sí —dije. Por extraño que sea, no se me ocurrió nada más que añadir.

Al cabo de unos instantes asintió con la cabeza con aire de perplejidad.

—Ah, bien... Bueno, disculpa que no te viera al entrar. Te hubiera dado mesa en mi sección. A decir verdad, para mí eres lo que más se parece a un cliente habitual.

—Sí —volví a decir. Supe que mi respuesta no tenía ni pies ni cabeza, pero es que ésa era la única palabra que yo parecía capaz de pronunciar en su presencia.

Aguardó a que yo dijera alguna cosa más. Como no dije nada, vi un destello de decepción en su cara.

—Ya veo que estás ocupado —dijo finalmente Jane, indicando mi libro con un gesto de la cabeza—. No importa, sólo quería acercarme a saludarte y a darte las gracias otra vez por acompañarme hasta el coche. Que disfrutes del desayuno.

Estaba a punto de darse la vuelta y marcharse cuando por fin pude romper el hechizo bajo cuyo efecto parecía estar.

—¿Jane? —farfullé.

—¿Sí?

Carraspeé.

—A lo mejor te puedo acompañar otra vez a tu coche. Aunque no llueva.

Me estudió un momento antes de contestar.

—Eso estaría muy bien, Wilson.

—¿Hoy mismo, más tarde quizás?

Sonrió.

—Claro.

Se dio la vuelta y volví a tomar la palabra.

—Ah, Jane...

Esta vez miró hacia atrás.

—¿Sí?

Por fin yo había entendido la verdadera razón de haber ido al café. Puse las manos sobre el libro, tratando de extraer fuerzas de un mundo que sí entendía.

—¿Te apetecería que cenásemos juntos este fin de semana?

Pareció hacerle gracia que hubiera tardado tanto en pedírselo.

—Sí, Wilson —dijo—. Me apetecería mucho.

Era difícil creer que estuviéramos allí, más de tres décadas después, sentados con nuestra hija y comentando los detalles de su boda inminente.

La petición sorpresa que nos hizo Anna, en el sentido de celebrar una boda sencilla y rápida, la recibimos con un completo silencio. Al principio pareció que Jane se hubiera quedado estupefacta, pero luego volvió en sí y comenzó a negar con la cabeza, susurrando con una urgencia creciente.

—No, no, no...

Retrospectivamente, su reacción fue apenas inesperada. Supongo que uno de los momentos que más ansía una madre a lo largo de su vida es el de la boda de su hija. En torno a las bodas ha surgido toda una industria, y es completamente lógico y natural que las madres se formen grandes expectativas sobre el modo en que han de celebrarse. Las ideas de Anna no podían estar en más acusado contraste con lo que Jane siempre había deseado para sus hijas y, aunque fuera la boda de Anna, Jane no podía escapar a sus creencias, como no podía escapar a su pasado.

Jane no puso la menor objeción a que Anna y Keith se casaran el día de nuestro aniversario —estaba mejor que nadie al corriente de la salud de Noah, y Anna y Keith en efecto se iban a vivir fuera en cuestión de dos semanas—, pero en cambio no le hizo ninguna gracia la idea de que los casara un juez de paz. Tampoco le agradó que sólo quedara un margen de ocho días para hacer los preparativos, ni que Anna quisiera una celebración modesta.

Permanecí sentado en silencio mientras las dos comenzaban a negociar en serio.

—¿Y los Sloan? —decía—. Se van a poner muy tristes si no los invitas. ¿Y qué me dices de John Peterson? Te dio clases de piano durante años, y sé muy bien cuánto lo apreciabas...

—Pero esto no es nada del otro mundo, madre —repetía Anna—. Keith y yo ya vivimos juntos. De hecho, la mayor parte de la gente nos trata como si ya estuviéramos casados.

—Habrá que contratar a un fotógrafo. Seguro que los dos queréis tener fotografías...

—Seguro que viene mucha gente con su cámara —contraatacaba Anna—. Si no, tú podrías hacer las fotos. Has hecho miles de fotos a lo largo de los años.

Ante eso, Jane negaba con la cabeza y se lanzaba a un apasionado discurso sobre el hecho de que iba a ser el día más importante de su vida, a lo cual Anna respondía que incluso sin todo el ceremonial al uso seguiría siendo una boda. No fue una discusión hostil, pero pronto estuvo claro que habían llegado a un punto muerto.

Tengo por costumbre deferir a Jane en casi todos los asuntos de esta índole, sobre todo cuando se trata de algo relacionado con nuestras hijas, pero me di cuenta de que tenía que añadir algo en ese caso, y me erguí más en el sofá antes de hablar.

—Tal vez sea posible alcanzar una solución de compromiso —tercié.

Anna y Jane se volvieron para mirarme.

—Sé que quieres a toda costa que la boda sea el próximo fin de semana —le dije a Anna—, pero me pregunto si te importaría que invitásemos a unas cuantas personas más, aparte de la familia. Si ayudamos con los preparativos...

—No sé si tenemos tiempo suficiente para una cosa así... —empezó a decir Anna.

—¿No te parece bien que al menos lo intentemos?

Las negociaciones se prolongaron al menos durante una

hora entera, pero al final se pudieron alcanzar algunos acuerdos. Anna se mostró sorprendentemente abierta después de que yo dijera lo que pensaba. Dijo que conocía a un sacerdote, y que estaba segura de que estaría de acuerdo en celebrar la boda el fin de semana siguiente. Jane pareció contenta y aliviada de que los planes iniciales comenzaran a tomar forma.

Entretanto, yo pensaba no sólo en la boda de mi hija, sino también en nuestro trigésimo aniversario. Nuestro aniversario —y yo tenía la esperanza de que fuese memorable— y la boda de nuestra hija iban a ser el mismo día, y de los dos acontecimientos supe de repente cuál ocupaba el lugar más preponderante.

La casa que compartimos Jane y yo linda con el río Trent, de casi ochocientos metros de ancho detrás del jardín. De noche, algunas veces tomo asiento en la terraza y contemplo cómo se ondulan suavemente las aguas cuando captan la luz de la luna. Según sea el tiempo, hay ocasiones en que el agua parece un ser vivo.

Al contrario que la casa de Noah, la nuestra no tiene un porche cerrado. Se construyó en una época en la que el aire acondicionado, sumado al magnetismo constante de la televisión, hacía que la vida se desarrollara en el interior de la casa. La primera vez que fuimos a ver la casa antes de comprarla, Jane echó un vistazo por las ventanas de la parte posterior y decidió que si no podíamos tener porche, al menos había que construir una terraza. Aquél fue el primero de los muchos y pequeños proyectos de remodelación que al final transformaron la casa en algo que podíamos cómodamente considerar nuestro hogar.

Después de que Anna se marchara, Jane se sentó en el sofá y se quedó mirando las puertas correderas de cristal. No pude descifrar su expresión, pero sin darme tiempo a preguntarle en qué estaba pensando se puso en pie y salió. Admitiendo que la tarde había sido un sobresalto, me dirigí a la cocina y abrí una botella de vino. Jane nunca había bebido demasiado, pero le agradaba una copa de vino de vez en cuando, y pensé que esa noche podría ser un buen momento.

Con la copa en la mano salí a la terraza. Allí fuera, en la noche zumbaban las ranas y los grillos. Aún no había asomado la luna; en la otra orilla del río se veían las luces amarillas que brillaban en las casas de campo. Se había levantado una brisa, y oía los débiles toques del móvil de tubos metálicos que nos había regalado Leslie en Navidad el año anterior.

Aparte de eso reinaba el silencio. A la suave luz del porche, el perfil de Jane me recordó una estatua griega. Una vez más me asombró el parecido que tenía con la mujer a la que había visto por vez primera tantísimos años antes. Al fijarme en sus pómulos altos, en sus labios gruesos, me sentí agradecido de que nuestras hijas se parecieran más a ella que a mí; ahora que una de ellas iba a casarse, supongo que conté con que su expresión fuera casi radiante. Al acercarme, sin embargo, me sobresaltó ver que Jane estaba llorando.

Me quedé sin saber qué hacer al borde de la terraza, preguntándome si no habría cometido un error al salir a hacerle compañía. Antes de que pudiera darme la vuelta, Jane pareció percatarse de mi presencia y miró hacia atrás.

—Ah, hola —dijo tratando de no llorar.

—¿Estás bien? —le pregunté.

—Sí. —Calló un instante y negó con la cabeza—. Bueno, no. La verdad es que no sé cómo me siento.

Me acerqué a su lado y coloqué la copa de vino sobre la balaustrada. En la penumbra, el vino parecía aceite.

—Gracias —dijo. Dio un sorbo y soltó un largo suspiro antes de quedarse con la mirada perdida en las aguas del río.

—Es típico de Anna —dijo al fin—. Supongo que no debería sorprenderme, pero a pesar de todo...

Calló y dejó la copa a un lado.

—Creía que Keith te gustaba —dije.

—Y me gusta —asintió con la cabeza—. Pero, ¿sólo una semana de margen? La verdad, no sé de dónde saca semejantes ideas. Si tenía pensado hacer una cosa así, no entiendo por qué no se ha fugado para casarse y quitárselo de encima.

—¿Lo habrías preferido de ese modo?

—No. Me habría enfurecido con ella.

Sonreí. Jane siempre había sido muy sincera.

—Es que hay mil cosas por hacer —siguió diciendo—, y no tengo ni idea de cómo vamos a organizarlo todo. Y no estoy diciendo que la boda tenga que celebrarse en el salón de baile del Hotel Plaza, pero a pesar de todo sería normal que quisiera que haya un fotógrafo, o alguna amiga.

—¿Y no estaba de acuerdo con todo eso?

Jane vaciló antes de contestar, eligiendo las palabras con cuidado.

—No creo que se dé cuenta de la cantidad de veces que volverá a pensar en el día de su boda. Se comportaba como si no fuera nada del otro mundo.

—Siempre lo recordará, da igual cómo salga —le rebatí con amabilidad.

Jane cerró los ojos durante un largo momento.

—Tú no lo entiendes —dijo.

Aunque no dijo nada más al respecto, supe con toda exactitud qué había querido decir.

Lisa y llanamente, Jane no quería que Anna cayese en el mismo error que había cometido ella.

Mi mujer siempre ha lamentado cómo nos casamos. Tuvimos el tipo de boda en el que yo insistí, y aunque acepto toda la responsabilidad por ello, mis padres desempeñaron un papel de peso en mi decisión.

Al contrario que la inmensa mayoría de los habitantes del país, mis padres eran ateos, y a mí me educaron en consonancia con sus convicciones. A medida que iba creciendo, recuerdo haber sentido curiosidad por la iglesia y por los misteriosos rituales sobre los que alguna vez había leído algo, pero la religión era un asunto del que nunca hablábamos. Nunca salía a relucir a la hora de la cena, y aunque hubo ocasiones en las que caí en la cuenta de que yo era distinto de los otros chicos del barrio, no era algo en lo que pensara mucho.

Ahora sé que las cosas son de otro modo. Considero mi fe cristiana como el mayor de los dones que he recibido nunca, y no abundaré más en esta cuestión salvo para decir que retrospectivamente pienso que siempre supe que había algo que faltaba en mi vida. Los años que he vivido con Jane me lo han demostrado. Al igual que sus padres, Jane era muy devota en sus creencias, y fue ella la que empezó a llevarme a la iglesia. También compró ella la Biblia que leíamos por las noches, y fue ella quien dio respuesta a mis primeras preguntas.

Ahora bien, todo eso no sucedió hasta después de estar casados.

Si hubo alguna fuente de tensiones durante los años en que salimos juntos fue mi falta de fe, y hubo ocasiones en las que estoy seguro de que ella llegó a cuestionarse si éramos compatibles. Me ha contado que si no hubiera estado completamente segura de que yo al final aceptaría a Jesucristo como mi Salvador, nunca se habría casado conmigo. Me di cuenta de que el comentario de Anna le había devuelto a Jane un recuerdo doloroso, pues fue esa misma falta de fe la que nos llevó a casarnos en el juzgado. Por aquel entonces, estaba plenamente convencido de que casarme en una iglesia me habría convertido en un hipócrita.

Hubo una razón adicional de que nos casara un juez en vez de un sacerdote, una razón relacionada con el orgullo. Yo no quería que los padres de Jane pagasen la tradicional boda eclesiástica, aun cuando habrían podido permitírselo. Ahora que soy padre considero ese deber como el don que es en realidad, pero por entonces creía que era yo y únicamente yo quien debía hacerse responsable del coste de la boda. Si no era capaz de pagar una recepción en condiciones para nuestros invitados, seguía mi razonamiento, podría pasar sin ella.

En aquel entonces yo no podía permitirme una celebración por todo lo alto. Aún era nuevo en el bufete y ganaba un sueldo razonable, pero hacía todo lo que podía para ahorrar a fin de pagar la entrada de una hipoteca. Aunque pudimos comprarnos nuestra primera casa a los nueve meses de habernos casado, ya no considero que ese sacrificio valiera la pena. La frugalidad, según he aprendido, entraña sus propios costes, unos costes que a veces duran para siempre.

Nuestra ceremonia concluyó en menos de diez minutos; no se entonó ni una sola plegaria. Yo llevaba un traje gris marengo; Jane, un vestido amarillo de tirantes con un gladiolo prendido en el cabello. Sus padres nos observaron desde los escalones debajo de nosotros, y nos despidieron con un beso y un apretón de manos. Pasamos la luna de miel en un pintoresco hostal de Beaufort, y aunque a Jane le encantó la antigua cama con dosel en la que hicimos el amor por primera vez, ni siquiera nos quedamos allí todo el fin de semana, pues yo tenía que estar de vuelta en el despacho el lunes por la mañana.

No es ni mucho menos la clase de boda con la que había soñado Jane de jovencita. Ahora lo sé muy bien. Ella quería aquello a lo que supuse que animaba a Anna: una novia radiante, escoltada al entrar en la iglesia por su padre, una boda celebrada por un sacerdote, con asistencia de familiares y amigos; una recepción con comida y tarta y flores en todas las mesas, en la que los novios puedan recibir las felicitaciones de sus seres más queridos. Música, por qué no, para que la novia baile con su marido y con el padre que la ha criado, mientras los demás la contemplan con gran alborozo.

Eso es lo que a Jane le habría gustado.

Capítulo 4

El sábado por la mañana, al día siguiente de que Anna nos anunciara su boda, el sol ya era sofocante cuando aparqué en el aparcamiento de Creekside. Al igual que en la mayoría de las ciudades del sur, en agosto disminuye el ritmo vital de New Bern. La gente conduce con más cautela, los semáforos parecen permanecer en rojo más tiempo que de costumbre, los peatones emplean justo la energía necesaria para que sus cuerpos avancen, pero nada más, como si compitieran a caminar a cámara lenta arrastrando los pies.

Jane y Anna ya se habían marchado, y pasarían todo el día fuera. La noche anterior, al volver de la terraza, Jane se sentó a la mesa de la cocina y se puso a tomar nota de todo lo que tenía que hacer. Aunque en ningún momento se hizo la ilusión de que podría con todo, sus notas abarcaron tres hojas, con objetivos especificados para cada uno de los días de la semana entrante.

A Jane siempre se le habían dado bien los proyectos. Tanto si se trataba de recaudar fondos para los Boy Scouts o de organizar una rifa en la iglesia, mi mujer era por lo común la persona designada como voluntaria. Si bien a veces se quedaba abrumada por la envergadura del proyecto acometido —a fin de cuentas tuvo tres hijos ocupada en otras actividades—, nunca decía que no. Como recordé que a menudo terminaba agotada en tales situaciones, tomé nota mentalmente para pedirle el mínimo tiempo posible a lo largo de la semana que se avecinaba.

El jardín posterior de Creekside está diseñado con setos cuadrados y azaleas agrupadas. Tras pasar por el edificio, seguro de que Noah no estaría en su habitación, seguí el sendero de gravilla en curva que conducía al estanque. Al ver a Noah meneé la cabeza como desaprobación, pues a pesar del calor lo vi con su chaqueta de punto azul, su favorita. Sólo Noah podía tener frío en un día así.

Acababa de terminar de dar de comer al cisne, que seguía nadando en pequeños círculos delante de él. Al acercarme, le oí hablar con el cisne, aunque no llegué a descifrar qué le decía. El cisne parecía confiar en él por completo. En cierta ocasión, Noah me dijo que el cisne a veces descansaba a sus pies, aunque yo nunca había llegado a verlo.

—Hola, Noah —le dije.

Le costó esfuerzo volver la cabeza.

—Hola, Wilson. —Alzó una mano—. Gracias por venir.

—¿Te encuentras bien?

—Pues podría estar mejor —respondió—. Pero también podría estar peor, claro.

Aunque iba a visitarlo con frecuencia, Creekside algunas veces me deprimía, pues parecía un lugar lleno de personas olvidadas en la vida. Los médicos y las enfermeras nos solían decir que Noah era un hombre con suerte, ya que recibía visitas frecuentes, mientras que muchos de los demás internos pasaban el día entero viendo la televisión para rehuir la soledad de sus últimos años de vida. Noah aún pasaba las veladas recitando poemas a las personas que residían en Creekside. Le encantan los poemas de Walt Whitman, y tenía de hecho su ejemplar de *Hojas de hierba* en el banco, a su lado. Rara vez salía sin el libro, y aunque tanto Jane como yo lo leímos hace años, debo reconocer que yo no entiendo por qué les ve tantísimo sentido a esos poemas.

Al estudiarlo a fondo, me asombró una vez más qué triste era contemplar el envejecimiento de un hombre como

Noah. Nunca, durante la mayor parte de mi vida, había pensado en él en estos términos, pero en ese momento, cuando le oí respirar, me recordó el aire pasando por el fuelle de un viejo acordeón. No movía la mano izquierda a resultas del derrame que había tenido en primavera. A Noah se le iba acabando la cuerda, y si bien yo sabía desde mucho antes que así había de ser, finalmente daba la impresión de que él también se había dado cuenta.

Contemplaba al cisne, y siguiendo su mirada reconocí el ave por la mancha negra del pecho. Me recordó un lunar de nacimiento, o un pedazo de carbón en la nieve, un intento de la naturaleza por ponerle sordina a la perfección. En algunas épocas del año se encontraban en el agua hasta una docena de cisnes, aunque ése era el único que nunca se marchaba. Lo he visto flotar en el estanque incluso cuando la temperatura desciende en pleno invierno y los demás cisnes han emigrado hacia mucho más al sur. Una vez, Noah me explicó por qué nunca se marchaba ese cisne. Su explicación era una de las razones por las cuales los médicos creían que deliraba.

Tomé asiento a su lado y le referí lo que había ocurrido la noche anterior con Anna y con Jane. Cuando terminé, Noah me miró con una ligera sonrisita.

—¿A Jane le sorprendió? —preguntó.

—¿A quién no le iba a sorprender?

—Y ella, claro está, querrá que las cosas se hagan a su manera, ¿no es cierto?

—Así es. —Le conté los planes que había perfilado en la mesa de la cocina antes de comentarle una idea que había tenido yo, algo que supuse que Jane había pasado por alto.

Con la mano todavía útil, Noah me dio una palmada en un muslo como si se mostrase de acuerdo.

—¿Y qué tal está Anna? ¿Cómo le va?

—Está estupendamente. No creo que la reacción de Jane le sorprendiera lo más mínimo.

—¿Y Keith?

—También está bien. Al menos, por lo que dijo Anna.

Noah asintió con la cabeza.

—Hacen una pareja estupenda, esos dos jóvenes. Los dos tienen un gran corazón. Me recuerdan a Allie y a mí.

Sonreí.

—Le diré que has dicho eso. Seguro que le alegro el día.

Permanecimos sentados en silencio hasta que Noah por fin señaló el estanque.

—¿Sabías que los cisnes se emparejan de por vida? —dijo.

—Creía que eso era un mito.

—Es verdad —insistió—. Allie siempre decía que era una de las cosas más románticas que había oído en su vida. Para ella, era la demostración de que el amor era la fuerza más poderosa que existe en la tierra. Antes de casarnos, ella tuvo otro novio, ¿lo sabías, no?

Asentí con la cabeza.

—Ya me lo parecía. De todos modos, vino a visitarme sin decírselo a su prometido, y yo la llevé en canoa a un sitio donde vimos miles de cisnes juntos. Era como si hubiera nieve en el agua. ¿Te lo había contado alguna vez?

Volví a asentir con la cabeza. Aunque yo no la había visto con mis ojos, la imagen era muy vívida en mi mente, igual que en la de Jane. Ella a menudo contaba esa historia maravillada.

—Después, nunca volvieron —murmuró—. Siempre había unos cuantos en el lago, pero nunca volvió a ser como aquel día. —Ensimismado en sus recuerdos, hizo una pausa—. A pesar de todo, a Allie le gustaba volver allí. Le gustaba dar de comer a los que todavía seguían en el lago, y a menudo me indicaba las parejas. Mira, allí hay una, y allá otra, me decía. ¿No es maravilloso que siempre estén juntos? —A Noah se le arrugó la cara al sonreír—. Creo que era su manera de recordarme que le fuera fiel.

—No creo que tuviera que preocuparse por eso.

—¿Ah, no?

—Yo creo que Allie y tú estabais hechos el uno para el otro.

Sonrió con nostalgia.

—Sí —dijo al fin—. Es verdad. Pero tuvimos que esforzarnos. También nosotros pasamos por momentos difíciles.

Quizás se refería al Alzheimer. Y, mucho antes de eso, a la muerte de uno de sus hijos. También hubo otras cosas, cómo no, pero eran sucesos que aún le costaba mucho trabajo comentar.

—Pues siempre disteis la sensación de que todo era muy sencillo —protesté.

Noah negó con la cabeza.

—No, no era. No siempre. Todas aquellas cartas que yo le escribía eran una manera de recordarle no sólo lo que sentía por ella, sino también la promesa que nos habíamos hecho el uno al otro.

Me pregunté si intentaba recordarme aquella vez en que me sugirió que yo hiciese lo mismo por Jane, pero preferí no comentarlo. En cambio, saqué a relucir algo que tenía intención de preguntarle.

—¿Fue duro para ti y para Allie que vuestros hijos se marcharan de casa?

Noah se tomó unos momentos para sopesar su respuesta.

—No sé si la palabra es duro, pero fue distinto.

—¿En qué sentido?

—Para empezar, había tranquilidad. Mucha tranquilidad. Allie trabajaba en su estudio, de modo que estaba yo solo haciendo un poco de esto y de aquello en la casa mucho tiempo. Creo que fue por entonces cuando me dio por hablar solo, para tener compañía sin más.

—¿Cómo reaccionó Allie al no tener a sus hijos en casa?

—Igual que yo —dijo—. Al menos, al principio. Nuestros hijos fueron nuestra vida durante mucho tiempo, y cuando eso cambia siempre hay que hacer ajustes. Pero yo creo que cuando ella se adaptó, volvió a disfrutar del hecho de que estuviéramos los dos solos.

—¿Cuánto tiempo le costó? —pregunté.

—No lo sé. Tal vez dos semanas.

Noté que se me hundían los hombros. Pensé: «¿Sólo un par de semanas?».

Noah pareció percatarse de mi expresión, y carraspeó tras tomarse unos momentos.

—Bueno, ahora que lo pienso —dijo—, estoy seguro de que ni siquiera tardó tanto. Creo que sólo pasaron unos cuantos días antes de que volviese a estar normal.

¿Unos cuantos días? Ya no supe articular una respuesta.

Se llevó una mano a la barbilla.

—De hecho, si mal no recuerdo —siguió diciendo—, ni siquiera fue cuestión de unos cuantos días. No, de hecho nos pusimos a bailar el *jitterbug* allí mismo, delante de la casa, en cuanto cargamos en el coche de David sus últimas pertenencias y se marchó. Pero debo decirte que los dos primeros minutos sí se nos hicieron difíciles. Difíciles de verdad. A veces todavía me pregunto cómo pudimos sobrevivir a aquellos dos minutos.

Aunque mantenía seria la expresión al hablar, detecté una mirada brillante y traviesa en sus ojos.

—¿El *jitterbug*? —pregunté.

—Es un baile.

—Ya sé lo que es.

—Antes era muy popular.

—Pero de eso hace muchísimo tiempo.

—¿Cómo? ¿Ya no se baila el *jitterbug*?

—No, Noah. Es un arte que se ha perdido.

Me dio con un codo suavemente.

—Pero te la acabo de jugar, ¿eh?

—Pues un poco, sí —reconocí.

Hizo un guiño.

—Te lo has tragado.

Permaneció unos momentos en silencio, y parecía contento consigo mismo. Luego, sabedor de que en realidad no había respondido a mi pregunta, se desplazó en el banco y soltó un largo suspiro.

—Fue difícil para los dos, Wilson. Cuando se marcharon de casa nuestros hijos, ya no sólo eran nuestros hijos, sino también nuestros amigos. Los dos nos sentíamos solos. Por un tiempo, ni siquiera supimos muy bien qué hacer el uno con el otro.

—Nunca me lo habías dicho.

—Nunca me lo has preguntado —dijo él—. Yo los echaba de menos, pero creo que fue Allie quien peor lo pasó de los dos. Era pintora, sí, pero era por encima de todo y en primer lugar madre, de modo que cuando sus hijos se fueron de casa fue como si ya no estuviera del todo segura de quién era ella en realidad. Al menos así fue durante un tiempo.

Traté de imaginármelo, pero no pude. No era aquélla una Allie a la que yo hubiera visto, no era una Allie que me pareciera siquiera posible.

—¿Por qué pasa eso? —pregunté.

En vez de responder, Noah me miró y calló un momento.

—¿Te he hablado de Gus alguna vez? —preguntó por fin—. Me visitaba a veces mientras estaba reparando la casa.

Asentí con la cabeza. Gus, según sabía, era pariente de Harvey, el reverendo negro al que yo veía algunas veces cuando iba a visitar la propiedad de Noah.

—Bueno. Pues al viejo Gus —me explicó Noah— le encantaban los chistes, cuanto más divertidos mejor. A veces nos sentábamos en el porche de noche y tratábamos de idear historietas para hacernos reír mutuamente. A lo largo de los años hubo algunas buenas, pero, ¿quieres que te cuente cuál era mi preferida? ¿Quieres saber el chiste más disparatado que me contó el viejo Gus? Bueno, antes de que te lo cuente has de entender que el viejo Gus llevaba medio siglo casado con la misma mujer. Habían tenido ocho hijos. Él y su pareja habían pasado por todo lo que se puede pasar juntos. En fin, que llevábamos toda la noche contándonos chistes, y de pronto me dijo: «Tengo uno muy bueno». Conque Gus respiró hondo y con una cara seria me miró a los ojos y me dijo: «Noah, entiendo a las mujeres».

Noah se echó a reír, como si lo acabase de oír por primera vez.

—La cuestión es que no hay un solo hombre en la tierra —siguió diciendo—, que pueda decir en serio esas palabras. No hay hombre que las pueda decir en serio. No es posible, así que más vale ni siquiera proponérselo. Pero eso no quiere decir que no pueda uno amarlas. Y tampoco quiere decir que uno deba dejar de hacer todo lo posible para hacerles saber cuánto le importan.

En el estanque observé que el cisne revoloteaba y ponía a punto las alas, mientras yo pensaba en lo que me acababa de decir. De ese modo me había hablado Noah a propósito de Jane durante todo el año anterior. Ni una sola vez me dio un consejo concreto, ni una sola vez me dijo qué debía hacer. Al mismo tiempo, siempre fue muy consciente de que yo necesitaba su apoyo.

—Creo que a Jane le gustaría que yo fuese más como eres tú —le dije.

Noah se rió nada más oírlo.

—Lo estás haciendo bien, Wilson—me dijo—. Lo estás haciendo bien.

ϒ

Aparte del tictac del reloj de pared y del constante runrún del aire acondicionado, reinaba la calma en casa cuando llegué. Al dejar mis llaves sobre la mesa del cuarto de estar, me vi echando un vistazo a las estanterías a uno y otro lado de la chimenea. Estaban repletas de fotografías de la familia, tomadas con el correr de los años: los cinco vestidos con vaqueros y camisas azules, dos veranos antes; otra en la playa que hay cerca de Fort Macon, cuando nuestros hijos eran adolescentes; otra más, de cuando aún eran más pequeños. Luego estaban las que había tomado Jane: Anna vestida de fiesta el día del baile de fin de curso, Leslie con su uniforme de animadora del equipo de fútbol, una foto de Joseph con nuestro perro, Sandy, que por desgracia había muerto algunos veranos antes. Había bastantes más, algunas que se remontaban a su más tierna infancia, y aunque las fotos no estaban dispuestas por orden cronológico sí eran testimonio de cómo había crecido la familia, de cómo había cambiado en el curso de los años.

En el centro de las estanterías, justo encima de la chimenea, había una fotografía en blanco y negro: Jane y yo el día en que nos casamos. La había hecho Allie en la escalinata del juzgado. Ya entonces, el dominio artístico de Allie saltaba a la vista; y aunque Jane siempre ha sido muy hermosa, aquel día la lente de la cámara había sido amable también conmigo. Ése era el aspecto que esperaba tener siempre cuando estuviera a su lado.

Sin embargo, por extraño que parezca, no hay más fotografías nuestras, quiero decir de Jane y yo como pareja, en las estanterías. En los álbumes sí hay docenas de instantáneas que habían tomado nuestros hijos, pero ninguna había llegado a ser enmarcada. A lo largo de los años, Jane había sugerido en bastantes ocasiones que nos hiciéramos otro retrato, pero con las constantes prisas de la vida y del trabajo fue algo que nunca llegó a reclamar mi atención. Ahora, a veces me pregunto por qué nunca encontramos el momento para ello, o qué significa de cara a nuestro futuro, o si de veras tiene alguna importancia.

La conversación con Noah me había dejado meditando sobre los años transcurridos desde que nuestros hijos se marcharon de casa. ¿Podría haber sido un mejor marido durante todo ese tiempo? Sin lugar a dudas, sí. Ahora bien, al rememorarlo, creo que fue durante los meses que siguieron al día en que Leslie se fue a realizar sus estudios universitarios cuando verdaderamente le fallé a Jane, caso de que una completa falta de conciencia pueda calificarse de ese modo. Ahora recuerdo que Jane parecía muy callada e incluso deprimida en esa época, que se pasaba el rato mirando ciegamente las puertas acristaladas, o bien revisando con apatía las viejas cajas en las que se guardaban las cosas de nuestros hijos. En cambio, para mí fue un año especialmente ajetreado en el bufete; el viejo Ambry había sufrido un ataque al corazón, y se vio obligado a recortar de forma drástica su dedicación al trabajo, con lo que me transfirió muchos de los asuntos de sus clientes. La doble carga de un incremento enorme del trabajo y de las tareas de organización que impuso la convalecencia de Ambry a todo el bufete me dejaba casi a diario exhausto y ensimismado.

Cuando Jane tomó la repentina decisión de redecorar la casa, me lo tomé como una buena señal, pues entendí que iba a entretenerse con un proyecto nuevo. Ese trabajo, razoné, le impediría dar vueltas continuamente a la ausencia de nuestros hijos. De ese modo aparecieron sofás de cuero donde antes hubo tapizados, mesas de café de madera de cerezo, lámparas de latón enroscado. Hay un nuevo papel pintado en el comedor, y la mesa tiene sillas suficientes para dar cabida a nuestros hijos y a sus futuros cónyuges. Aunque Jane hizo un trabajo magnífico, debo reconocer que a menudo me quedé pasmado por las facturas de la tarjeta de crédito que empezaron a llegar por correo, si bien me di cuenta de que era preferible no hacer ningún comentario.

Fue cuando dio por terminada la remodelación, sin embargo, cuando los dos empezamos a notar una nueva incomodidad en nuestro matrimonio, una incomodidad que no tenía nada que ver con el nido vacío, sino más bien con el tipo de pareja en que nos habíamos convertido. No obstante, ninguno de los dos dijo nada al respecto. Fue como si los dos creyésemos que hablar del asunto, decir las palabras en voz alta, de alguna manera las haría algo permanente, y creo que a los dos nos daba miedo lo que pudiera suceder a resultas de ello.

Tal vez valga la pena añadir que ésta es la razón de que nunca hayamos ido a una terapia de pareja. Será anticuado si se quiere, pero nunca me he sentido a gusto con la idea de comentar mis problemas a otra persona, y a Jane le sucede lo mismo. Por otra parte, ya sé lo que nos diría un especialista. No, la marcha de los hijos no era la causa del problema, diría, ni tampoco lo era el hecho de que Jane dispusiese de mucho más tiempo libre que antes. Esos aspectos eran simples catalizadores que dieron mayor relevancia a problemas que ya existían.

Así pues, ¿qué era lo que nos había llevado a tal punto?

Aunque me duela decirlo, supongo que nuestro verdadero problema ha sido el descuido inocente, sobre todo por mi parte, si he de ser completamente sincero. No sólo he situado a menudo mi trabajo por encima de las necesidades de mi familia, sino que también siempre he dado por sentada la estabilidad de nuestro matrimonio. Tal como yo la veía, la nuestra era una relación sin problemas importantes, y pongo a Dios por testigo de que nunca he sido uno de esos hombres que están todo el día haciendo las pequeñas cosas que hacían los hombres como Noah por sus esposas. Cuando me paraba a pensarlo, y a decir verdad no era muy a menudo, tendía a tranquilizarme y me decía que, a fin de cuentas, Jane había sabido siempre qué clase de hombre era yo, y que eso siempre sería suficiente.

Pero he terminado por entender que el amor es mucho más que esas dos palabras murmuradas antes de acostarse. El amor se sustenta en las obras, es una continua dedicación a las cosas que hacemos el uno por el otro en el día a día.

En aquel momento, según contemplaba la imagen ante la que me hallaba, sólo atiné a pensar que treinta años de descuido inocente habían dado a mi amor la calidad de una mentira, y tuve la impresión de que eso por fin me iba a pasar factura. Estábamos casados sólo nominalmente. No habíamos hecho el amor desde hacía casi medio año, y los contados besos que nos dábamos tenían muy poco significado para el uno y para el otro. Me moría por dentro, suspirando por todo lo que habíamos perdido, y mientras miraba la fotografía de nuestra boda me odié por haber permitido que todo esto llegara a suceder.

Capítulo 5

A pesar del calor, pasé el resto de la tarde quitando las malas hierbas del jardín y luego me di una ducha antes de ir a la tienda de comestibles. A fin de cuentas, era sábado, el día en que cocinaba yo, y había tomado la decisión de probar suerte con una receta nueva para la cual necesitaba una guarnición de pasta de hélice y verduras. Aunque sabía que seguramente sería más que suficiente para los dos, en el último minuto decidí preparar unos aperitivos y una ensalada César.

A las cinco de la tarde estaba en la cocina; a las cinco y media, los aperitivos ya estaban en preparación. Había preparado unos champiñones rellenos de salchicha y queso en crema, y los estaba calentando en el horno junto con el pan que acababa de comprar en la panadería. Había puesto la mesa y me disponía a abrir una botella de Merlot cuando oí a Jane entrar por la puerta de la calle.

—¿Hola? —llamó.

—Estoy en el comedor —respondí.

Cuando apareció, me sorprendió lo radiante que estaba. Así como mi cabello cada vez más escaso está moteado de gris, Jane sigue teniendo una melena tan oscura y abundante como el día en que nos casamos. Se había colocado algunos mechones tras una oreja, y alrededor del cuello le vi el colgante con un diamante pequeño que le regalé durante nuestros primeros años de casados. Por ensimismado que pudiera haber estado en algunas ocasiones durante nuestro matrimonio, puedo asegurar con total sinceridad que nunca he logrado ser inmune a la belleza de Jane.

—¡Ah! —dijo—, qué bien huele. ¿Qué tenemos para cenar?

—Ternera en salsa al vino de Marsala —anuncié, al tiempo que le servía una copa de vino. Atravesé el comedor para dársela. Mientras estudiaba su cara, me di cuenta de que toda la ansiedad de la noche anterior había dejado paso a un aire de entusiasmo que no había visto en ella desde hacía bastante tiempo. Me di cuenta de que las cosas les habían ido francamente bien a Anna y a ella, y aunque no me percatara de que estaba conteniendo la respiración, noté que espiraba con alivio.

—No te vas a creer lo que nos ha pasado hoy —dijo con emoción—. Ni siquiera cuando te lo cuente te lo vas a poder creer.

Dio un sorbo de vino y me agarró de un brazo para mantenerse en equilibrio mientras se desprendía de un zapato y después del otro. Noté la calidez de su piel incluso después de que me soltara.

—¿De qué se trata? —pregunté—. ¿Qué ha sucedido?

Con la mano que tenía libre, hizo un gesto entusiasta indicándome que la siguiera a la cocina.

—Ven, vamos a la cocina y te lo cuento. Me muero de hambre. Hemos estado tan ocupadas que ni siquiera hemos tenido tiempo de comer. Cuando nos hemos dado cuenta de la hora que era, casi todos los restaurantes ya habían cerrado, y todavía nos quedaban unos cuantos sitios por visitar antes de que Anna tuviera que regresar. Por cierto, gracias por preparar la cena. Me había olvidado por completo de que hoy cocinabas tú, y ya estaba pensando en alguna excusa para encargar que nos trajeran algo de cenar de algún sitio.

No dejó de hablar mientras avanzaba hacia la cocina pasando por las puertas batientes. Caminando tras ella, admiré la sutileza con que movía las caderas al caminar.

—De todos modos, tengo la impresión de que Anna ya va involucrándose más o menos. Me ha parecido mucho más entusiasmada de lo que estaba anoche. —Jane me miró hacia atrás con los ojos relucientes—. Ah, pero espera, espera, porque no te lo vas a creer.

Las encimeras estaban llenas de los preparativos para el plato principal: el solomillo de ternera en tajadas, el surtido de verduras, una tabla de cortar, un cuchillo. Me puse un guante de horno para retirar los aperitivos y coloqué la bandeja del horno sobre la cocina.

—Ahí tienes —dije.

Me miró sorprendida.

—¿Ya están hechos?

—He acertado con el tiempo por suerte —dije encogiéndome de hombros.

Jane cogió un champiñón y le dio un mordisco.

—Así que esta mañana he ido a recogerla... Vaya, esto está buenísimo. —Hizo una pausa y examinó el champiñón. Le dio otro mordisco y vueltas en la boca antes de seguir—. Bueno, lo primero que hemos hecho ha sido hablar de los posibles fotógrafos, pensando en alguien con mucha mejor preparación que yo. Sé que hay unos cuantos estudios fotográficos en el centro, pero estaba segura de que no encontraríamos a nadie en el último momento. Y por eso, ayer por la noche me puse a pensar en que tal vez el hijo de Claire podría encargarse de las fotos. Va a clases de fotografía en el colegio universitario de Carteret, y se quiere dedicar profesionalmente a ella cuando se licencie. Esta misma mañana había llamado a Claire y le había dicho que a lo mejor pasábamos a verla, pero Anna no estaba muy segura porque nunca había visto ninguna de sus fotografías. Mi otra idea consistía en contratar a alguien que ella conociera del periódico, pero Anna me dijo que el periódico no ve con buenos ojos esa clase de trabajos por cuenta propia. De todos modos, y abreviando, ha querido que echáramos un vistazo en los estudios, a ver si por casualidad encontrábamos a alguien disponible. Y no te lo vas a creer, pero...

—Cuéntame —dije.

Jane se metió en la boca el último pedazo de champiñón, para dejar que aumentase mi expectación. Tenía las yemas de los dedos brillantes cuando cogió otro.

—Están buenísimos, de veras —dijo entusiasmada—. ¿Es una receta nueva?

—Sí —respondí.

—¿Complicada?

—La verdad es que no —dije encogiéndome de hombros.

Ella respiró hondo.

—Bueno, pues al final ha resultado que, tal como había supuesto, en los dos primeros sitios a los que hemos ido no tenían a ningún fotógrafo disponible. Entonces hemos ido al estudio de Cayton. ¿Has visto alguna vez las fotografías de bodas que hace Jim Cayton?

—Tengo entendido que es el mejor de la ciudad.

—Es asombroso —dijo—. Su trabajo es sensacional. Hasta la propia Anna se ha quedado impresionada, y ya sabes cómo es para esas cosas. Él fue quien hizo las fotos de la boda de Dana Crowes, no sé si te acuerdas. Por lo común, lo contratan con seis o siete meses de antelación, e incluso así es difícil de conseguir. Quiero decir que no teníamos ni la más mínima posibilidad, ¿no? Y resulta que cuando he ido a preguntárselo a su mujer, que es la que lleva el estudio fotográfico, me ha contado que acababan de cancelarles un encargo.

Dio otro mordisco del aperitivo y masticó despacio.

—Y al final —anunció encogiéndose de hombros levísimamente— resulta que estaba disponible para el sábado que viene.

Levanté las cejas.

—Espléndido —dije.

Una vez alcanzado el momento culminante de su relato, comenzó a hablar más deprisa, rellenando el resto de espacios en blanco.

—No te puedes ni imaginar lo contenta que estaba Anna. ¿Jim Cayton? Aun cuando hubiésemos planeado la boda con un año de antelación, es el que yo habría querido a toda costa. Hemos debido de pasar al menos dos horas hojeando algunos de los álbumes que tienen, para buscar ideas. Anna me preguntaba si me gustaban tal o cual clase de fotografías, y yo le preguntaba cuáles le gustaban a ella. Seguro que la señora Cayton piensa que estamos locas. En cuanto terminábamos de ver un álbum le pedíamos otro. Y ha tenido la amabilidad de responder a todas las preguntas que hemos querido hacerle. Cuando nos hemos marchado, yo creo que las dos nos estábamos pellizcando para creernos de verdad la inmensa suerte que hemos tenido.

—Ya me imagino.

—Así que después —dijo con jovialidad— hemos ido a las pastelerías. De nuevo hemos tenido que hacer un par de paradas, pero la tarta nupcial a mí no me preocupaba demasiado. No es algo que tengan que preparar con meses de antelación, ¿verdad? Bueno, hemos encontrado un pequeño establecimiento donde podían ocuparse de ello, aunque no me había dado cuenta de la cantidad de posibilidades que ofrecen. Había un catálogo entero de tartas nupciales. Las tienen grandes y pequeñas y de todos los tamaños intermedios. Luego, cómo no, hay que decidir qué sabor quieres, qué glaseado, qué forma, qué decoraciones adicionales y todas esas cosas.

—Parece emocionante —dije.

Puso los ojos en blanco hacia el cielo.

—No te lo puedes ni imaginar —dijo, y me reí de su evidente alegría.

Las estrellas rara vez estaban alineadas, pero esa noche parecían estarlo. Jane estaba extasiada, la noche era joven, estábamos a punto de disfrutar juntos de una cena romántica. El mundo parecía perfecto, y junto a la que había sido mi esposa durante tres décadas, de pronto comprendí que el día no podía haber salido mejor aun cuando lo hubiera planeado por adelantado.

Mientras terminaba de preparar la cena, Jane siguió poniéndome al corriente del resto del día, entrando en detalles sobre la tarta (con dos capas, sabor a vainilla, glaseado de nata montada sin azúcar) y las fotografías (Cayton corrige por ordenador cualquier imperfección). A la cálida luz de la cocina distinguía por poco las suaves arrugas que tenía en el rabillo de los ojos, las leves huellas de nuestra vida en común.

—Me alegro de que todo haya ido bien —dije—. Y considerando que ha sido el primer día dedicado a los preparativos, la verdad es que habéis adelantado mucho.

El aroma de la mantequilla fundida llenaba la cocina, y el solomillo comenzó a chisporrotear un poco.

—Ya lo sé. Y estoy contenta, de veras te lo digo —dijo—. Pero aún no sabemos dónde celebrar la ceremonia. Y hasta que no lo tengamos decidido, no sé cómo ocuparme del resto de los preparativos. Le dije a Anna que, si quería, podríamos celebrarla aquí mismo, pero no le gustó mucho la idea.

—¿Qué es lo que tiene pensado?

—Aún no está segura. Cree que le gustaría una boda en un jardín o algo así, un sitio no demasiado formal.

—No debería ser difícil encontrar un sitio así.

—Te sorprenderías. El único sitio que se me ocurrió es el Tryon Palace, pero dudo mucho que puedan ocuparse de una boda con tan poca antelación. Ni siquiera sé si se celebran bodas allí.

—Mmm... —Añadí sal, pimienta y ajo a la sartén.

—La Plantación Orton tampoco está nada mal. ¿Te acuerdas? Allí fuimos el año pasado a la boda de los Bratton.

Me acordaba. Estaba entre Wilmington y Southport, a casi dos horas de New Bern.

—Queda un poco lejos, ¿no crees? —le pregunté—. Teniendo en cuenta que casi todos los invitados son de por aquí...

—Sí, lo sé. No era más que una idea. Además, seguro que ya está todo reservado.

—¿Y qué tal algún sitio del centro? No sé, cualquiera de los hoteles que hay...

Negó con la cabeza.

—Creo que la mayoría son demasiado pequeños... y tampoco sé cuántos tendrán jardín, pero lo podemos mirar, claro. Y si no funciona, pues bueno, ya encontraremos algún sitio. Al menos, eso espero.

Jane frunció el entrecejo ensimismada en sus pensamientos. Se apoyó contra la encimera y puso el pie, enfundado en una media, contra el cajón que le quedaba detrás: exactamente la misma jovencita que me convenció una vez para que la acompañara a su coche. La segunda vez que la acompañé a su coche di por supuesto que se metería dentro sin más y se iría, como la primera vez. En cambio, adoptó esa misma postura, apoyada contra la puerta del conductor, y tuvimos lo que considero nuestra primera conversación. Recuerdo que me maravilló la animación de sus rasgos mientras me contaba los detalles de su infancia en New Bern, y fue la primera vez que percibí en ella los atributos que siempre apreciaría: su inteligencia y su pasión, su encanto, la despreocupación con que parecía ver el mundo. Años después mostró esos mismos rasgos de carácter al criar a nuestros hijos, y sé que ésa es una de las razones por las cuales son hoy en día adultos amables y responsables.

Interrumpí la distraída ensoñación de Jane carraspeando.

—Hoy he ido a visitar a Noah —dije.

Con mis palabras, Jane resurgió.

—¿Qué tal está?

—Lo he encontrado bien. Algo cansado, pero de buen humor.

—¿Estaba de nuevo en el estanque?

—Sí —contesté, y me adelanté a su siguiente pregunta—. También estaba el cisne.

Apretó los labios. Como no quería arruinarle el buen humor, seguí rápidamente.

—Le he contado lo de la boda —añadí.

—¿Le ha emocionado?

—Mucho —asentí—. Me ha dicho que tiene muchas ganas de estar presente en la ceremonia.

Jane unió las manos.

—Mañana iré con Anna. La semana pasada no tuvo ocasión de ir a visitarlo, y sé que estará deseosa de contárselo todo.—Sonrió con agradecimiento—. Por cierto, gracias por haber ido hoy a verlo. Sé cuánto lo disfruta.

—Ya sabes que a mí también me encanta pasar el rato con él.

—Lo sé. Pero gracias de todos modos.

La carne estaba lista, así que añadí el resto de los ingredientes: el vino de Marsala, el zumo de limón, los champiñones, el caldo de carne, las chalotas troceadas, las cebollas verdes cortadas en dados. Para completar, eché otro poco de mantequilla, como premio por los diez kilos que había perdido a lo largo de un año.

—¿Has hablado ya con Joseph o con Leslie? —le pregunté.

Por un momento, Jane me miró mientras revolvía. Tomó una cuchara del cajón, la mojó en la salsa y la probó.

—Qué buena —comentó alzando las cejas.

—Lo dices como si te sorprendiera.

—Pues la verdad es que no. De un tiempo a esta parte, tú eres el chef. Al menos, en comparación con cuando empezaste.

—¿Cómo dices? ¿No te han encantado siempre mis platos?

Se llevó un dedo al mentón.

—Digamos que el puré de patatas quemado y la salsa de carne crujiente no son algo que guste de entrada.

Sonreí, a sabiendas de que era verdad lo que decía. Mis primeras experiencias culinarias no habían sido precisamente un gran éxito.

Jane probó otra cucharada antes de dejar la cuchara en la encimera.

—Oye, Wilson. Sobre lo de la boda quería decirte que... —empezó.

—¿Sí? —le eché una mirada.

—Ya sabes que un billete de avión para Joseph en el último momento va a salir caro, ¿no?

—Sí —contesté.

—Y el fotógrafo tampoco es barato, aun cuando haya tenido una cancelación.

—Ya —dije—. Era de suponer.

—Y la tarta también es carita. Para ser una simple tarta, me refiero.

—No pasa nada. Es para muchos invitados, ¿no?

Me miró con curiosidad, claramente desconcertada por mis respuestas.

—Bueno... sólo quería avisarte con antelación para que no te enfadaras.

—¿Yo? ¿Cómo iba a enfadarme?

—Ya sabes. A veces, si las cosas empiezan a ponerse caras, te enfadas.

—¿Sí?

Jane enarcó una ceja.

—No te tomes la molestia de fingir que no. ¿O es que no te acuerdas de cómo te pusiste cuando hicimos la redecoración de la casa? ¿Y cuando se estropeaba cada dos por tres la caldera? Si hasta te lustras tú mismo los zapatos.

Alcé las manos rindiéndome en broma.

—Sí, bueno, tienes razón —dije—, pero no te preocupes, esta vez es distinto. —Alcé la mirada, sabedor de que contaba con toda su atención—. Aun cuando gastásemos todo lo que tenemos ahorrado, seguiría valiendo la pena.

Por poco se atraganta con el vino. Se me quedó mirando. Tras un momento que se me hizo muy largo, dio un paso adelante de repente y me hundió un dedo en el brazo.

—¿A qué viene eso? —pregunté.

—Sólo quería comprobar si de veras eres mi marido, o si te han cambiado por una de las personas-vaina.

—¿Personas-vaina?

—Sí. *La invasión de los ladrones de cuerpos*. Te acuerdas de la película, ¿no?

—Claro, pero soy yo. De veras —dije—. Puedes estar segura.

—Pues gracias a dios —dijo, fingiendo un gran alivio. Y entonces, maravilla de las maravillas, me guiñó un ojo—. Pese a todo, quería advertírtelo.

Sonreí, con la sensación de que se me acababa de hinchar el corazón. ¿Cuánto tiempo había pasado, me pregunté, desde la última vez que habíamos bromeado y reído de ese modo en la cocina? ¿Meses? ¿Años, incluso? Aun cuando entendí que podría ser algo pasajero, la pequeña llama de esperanza que yo había comenzado a alimentar en secreto avivó.

ϒ

La primera cita que tuvimos Jane y yo no salió exactamente como había planeado.

Hice una reserva en Harper's, que entonces estaba considerado como el mejor restaurante de la ciudad. También el más caro. Yo tenía el dinero suficiente para pagar la cena, pero sabía que iba a tener que apretarme el cinturón durante el resto del mes para correr con todos mis gastos habituales. También planeé algo especial para después de cenar.

La recogí a la entrada de su colegio mayor, en Meredith, y tardamos sólo unos minutos en llegar al restaurante en coche. La conversación fue la típica de una primera cita, pasando sólo por la superficie de las cosas. Hablamos de la universidad, hablamos del frío que hacía, señalé que era buena cosa que los dos lleváramos una chaqueta. También recuerdo haber comentado que me encantaba su jersey, a lo que ella dijo que lo había comprado el día anterior. Aunque me sentí curiosidad por saber si lo habría hecho pensando ya en nuestra cita, tuve la sensatez de abstenerme de preguntárselo.

Debido a que las tiendas abrían pese a ser festivo, era difícil encontrar sitio cerca del restaurante, de modo que aparcamos a dos manzanas. Yo había distribuido el tiempo con holgura, de modo que llegaríamos puntuales, a la hora de nuestra reserva. De camino al restaurante, a los dos se nos puso colorada la punta de la nariz, y con la respiración se formaban nubecillas de vaho. Había unos cuantos escaparates rodeados de luces intermitentes, y al pasar por una de las pizzerías de la zona oímos música navideña de la máquina de discos de dentro.

Fue al acercarnos al restaurante cuando vimos el perro. Encogido de miedo en un callejón, era de tamaño mediano, pero estaba flaco y cubierto de suciedad. Temblaba, y por el pelaje se le notaba que llevaba un tiempo huido. Me interpuse entre Jane y él por si acaso era peligroso, pero ella me rodeó y se agachó, tratando de llamar la atención del animal.

—Tranquilo, tranquilo —le dijo en un susurro—. No vamos a hacerte daño.

El perro se retiró más aún a la sombra.

—Lleva collar —señaló Jane—. Seguro que se ha perdido. —No apartaba la vista del perro, que parecía estudiarla con cauteloso interés.

Eché un vistazo al reloj y comprobé que nos quedaban unos cuantos minutos libres antes de la hora de nuestra reserva. Si bien aún no estaba seguro de si el perro era peligroso o no, me acuclillé junto a Jane y comencé a hablarle con el mismo tono tranquilizador que empleaba ella. Así siguieron las cosas durante un rato no muy largo, pero el perro permanecía en su sitio sin moverse. Jane dio un pequeño paso hacia él, pero el animal aulló y se escabulló.

—Tiene miedo —dijo con pinta de estar preocupada—. ¿Qué te parece que deberíamos hacer? No me gustaría dejarlo ahí fuera. Esta noche vamos a estar bajo cero. Y si se ha perdido, seguro que lo único que quiere es volver a casa.

Supongo que en ese momento podría haberle dicho casi cualquier cosa. Podría haberle dicho que hiciéramos un esfuerzo, o que llamásemos a los de la perrera, o incluso que pasáramos a ver si seguía por allí después de cenar, y si así era podríamos intentarlo de nuevo. Pero la expresión de Jane me lo impidió. En su rostro se mezclaban la preocupación y el desafío, el primer indicio que tuve de la amabilidad de Jane, de su preocupación por los menos afortunados. Supe en ese preciso instante que no me iba a quedar más remedio que seguirle la corriente y hacer lo que ella quisiera hacer.

—Déjame intentarlo —le dije.

Con toda sinceridad, no tenía nada claro lo que podía hacer. De pequeño, nunca tuve un perro por la sencilla razón de que mi madre era alérgica a ellos, pero a pesar de todo le tendí una mano e insistí en llamarlo a susurros, recurriendo a lo que había visto en las películas.

Primero dejé que el perro se acostumbrase a mi voz, y cuando muy despacio avancé palmo a palmo hacia él, vi que se quedaba en su sitio. Como no quería asustar al chucho, me quedé quieto, le di un margen para que se acostumbrase a mí, aunque sólo fuese de unos momentos, y me acerqué de nuevo palmo a palmo. Después de lo que me pareció una eternidad, estaba tan cerca de él que cuando le tendí la mano estiró el morro hacia ella. Entonces, tras decidir que no tenía nada que temer de mí, movió rápido la lengua lamiéndome los dedos. En cuestión de segundos pude acariciarle la cabeza y miré hacia atrás a Jane.

—Pues le has caído bien —dijo con aire de estar asombrada.

Me encogí de hombros.

—Parece que sí.

Pude leer el número de teléfono que figuraba en el collar, y Jane entró en la librería que había justo al lado para llamar al dueño del perro desde un teléfono público. Mientras lo hacía, esperé con el animal; cuanto más lo acariciaba, más parecía anhelar el toque de mi mano. Regresó Jane y aguardamos cerca de veinte minutos hasta que vino el dueño a recogerlo. Era un hombre de treinta y tantos años, que casi saltó del coche. En el acto, el perro se levantó hasta ponerse al lado del hombre meneando la cola. Tras tomarse un tiempo para agradecerle los babosos lametones, el hombre se volvió hacia nosotros.

—Muchísimas gracias por llamar —dijo—. Llevaba una semana perdido, y mi hijo no se ha dormido una sola noche sin llorar. No tenéis ni idea de lo importante que es esto para él. En su carta a los Reyes Magos sólo ha pedido que aparezca el perro.

Aunque nos ofreció una recompensa, ni Jane ni yo nos mostramos dispuestos a aceptarla. Nos dio a los dos las gracias antes de volver al coche. Al verlo marchar, creo que los dos tuvimos la sensación de haber hecho algo que había valido la pena. Cuando dejó de oírse el ruido del motor, Jane me tomó del brazo.

—¿Llegamos aún a tiempo a nuestra mesa reservada? —preguntó.

Miré el reloj.

—Vamos con media hora de retraso.

—Pero aún deberían tenerla reservada, ¿no?

—No lo sé. De entrada, fue muy difícil conseguir una reserva. Tuve que pedir a uno de mis profesores que me la hiciera él.

—Vamos, quizás tengamos suerte —dijo.

No la tuvimos. Cuando llegamos al restaurante, ya les habían cedido nuestra mesa a otros comensales. No tendríamos mesa disponible hasta las diez menos cuarto. Jane alzó la mirada hacia mí.

—Al menos, hemos hecho feliz a un niño —dijo.

—Lo sé. —Respiré hondo—. Y si se diera el caso otra vez, volvería a hacerlo.

Me estudió durante unos momentos y me apretó un brazo.

—Yo también me alegro de que hayamos parado, aun cuando nos hayamos quedado sin cenar aquí.

Rodeada por el halo de una farola, parecía casi etérea.

—¿No hay algún otro sitio al que te apetezca ir? —le pregunté.

Ladeó la cabeza antes de contestar.

—¿Te gusta la música?

Diez minutos después estábamos sentados a una mesa en la pizzería por delante de la cual habíamos pasado antes. Aunque yo había previsto una cena a la luz de las velas, con vino, terminamos por pedir cerveza con la pizza.

Sin embargo, Jane no parecía decepcionada. Habló con soltura, me habló de sus clases de mitología griega y de literatura inglesa, de los años que llevaba en Meredith, de sus amigas, de todo lo que se le pasara por la cabeza. Por mi parte, me limité a asentir con la cabeza y poco más, aunque le hice preguntas suficientes para que ella no dejara de hablar durante las dos horas siguientes, y puedo asegurar con el corazón en la mano que nunca he disfrutado tanto en compañía de nadie.

En la cocina, me percaté de que Jane me miraba con curiosidad. Me obligué a alejar el recuerdo, di los últimos toques a la cena y la llevé a la mesa. Tras tomar asiento, los dos inclinamos la cabeza y dimos gracias a Dios por todo lo que nos había concedido.

—¿Estás bien? Hace unos momentos parecías absorto —comentó Jane al servirse la ensalada en el cuenco.

Serví una copa de vino para cada uno.

—La verdad es que me estaba acordando de nuestra primera cita —dije.

—¿De veras? —La cuchara se detuvo en el aire—. ¿Y eso?

—Pues no lo sé —dije. Deslicé la copa hacia ella—. ¿Tú la recuerdas siquiera?

—Pues claro —me reconvino—. Fue justo antes de irnos de vacaciones de Navidad. Teníamos previsto ir a cenar a Harper's, pero encontramos un perro extraviado y perdimos la reserva que habías hecho. Y cenamos en aquella pequeña pizzería de más abajo. Y después...

Entornó los ojos y trató de rememorar el orden exacto de los acontecimientos.

—Nos metimos en el coche y fuimos a ver las luces navideñas de Havermill Road, ¿verdad? Tú insististe en que bajáramos del coche y diéramos un paseo, aunque hacía un frío que pelaba. En una de las casas habían recreado el pueblo de Santa Claus, y cuando fuimos encontramos al hombre vestido de él, que me dio el regalo que tú me habías escogido para Navidad. Recuerdo que me asombró que te hubieras tomado tantas molestias para ser nuestra primera cita.

—¿Y te acuerdas de qué te regalé?

—¿Cómo iba a olvidarlo? —sonrió—. Un paraguas.

—Si mal no recuerdo, no es que te hiciera mucha ilusión.

—Bueno —dijo alzando las manos—, ¿cómo iba yo a conocer a ningún chico después de aquello? Mi modus operandi consistía en pedir a los chicos que me acompañasen al coche cuando llovía. Y debes recordar que en aquel entonces en Meredith los únicos hombres eran los profesores o los bedeles.

—Por eso mismo escogí un paraguas —le dije—. Porque sabía muy bien cómo operabas.

—No tenías ni idea —dijo con una sonrisilla—. Fui la primera chica con la que saliste.

—No, ni mucho menos. Ya había salido antes con otras.

Se le había puesto una mirada juguetona.

—Vale, pues fui la primera chica a la que besaste.

Eso era cierto, aunque a la larga he terminado por lamentar habérselo dicho, ya que nunca lo ha olvidado, y es algo que tiende a salir a colación en momentos como ése.

—Estaba demasiado ocupado preparándome de cara al futuro —dije en mi descargo—. No tenía tiempo para cosas así.

—Eras tímido.

—Era muy estudioso, que no es lo mismo.

—¿No te acuerdas de nuestra cena? ¿No te acuerdas de la vuelta en coche? Prácticamente no me dijiste nada. Bueno, me hablaste de tus clases.

—Dije más cosas —repliqué—. Por ejemplo, que me gustaba tu jersey.

—Eso no cuenta —guiñó un ojo—. Tuviste suerte de que fuera tan paciente contigo.

—Sí —reconocí—, en eso tuve suerte.

Lo dije tal como a mí me habría gustado oírlo de sus labios, y creo que no se le escapó mi manera de decirlo. Sonrió fugazmente.

—¿Sabes qué es lo que mejor recuerdo yo de aquella noche? —seguí diciendo.

—No será mi jersey, ¿eh?

Mi mujer, debo añadir, siempre ha tenido un ingenio muy vivo. Me reí, pero claramente estaba de un humor más reflexivo, y seguí hablando.

—Me gustó cómo te detuviste en la calle para atender al perro, cómo insististe en que nos quedáramos hasta asegurarnos de que estaba a salvo. Eso me indicó que tenías buen corazón.

Podría jurar que se sonrojó con mi comentario, pero rápidamente tomó la copa de vino, de modo que no pude estar seguro. Cambié de tema antes de que pudiera decir algo.

—¿Y Anna? ¿Empieza a ponerse nerviosa, o aún no?

Jane negó con la cabeza.

—En absoluto. No parece tener ni la más remota preocupación. Supongo que está segura de que todo saldrá bien, como ha ocurrido hoy al encargar las fotos y la tarta. Esta mañana, cuando le he mostrado la lista de todas las cosas que teníamos por hacer, se ha limitado a decirme: «Pues mejor será que nos pongamos manos a la obra, ¿no?».

Asentí con la cabeza. Me imaginé muy bien a Anna diciendo esas palabras.

—¿Qué hay de su amigo, el sacerdote? —pregunté.

—Me ha dicho que lo llamó ayer noche y que le dijo que estaría encantado de oficiar la boda.

—Estupendo, una cosa menos —sugerí.

—Mmm. —Jane guardó silencio. Supe que mentalmente empezaba a darle vueltas a las actividades de la semana que tenía por delante—. Me parece que voy a necesitar tu ayuda —dijo al fin.

—¿En qué estás pensando?

—Bueno, te hará falta un chaqué. Y a Keith, y a Joseph, y a mi padre, claro.

—No hay problema.

Cambió de postura en la silla.

—Y se supone que Anna anotará los nombres de algunas de las personas a las que querría invitar. No tenemos tiempo para enviar las invitaciones, de modo que alguien tendrá que encargarse de hacerlas por teléfono. Y como resulta que yo no voy a parar en casa, pues estaré con Anna haciendo mil cosas, y tú estás de vacaciones, pues...

Alcé las manos.

—Estaré encantado de hacerlo —le dije—. Empezaré mañana mismo.

—¿Sabes dónde está la libreta de las direcciones?

Ésta es la clásica pregunta a la que he terminado por acostumbrarme con el paso de los años. Jane está convencida hace mucho de que yo padezco una especie de incapacidad natural para encontrar determinados objetos dentro de nuestra casa. También cree que mientras que coloco ciertos objetos en un lugar que no les corresponde, le he asignado a ella la responsabilidad de saber exactamente dónde los he puesto yo por error. Debo añadir que ninguna de las dos cosas es totalmente culpa mía. Así como es cierto que desconozco dónde se encuentra cada uno de los objetos que hay en la casa, esto tiene más que ver con los distintos sistemas de ordenación que tenemos cada uno, y no con el hecho de que sea un inepto. Mi mujer, por ejemplo, cree que el sitio natural de la linterna es uno de los cajones de la cocina, mientras mi razonamiento me indica que debería hallarse en la despensa, donde están la lavadora y la secadora. A resultas de todo ello, la linterna pasa de un sitio a otro, y como yo trabajo fuera de casa es imposible que esté al día de detalles como éste. Si dejo las llaves del coche en la encimera, instintivamente sé que estarán allí cuando vaya a buscarlas, mientras que Jane cree que las buscaré en el tablero que hay junto a la puerta. En cuanto a la colocación de la libreta de las direcciones, para mí no había duda de que se encontraba en el cajón, junto al propio teléfono. Allí la dejé la última vez que hice uso de ella, y estaba a punto de decirlo cuando Jane tomó la palabra.

—Está en la estantería de los libros de cocina.

Me quedé mirándola.

—Ah, claro.

La espontaneidad duró entre nosotros hasta que terminamos de cenar y me puse a recoger la mesa.

Entonces, al principio de un modo casi imperceptible, las rápidas bromas entre los dos dieron paso a una conversación algo más forzada, salpicada de pausas más dilatadas. Cuando comenzamos a recoger la cocina habíamos vuelto al diálogo de costumbre, en el que el sonido más animado no provenía de nosotros, sino del fregado de platos en la cocina.

No sabría explicar por qué fue así, si no fuera recurriendo a que nos habíamos quedado sin cosas que decirnos el uno al otro. Ella me preguntó por Noah otra vez, yo repetí lo que había dicho con anterioridad. Un minuto más tarde volvió a hablarme del fotógrafo, pero a mitad de relato se calló, al darse cuenta de que eso también me lo había contado antes. Como ninguno de los dos habíamos hablado ni con Joseph ni con Leslie, no había novedades en esos frentes. En cuanto al trabajo, como yo estaba de vacaciones, no tenía nada que añadir ni siquiera de pasada. Me percaté de que el humor con que comenzamos la velada estaba a punto de pasar, y quise impedir que sucediera lo inevitable. Me puse a buscar algo, lo que fuera, y por fin carraspeé.

—¿Has oído lo del ataque del tiburón que hubo en Wilmington?

—¿Te refieres al de la semana pasada, el de la chica?

—Sí, a ése.

—Me lo contaste tú.

—No me digas.

—Sí, la semana pasada. Me leíste el artículo del periódico.

Lavé su copa de vino a mano y enjuagué el escurridor. La oí trajinar en los armarios en busca de una fiambrera.

—Qué manera tan espantosa de empezar unas vacaciones —señaló—. Su familia ni siquiera había tenido tiempo de sacar todos los bultos del coche.

Luego venían los platos, y tiré los restos en el fregadero raspándolos. Accioné el triturador de basuras y el ronroneo de la máquina pareció hacer eco contra las paredes, subrayando el silencio reinante entre los dos. Cuando se detuvo, puse los platos en el lavaplatos.

—He estado arrancando malas hierbas del jardín —dije.

—Creía que ya lo habías hecho hace sólo unos días.

—Y es verdad.

Cargué el resto de los utensilios y enjuagué las pinzas de la ensalada. Entre tanto, abría y cerraba el grifo, abría y cerraba la puerta del lavaplatos.

—Espero que no te haya dado el sol más de la cuenta —dijo.

Mencionó esto porque mi padre había fallecido de un ataque al corazón mientras estaba lavando el coche, cuando tenía sesenta y un años. Las enfermedades del corazón han sido corrientes en mi familia, y yo era consciente de que eso preocupaba bastante a Jane. Aunque últimamente éramos más amigos que amantes, sabía a ciencia cierta que Jane siempre se preocuparía por mí. Preocuparse era parte de su naturaleza, y nunca dejaría de serlo.

Sus hermanos son de la misma manera, cosa que atribuyo a Noah y a Allie. Los abrazos y las risas eran algo básico en su casa, donde disfrutaban con las bromas, porque ninguno sospechaba nunca mala fe. A menudo me pregunto en qué persona me habría convertido si ésa hubiera sido mi familia.

—Mañana volverá a hacer calor —dijo Jane, interrumpiendo mis pensamientos.

—He oído en las noticias que llegaremos a los treinta y cinco grados —asentí—. Y la humedad relativa también va a ser muy alta.

—¿Treinta y cinco grados?

—Eso han dicho.

—¡Qué calor!

Jane colocó las sobras en el frigorífico mientras yo limpiaba las encimeras. Tras la intimidad de que habíamos gozado antes, la falta de una conversación significativa parecía ensordecedora. Por la expresión que adoptó Jane me di cuenta de que también ella estaba decepcionada por nuestro regreso a la situación habitual. Se palpó el vestido como si buscara palabras en los bolsillos. Al final, respiró hondo y me dedicó una sonrisa forzada.

—Creo que voy a llamar a Leslie —anunció.

Instantes más tarde me encontraba solo en la cocina, otra vez deseoso de ser alguien distinto de mí, preguntándome si de veras teníamos a nuestro alcance la posibilidad de empezar de nuevo.

Durante las dos semanas que siguieron a nuestra primera cita, Jane y yo aún nos vimos en otras cinco ocasiones antes de que ella regresara a New Bern para pasar las vacaciones de Navidad. Estudiamos juntos dos veces, fuimos al cine una vez, pasamos dos tardes paseando por el campus de la Universidad de Duke.

No obstante, hubo un paseo en particular que siempre sobresaldrá en mi memoria. Era un día lúgubre, pues había llovido durante toda la mañana y las nubes grises cubrían el cielo por completo, de modo que parecía que casi estuviera anocheciendo. Era domingo, dos días después de que rescatáramos al perro extraviado. Jane y yo paseábamos entre los diversos edificios del campus.

—¿Cómo son tus padres? —me preguntó.

Di unos cuantos pasos antes de responder.

—Son buena gente —dije al fin.

Ella se quedó a la espera de que dijera algo más, pero como yo seguí callado me dio un ligero empellón con el hombro.

—¿Eso es todo lo que se te ocurre decir?

Supe que ésa era su manera de intentar que me abriese, y aunque eso era algo con lo que nunca me había sentido a mis anchas, me di cuenta de que Jane no dejaría de azuzarme, con amabilidad y con insistencia, hasta que lo hiciera. Tenía una inteligencia que había visto en poca gente, no sólo para lo académico, sino también para la gente. Sobre todo para mí.

—Pues no sé qué más contarte —empecé a decir—. Son los típicos padres. Son funcionarios, han vivido en una casa unifamiliar, en Dupont Circle, durante casi veinte años. Eso está en Washington D. C., que es donde yo me crié. Creo que hace algunos años pensaron en la idea de comprar una casa en los barrios residenciales de las afueras, pero ninguno de los dos quería viajar todos los días al trabajo, de modo que allí nos quedamos.

—¿Tenías jardín trasero?

—No. Pero había un patio que estaba bien, y a veces asomaban las hierbas entre las losas del suelo.

Se rió.

—¿Dónde se conocieron tus padres?

—En Washington. Los dos crecieron allí, y se conocieron cuando los dos trabajaban en el Departamento de Transportes. Creo que estuvieron un tiempo en la misma oficina, pero eso es todo lo que sé con certeza. Nunca me dijeron mucho más.

—¿Qué aficiones tienen?

Me paré a pensar en la pregunta mientras me imaginaba a mis padres.

—A mi madre le gusta escribir cartas al director al *Washington Post* —dije—. Yo creo que en el fondo lo que desea es cambiar el mundo. Siempre se pone de parte de los oprimidos; nunca le faltan ideas para que el mundo sea mejor. Creo que debe de escribir al menos una carta por semana. No todas se las publican, claro, pero recorta las que salen en el periódico y las pega en un álbum. Y mi padre... mi padre es un hombre tranquilo. Le gusta hacer maquetas de barcos dentro de botellas de cristal. Debe de haber hecho cientos a lo largo de los años. Cuando empezó a quedarse sin sitio en las estanterías, comenzó a donarlas a las escuelas, para que las expusieran en las bibliotecas. A los niños les encantan.

—¿Tú también lo haces?

—No, qué va. Ésa es la evasión de mi padre. Nunca le ha interesado mucho enseñarme a hacerlo, pues siempre ha creído que yo debería tener mis aficiones. Pero me dejaba mirarlo al menos mientras no tocase nada.

—Qué triste.

—A mí no me importaba —repliqué—. Nunca vi otra cosa, y me parecía interesante. Silencioso, si quieres, pero interesante. No hablaba mucho mientras trabajaba en sus maquetas, pero era agradable pasar el rato con él.

—¿No jugaba contigo a pillar, no andabais en bicicleta?

—No. La verdad, no era muy amigo de salir al aire libre. Sólo le interesaban sus barcos. Así me enseñó mucho sobre la paciencia.

Ella bajó los ojos, mirando los pasos que daba al caminar, y comprendí que estaba comparando todo eso con su propia infancia.

—¿Y eres hijo único? —siguió diciendo.

Aunque nunca se lo había dicho a nadie, me vi con el deseo de explicarle a ella el porqué. Ya entonces deseaba que me conociera, que lo supiera todo acerca de mí.

—Mi madre no pudo tener más hijos. Cuando yo nací tuvo una hemorragia o algo parecido, y después era muy arriesgado que se volviera a quedar embarazada.

—Vaya, lo siento —frunció el ceño.

—Creo que también ella lo sintió.

Para entones habíamos llegado a la capilla principal del campus. Jane y yo nos paramos unos instantes para admirar la arquitectura.

—Nunca me habías hablado tanto de ti de un tirón —comentó.

—Seguramente es más de lo que le he contado a nadie.

Por el rabillo del ojo la vi pasarse un mechón de cabello tras una oreja.

—Creo que ahora te entiendo un poco mejor —me dijo.

Titubeé antes de contestar.

—¿Y eso es bueno?

En vez de responder, Jane se volvió hacia mí y de pronto comprendí que ya sabía cuál era su respuesta.

Supongo que debería recordar con toda exactitud cómo fue, pero si he de ser sincero debo señalar que los momentos que siguieron se me han olvidado. En un momento la tomé de la mano, y en el momento siguiente me vi atrayéndola con suavidad hacia mí. Me pareció ligeramente asustada, pero cuando vio mi cara moverse hacia la suya cerró los ojos y aceptó lo que yo estaba a punto de hacer. Se inclinó hacia mí; al rozar sus labios contra los míos, supe que siempre iba a recordar nuestro primer beso.

Al escuchar a Jane mientras hablaba por teléfono con Leslie, me pareció que sonaba muy parecido a la muchacha que aquel día paseó a mi lado por el campus. Tenía una voz animada y sus palabras fluían profusamente; la oí reír como si Leslie estuviera con ella en la sala.

Me senté en el sofá, a media habitación de distancia, y escuché a medias. Jane y yo en otros tiempos paseábamos y charlábamos durante horas, pero de un tiempo a esta parte daba la impresión de que otros habían ocupado mi lugar. Con nuestros hijos, Jane nunca se quedaba sin saber qué decir, y tampoco le costaba ningún esfuerzo hablar cuando iba a visitar a su padre. Tiene un círculo de amistades bastante amplio, y conversaba con todas ellas con la misma soltura. Me preguntaba qué dirían si pasaran una velada normal y corriente con nosotros.

¿Éramos la única pareja con ese problema? ¿O era algo común en otros matrimonios que habían durado tanto como el nuestro, una inevitable repercusión del tiempo transcurrido? Por lógica, parecía deducirse que era lo segundo, y sin embargo me dolía darme cuenta de que toda su ligereza desaparecería en el mismo instante en que colgase el teléfono. En vez de las chanzas no forzadas, recurriríamos de nuevo a los tópicos y la magia desaparecería. No podía soportar otra conversación sobre el tiempo.

Ahora bien, ¿qué podía hacer? Ésa era la pregunta que me asediaba. En menos de una hora había contemplado la existencia de nuestros dos matrimonios, y sabía de sobra cuál prefería, cuál creía que nos merecíamos.

Al fondo, oí que la conversación de Jane con Leslie ya se quedaba sin cuerda. Hay un patrón cuando se acerca a su fin una llamada telefónica, y conocía el de Jane tan bien como el mío. En cuestión de segundos la iba a oír decirle a nuestra hija que la quería, hacer una pausa mientras Leslie le decía lo mismo, y luego despedirse. A sabiendas de que faltaba poco, y dispuesto de pronto a arriesgarme, me levanté del sofá y me giré hacia ella.

Iba a cruzar la sala, me dije, y a tomarle de la mano como había hecho frente a la capilla de Duke. Se preguntaría de seguro qué estaba ocurriendo, tal como se lo había preguntado entonces, pero igual que aquella vez la atraería hacia mí. Le rozaría la cara, cerraría los ojos despacio, y en el instante en que mis labios rozasen los suyos ella se daría cuenta de que ése iba a ser un beso bien distinto de todos los besos que hubiera recibido de mis labios. Sería novedoso a la vez que familiar; sería un beso de agradecimiento, aunque repleto de deseo; su propia inspiración evocaría en ella los mismos sentimientos. Iba a ser, pensé, un nuevo comienzo en nuestras vidas, como nuestro primer beso de hacía tanto tiempo.

Me lo imaginé con absoluta claridad, y un momento después la oí decir las últimas palabras y pulsar el botón para colgar. Era el momento preciso. Me armé de valor y eché a caminar hacia ella.

Jane estaba de espaldas, con la mano aún sobre el teléfono. Hizo una pausa durante un momento y miró por la ventana de la sala, contemplando el cielo grisáceo que poco a poco iba oscureciendo. Era la persona más fabulosa que había conocido en mi vida, y se lo pensaba decir en los momentos que siguieran a nuestro beso.

Seguí avanzando. Estaba ya cerca de mí, tan cerca que me llegó el conocido aroma de su perfume. Noté que se me aceleraba el corazón. Ya casi había llegado, y a punto estaba de tocarle la mano cuando de pronto levantó el teléfono otra vez. Hizo una serie de movimientos rápidos y eficaces, tan sólo pulsó dos botones. El número está memorizado, de modo que supe con toda exactitud qué acababa de hacer.

Un instante después, cuando Joseph contestó a su llamada, perdí toda mi capacidad de resolución, y tan sólo acerté a volver a mi lugar en el sofá.

Durante la hora siguiente, poco más o menos, permanecí sentado junto a la lámpara de pie, con la biografía de Roosevelt abierta sobre el regazo.

Aunque me había pedido que fuera yo quien llamase a los invitados, tras terminar su llamada a Joseph fue la propia Jane quien llamó a quienes eran más próximos a la familia. Comprendía ese entusiasmo, que sin embargo nos dejó aislados en mundos distintos hasta pasadas las nueve de la noche, y terminé por llegar a la conclusión de que las esperanzas que no se cumplen, por pequeñas que sean, siempre son desgarradoras.

Cuando Jane dio por terminada la ronda de llamadas, intenté llamarle la atención. En vez de sentarse a mi lado en el sofá, cogió una bolsa de la mesa que hay a la entrada, una bolsa en la que no me había fijado cuando llegó.

—Las he comprado para que las vea Anna cuando ya volvía hacia casa —dijo, agitando un par de revistas de novias—, pero antes de dárselas quería tener la ocasión de echarles un vistazo.

Forcé una sonrisa, a sabiendas de que el resto de la velada se había echado a perder.

—Buena idea —comenté.

A medida que nos acostumbrábamos al silencio —yo en el sofá, Jane en la butaca—, me di cuenta de que ella atraía mis miradas furtivas. Sus ojos oscilaban cuando pasaba de un vestido a otro; le vi doblar la esquina de unas cuantas páginas. Al igual que los míos, sus ojos ya no son lo que eran, y me percaté de que tenía que estirar el cuello hacia atrás, como si se mirara la nariz para ver con más claridad. De vez en cuando le oí susurrar algo, una exclamación contenida. Supe que se estaba imaginando a Anna con el vestido que viera en la página.

Viendo su rostro, tan expresivo, me maravilló el hecho de que en un momento u otro se lo hubiera besado entero. Nunca he amado a nadie más que a ti, quise decirle, pero pudo el sentido común, y tuve presente que sería preferible reservar esas palabras para otra ocasión en la que contase con toda su atención, en la que esas palabras pudieran suscitar una respuesta recíproca.

A medida que transcurría la noche, seguí mirándola mientras fingía leer el libro. Podría hacerlo durante toda la noche, pensé, pero el cansancio se fue apoderando de mí, y tuve la certeza de que Jane al menos permanecería despierta otra hora, tal vez más. Las páginas marcadas la llamarían si no las miraba por segunda vez, y aún tenía que revisar de cabo a rabo ambas revistas.

—¿Jane? —dije.

—¿Mmm? —respondió automáticamente.

—Tengo una idea.

—¿Acerca de qué? —siguió con los ojos clavados en la página.

—Acerca del lugar en que podría celebrarse la boda.

Por fin pareció retener lo que acababa de decirle, y levantó la mirada.

—Tal vez no sea un lugar perfecto, pero estoy seguro de que estará disponible —dije—. Es al aire libre y hay sitio de sobra para aparcar. Y hay muchas flores. Miles de flores.

—¿Dónde está?

Vacilé antes de responder.

—En casa de Noah —dije—. Bajo el enrejado, junto a los rosales.

A Jane se le abrió la boca y enseguida la cerró. Pestañeó rápidamente, como si despejara la vista. Y entonces, con extremada lentitud, comenzó a sonreír.

Capítulo 6

Por la mañana me ocupé de los chaqués y comencé a hacer llamadas a los amigos y vecinos que figuraban en la lista de Anna. Recibí la mayoría de las respuestas con que contaba.

«Claro que estaremos encantados de ir», me dijo una pareja. «No nos lo perderíamos por nada del mundo», me dijo otra. Aunque fueron llamadas amistosas, no me extendí en la conversación, de modo que terminé mi tarea mucho antes de mediodía.

Jane y Anna habían salido en busca de las flores para los ramos; más avanzada la tarde tenían previsto ir a ver la casa de Noah. Como faltaban horas hasta que nos viésemos, decidí coger el coche e ir a Creekside. Por el camino compré tres paquetes de pan de molde en la tienda de comestibles.

En el coche, mis pensamientos se encaminaron hacia la casa de Noah y la primera visita que hice allí, hace ya muchos años.

Jane y yo llevábamos seis meses saliendo antes de que me invitara a visitar la casa de sus padres. Se había licenciado en Meredith en el mes de junio; tras la ceremonia la llevé en mi coche tras el de sus padres, de regreso a New Bern. Jane era la mayor de sus hermanos —los cuatro habían nacido en tan sólo siete años—, y por las caras que pusieron cuando llegamos me di perfecta cuenta de que todavía me estaban sometiendo a examen. Mientras había estado con la familia de Jane durante la ceremonia de licenciatura y Allie incluso había enroscado una mano en mi brazo, no había podido evitar el sentirme muy cohibido por la impresión que pudiera causar en todos ellos.

Al darse cuenta de mi ansiedad, Jane inmediatamente sugirió que diésemos un paseo en cuanto llegamos a la casa. La belleza seductora de aquella región de tierras bajas tuvo un efecto calmante en mis nervios; el cielo estaba del color de los huevos de tordo, en el aire no había ni la frescura de la primavera ni el calor y la humedad del verano. Noah había plantado millares de bulbos a lo largo de los años, y los lirios florecían a lo largo de la verja en grupos de colores desenfrenados. Mil matices del verde adornaban los árboles, y resonaba el trino de los pájaros cantores por todas partes. Sin embargo, fue la rosaleda, incluso desde cierta distancia, lo que más me llamó la atención. Los cinco corazones concéntricos —las matas más altas en el centro, las más bajas en la periferia— eran un estallido de rojos, rosas, naranjas, blancos y amarillos. Había cierto azar orquestado en las flores, un azar que sugería unas tablas entre la naturaleza y el hombre, que parecía casi por completo fuera de lugar en medio de la belleza asilvestrada del paisaje.

Al rato, terminamos bajo el enrejado contiguo a la rosaleda. Es evidente que para entonces yo ya tenía un gran cariño por Jane, aunque aún no estaba del todo seguro de que tuviéramos un futuro juntos por delante. Como ya he apuntado antes, consideraba que era una necesidad ineludible el tener un empleo bien remunerado antes de entablar una relación en serio. Aún me quedaba un año para licenciarme, y me parecía injusto pedirle que me esperase hasta entonces. Aún no sabía, claro está, que acabaría trabajando en New Bern. Por descontado, a lo largo del año siguiente ya tenía concertadas algunas entrevistas con bufetes de Atlanta y

Washington D. C., mientras ella había hecho planes para volver a su ciudad natal.

Sin embargo, Jane ya empezaba a ponerme difícil cumplir los planes que yo había hecho. Parecía disfrutar con mi compañía. Me escuchaba con gran interés, me tomaba el pelo con ánimo juguetón, me buscaba la mano siempre que estábamos juntos. La primera vez que lo hizo recuerdo haber pensado qué bien me sentía. Aunque suene ridículo, cuando una pareja se da la mano, o te sientes bien o no. Supongo que es algo que tiene que ver con la manera de entrelazar los dedos, con el modo idóneo de colocar el pulgar, aunque cuando intenté explicarle mi razonamiento Jane se echó a reír y me preguntó por qué me parecía tan importante analizar una cosa así.

Aquel día, el día de su ceremonia de licenciatura, me volvió a tomar de la mano y por primera vez me contó la historia de Allie y de Noah. Se conocieron cuando eran adolescentes y se enamoraron entonces, pero Allie se mudó a otra ciudad y no se hablaron durante los catorce años que siguieron. Mientras estuvieron separados, Noah trabajó en Nueva Jersey, fue a la guerra y por fin regresó a New Bern. Entretanto, Allie se había prometido a otro hombre. Cuando la boda estaba a punto de celebrarse, volvió a visitar a Noah y comprendió que siempre lo había amado. Al final, Allie rompió su compromiso y se quedó en New Bern.

Aunque habíamos hablado de muchas cosas, esto era algo que no me había contado aún. Por entonces, la historia no me pareció tan conmovedora como ahora me lo parece, pero supongo que fue cosa de mi edad y mi género. Ahora bien, ya me di cuenta de que era para ella muy importante; me conmovió lo mucho que le importaban sus padres. Poco después de comenzar a contármela tenía sus ojos oscuros llenos de lágrimas, que le saltaron a las mejillas. Al principio trató de secárselas, pero luego lo dejó, como si acabara de llegar a la conclusión de que no tenía importancia que yo la viera llorar. El bienestar que eso daba a entender me afectó profundamente, pues supe que me estaba confiando algo que había compartido con muy pocas personas más. Yo rara vez he llorado por nada. Cuando terminó, pareció haber entendido esa faceta de mi personalidad.

—Disculpa que me haya puesto tan emotiva —dijo en voz baja—. Pero es que hace mucho tiempo que deseaba contarte esta historia. Y quería contártela en el momento oportuno y en el lugar oportuno.

Me apretó la mano como si no quisiera soltarla nunca.

Aparté la mirada y sentí que se me contraía el pecho de una manera que nunca había experimentado. A mi alrededor, todo el escenario era de una intensa viveza, cada pétalo y cada brizna de hierba resaltaba marcadamente. Tras ella, vi que su familia se reunía en el porche. Prismas de luz solar cortaban moldes en el terreno.

—Gracias por compartirlo conmigo —le susurré, y cuando me volví a mirarla por fin supe qué significaba de veras enamorarse.

Fui a Creekside y encontré a Noah sentado frente al estanque.

—Hola, Noah —le dije.

—Hola, Wilson. —No dejó de contemplar el agua—. Gracias por venir a visitarme.

Dejé en el suelo la bolsa con el pan.

—¿Te encuentras bien?

—Podría estar mejor. Pero también podría estar peor, claro.

Me senté a su lado, en el banco. El cisne del estanque no me tenía miedo, y se quedó en la zona poco profunda, cerca de nosotros.

—¿Le dijiste —me preguntó— que se podría celebrar la boda en la casa?

Asentí con la cabeza. Ésa era la idea que le había comentado a Noah el día anterior.

—Creo que le sorprendió que no se le hubiera ocurrido a ella primero.

—Tiene demasiadas cosas en la cabeza.

—Sí, desde luego. Se ha marchado con Anna nada más terminar el desayuno.

—¿Estaba ansiosa por marcharse?

—Desde luego. Jane por poco ha arrastrado a Anna por la puerta. Y no he sabido nada de ella desde que se ha ido.

—Allie se portó de la misma manera en la boda de Kate.

Hablaba de la hermana pequeña de Jane. Al igual que la boda del fin de semana, la de Kate se había celebrado en casa de Noah. Jane había sido la dama de honor.

—Supongo que ya habrá empezado a mirar los vestidos de novia.

Le miré de repente, sorprendido.

—Para Allie, eso era lo mejor de la boda, me parece a mí —siguió diciendo—. Kate y ella se pasaron dos días enteritos en Raleigh, en busca del vestido perfecto. Kate se debió de probar más de cien, y cuando Allie volvió a casa me los describió uno por uno. Encajes por aquí, mangas por allá, sedas y tafetanes, cinturas fruncidas... debió de estar horas hablando por los codos, pero se ponía tan guapa cuando algo la apasionaba que apenas presté atención a lo que me estaba diciendo.

Me puse las manos sobre el regazo.

—No creo que Anna y Jane tengan tanto tiempo para una cosa así.

—No, supongo que no. —Se volvió hacia mí—. Pero estará hermosa, da igual lo que se ponga, ¿sabes?

Asentí con la cabeza.

ϒ

De un tiempo a esta parte, nuestros hijos comparten el mantenimiento de la casa de Noah.

La propiedad es conjuntamente de todos nosotros; Noah y Allie así los dispusieron legalmente antes de irse a vivir a Creekside. Como la casa había significado tanto para ellos, y para los hijos, les resultó imposible deshacerse de ella. Tampoco habrían podido dejarla en herencia a uno solo de sus hijos, ya que es el lugar donde se concentran innumerables recuerdos compartidos por todos ellos.

Como ya dije, visitaba la casa con frecuencia. Al caminar por la finca después de irme de Creekside, tomé buena nota de todo lo que sería preciso hacer. Un encargado se ocupaba de cortar periódicamente el césped y de que la verja estuviera en buenas condiciones, a pesar de lo cual iban a ser necesarios muchos trabajos en la finca para que estuviera lista a la hora de acoger a los invitados. Y era imposible que lo hiciera yo solo. La casa, de maderas blancas, estaba recubierta por el polvo grisáceo de mil lluvias, aunque con un buen chorro de agua a presión se podría limpiar. A pesar del esfuerzo del encargado, los jardines estaban en muy mal estado. Salían malas hierbas a lo largo de los postes de la verja, era necesario recortar los setos, y sólo había tallos secos de los lirios tempranos. Los hibiscos, las hortensias y los geranios añadían manchas de color, pero necesitaban también una buena mano.

Así como todo eso era relativamente fácil de solucionar con relativa celeridad, la rosaleda me preocupaba. Se había asilvestrado a lo largo de los años en que la casa había estado vacía; cada uno de los corazones concéntricos alcanzaba poco más o menos la misma altura, y cada arbusto parecía crecer hasta unirse al siguiente. Eran innumerables los tallos que sobresalían formando ángulos extraños, y las hojas oscurecían gran parte del color. No tenía ni idea de si funcionaban o no los focos. Desde donde me encontraba, parecía que no hubiera otro modo de salvar todo aquello, si no era podando todo y dejando pasar otro año hasta que florecieran los retoños.

Tuve sin embargo la esperanza de que mi paisajista fuera capaz de obrar un milagro. Si alguien podía afrontar ese proyecto, tenía que ser él. Hombre tranquilo y apasionado por la perfección, Nathan Little había trabajado en algunos de los jardines más famosos de Carolina del Norte —la Finca Biltmore, el palacio de Tryon, los Jardines Botánicos de Duke— y sabía más de plantas que cualquier otra persona a la que yo haya conocido.

Mi pasión por nuestro propio jardín —pequeño, desde luego, pero a pesar de todo sensacional— nos llevó a ser buenos amigos con el paso de los años, y Nathan a menudo insistía en venir a verme después del trabajo. Tuvimos largas conversaciones sobre la acidez del terreno y el papel de la sombra en el crecimiento de las azaleas, sobre distintos fertilizantes, e incluso sobre los requisitos de riego de los pensamientos. Como era algo completamente ajeno al trabajo que yo desarrollaba en mi despacho, seguramente por eso mismo me producía tanto placer.

Mientras examinaba la propiedad, visualicé de qué modo me gustaría verla. A lo largo de mis llamadas anteriores también había contactado con Nathan; aunque era domingo, había accedido a pasarse por allí. Disponía de tres equipos de trabajo, la mayoría de los cuales sólo hablaban español, y la cantidad de trabajo que uno solo de sus equipos era capaz de desarrollar a lo largo de un solo día resultaba asombrosa. Con todo, se trataba de un proyecto de gran envergadura. Recé para que fueran capaces de terminarlo a tiempo.

Fue mientras tomaba nota mentalmente de todo cuando vi a lo lejos a Harvey Wellington, el reverendo. Estaba en el porche de su casa, apoyado contra uno de los postes con los brazos cruzados. No se movió cuando lo vi. Fue como si ambos nos mirásemos mutuamente con atención; un momento después lo vi sonreír. Me pareció que era una invitación a acercarme a visitarlo, pero cuando aparté la vista y volví a mirarlo ya se había esfumado dentro de su casa. Aun cuando habíamos conversado, aun cuando le había estrechado la mano, en ese instante caí en la cuenta de que nunca había pisado más allá de la puerta delantera.

Nathan pasó a verme después de comer. Pasamos juntos una hora. Asintió continuamente con la cabeza mientras yo le hablaba, pero hizo un mínimo de preguntas. Cuando terminé, se protegió del sol los ojos con una mano.

Sólo la rosaleda iba a causarnos problemas, dijo al fin. Iba a costar muchísimo trabajo conseguir que tuviera el aspecto que debería.

Pero... ¿es posible?

Estudió la rosaleda durante unos largos instantes antes de asentir con la cabeza. Miércoles y jueves, dijo al fin. Vendría con todo el personal, añadió. Treinta personas.

¿Sólo en dos días?, pregunté. ¿Y el resto del jardín? Nathan conocía su trabajo tan bien o mejor que yo el mío, a pesar de lo cual su afirmación me dejó pasmado.

Sonrió y me puso una mano en un hombro.

—No te preocupes, amigo mío —dijo—. Quedará magnífico.

A media tarde, el calor se alzaba del suelo en rielantes ondas. La humedad había espesado el aire, con lo que el horizonte parecía desenfocado. Al notar el sudor que me perlaba la frente, me saqué un pañuelo del bolsillo. Me sequé la cara y me senté en el porche para esperar la llegada de Jane y Anna.

Aunque la casa estaba cerrada por tablones, esto no se había hecho por motivos de seguridad. Los tablones que cerraban las ventanas tenían por misión impedir actos de vandalismo gratuito, así como que alguien decidiera explorar las habitaciones. El propio Noah había diseñado los tablones antes de marcharse a vivir a Creekside —fueron sus hijos quienes de hecho se ocuparon de la mayor parte del trabajo—, y estaban sujetos a la casa mediante bisagras y engarces en el interior, de modo que eran fáciles de abrir desde dentro. El encargado lo hacía dos veces al año para ventilar la casa. Estaba cortada la electricidad, pero en la parte de atrás había un generador que el encargado a veces encendía para verificar que los interruptores y las tomas de corriente aún funcionaban. El agua, en cambio, no se había cortado nunca debido al sistema de aspersores; el encargado me había dicho que a veces abría los grifos de la cocina y de los baños, para limpiar el polvo que se pudiera haber acumulado en las tuberías.

Estoy seguro de que un día alguien volverá a vivir en esa casa. No seremos Jane y yo, y tampoco imagino que sea ninguno de sus hermanos, pero es algo que me seguía pareciendo inevitable. También era inevitable que eso sucediera sólo mucho después del fallecimiento de Noah.

Pocos minutos más tarde llegaron Anna y Jane con una polvareda tras el coche cuando subían por el camino. Las recibí a la sombra de un roble gigantesco. Las dos miraban alrededor, noté la ansiedad creciente en la cara de Jane. Anna mascaba un chicle y me brindó una breve sonrisa.

—Hola —dijo.

—Hola, cariño. ¿Qué tal os ha ido? —pregunté.

—Ha sido divertido. A mamá casi le entra un ataque de pánico, pero al final hemos hecho bastantes cosas. Al final, hemos encargado el ramo, y también los prendidos y las flores para los ojales.

No parecía que Jane la oyera. Seguía mirando a su alrededor desesperadamente. Sabía muy bien qué estaba pensando: que iba a ser imposible que la propiedad estuviera en condiciones con tan poco margen de tiempo. Como la había visitado muchas menos veces que yo, creo que había conservado la imagen de cómo era en sus buenos tiempos, y no la de entonces.

Le puse una mano en un hombro.

—No te preocupes. Quedará magnífico —le dije para tranquilizarla, haciéndome eco de la promesa que me hizo el paisajista.

Más tarde, Jane y yo paseamos juntos por los jardines. Anna se había alejado mientras hablaba con Keith por el teléfono móvil. Mientras caminamos, le comenté las ideas de las que había hablado con Nathan, pero me di cuenta de que sus pensamientos estaban en otra parte.

Cuando le insistí, Jane meneó la cabeza como desaprobación.

—Es Anna —confesó con un suspiro—. Lo mismo está atenta a los planes que se evade por completo. Además, tengo la impresión de que es incapaz de tomar ni una sola decisión por sí misma. Ni siquiera con las flores. No sabía qué colores deseaba para los distintos ramos, ni qué flores le apetecían más. En cambio, en cuanto yo digo que me gusta tal o cual cosa, dice que a ella también. Y a este paso me va a volver loca. Es decir, ya sé que todo esto ha sido idea mía, caramba, pero sigue siendo su boda.

—Ella siempre ha sido así —le dije—. ¿No te acuerdas de cuando era pequeña? Me contabas exactamente lo mismo cuando salíais las dos a comprar la ropa del colegio.

—Lo sé —dijo, pero por su tono de voz me parecía que algo más le fastidiaba.

—A ver, ¿qué es lo que pasa? —le pregunté.

—Ojalá tuviésemos más tiempo —suspiró Jane—. Ya sé que hemos resuelto unas cuantas cosas pendientes, pero si tuviéramos más tiempo podría arreglar una recepción. Por maravillosa que sea la ceremonia, ¿qué haremos después? Nunca va a tener otra ocasión de experimentar una cosa como ésta.

Mi esposa, la romántica incurable.

—En tal caso, ¿por qué no celebramos después una recepción?

—¿Pero qué dices?

—¿Por qué no la celebramos aquí mismo? Bastaría con abrir la casa.

Me miró como si estuviera mal de la cabeza.

—¿Para qué? No tenemos mesas, no tenemos quien se ocupe del catering, no tenemos música. Todo eso requiere mucho tiempo de preparación. No basta con chasquear los dedos para que vengan corriendo todos los que necesitas.

—Eso mismo dijiste cuando fuiste a resolver lo del fotógrafo.

—Ya, pero una recepción es algo muy distinto —explicó con aire terminante.

—En tal caso, lo haremos de manera diferente —insistí—. ¿Por qué no sugerimos a los invitados que traigan algo de comer?

Pestañeó.

—¿Que cada uno traiga un plato? —no intentó ocultar su consternación—. ¿Quieres hacer eso para la recepción?

Me achanté un poco.

—No era más que una idea —murmuré.

Negó con la cabeza y miró a lo lejos.

—No pasa nada —dijo—. Eso es lo de menos. Lo que cuenta de veras es la ceremonia.

—Déjame que haga algunas llamadas —sugerí—. A lo mejor puedo arreglar algo.

—No hay tiempo suficiente —repitió.

—Es que yo conozco a gente que hace cosas así.

Era cierto. En calidad de abogado experto en herencias, uno de los tres que había en la ciudad —y durante la primera etapa de mi carrera profesional fui el único—, parecía conocer a la mayoría de los empresarios de la región.

—Ya me lo imagino —vaciló, aunque sus palabras sonaron más bien a disculpa. Me sorprendí a mí mismo al tomarle de la mano.

—Haré algunas llamadas, a ver qué pasa —dije—. Tú confía en mí.

Quizás fuera por la seriedad con que lo dije, o por la sinceridad de mi mirada, pero cuando los dos estábamos allí juntos alzó los ojos y pareció estudiarme a fondo. Luego, con extremada lentitud, me apretó una mano para demostrarme su confianza en mí.

—Gracias —me dijo, y mientras me agarraba de la mano tuve una rara sensación de *déjà vu,* como si todos los años que llevábamos juntos de pronto hubieran sido revocados. Y por un momento brevísimo vi de pronto a Jane bajo el enrejado, acababa de oír la historia de sus padres, éramos jóvenes y teníamos un futuro brillante y prometedor por delante. Todo era nuevo, como lo fue hace tantísimo tiempo, y cuando la vi marcharse con Anna pocos minutos después tuve de repente la certeza de que esa boda iba a ser lo más afortunado que nos ocurriese a los dos desde hacía muchos años.

Capítulo 7

La cena ya estaba lista cuando Jane entró esa noche por la puerta.

Puse el horno al mínimo —tocaba pollo *cordon bleu*— y me sequé las manos al salir de la cocina.

—Hola —dije.

—Hola. ¿Qué tal te ha ido con las llamadas que ibas a hacer? —preguntó a la vez que dejaba el bolso en la mesita de al lado del sofá—. Se me ha olvidado preguntártelo antes.

—De momento, todo bien —contesté—. Todos los que figuraban en la lista han dicho que podrán asistir. Al menos, los que se han puesto al teléfono.

—¿Todos? Es... es asombroso. En esta época del año todo el mundo suele estar de vacaciones.

—¿Igual que nosotros?

Soltó una risa despreocupada; me alegró ver que estaba de mejor humor.

—Pues claro —dijo con un gesto de la mano—. Nosotros estamos aquí holgazaneando, relajándonos, ¿no?

—No está tan mal.

Percibió el aroma de la cocina y adoptó una expresión de desconcierto.

—¿Has preparado la cena otra vez?

—No me parecía que estuvieras de humor para ponerte a cocinar esta noche.

—Qué detalle —sonrió. Me miró a los ojos y pareció detenerse en la mirada un poco más que de costumbre—. ¿Te importa que me dé una ducha antes de cenar? Estoy un poco sudada. Nos hemos pasado el día entero subiendo y bajando del coche.

—No, adelante —dije agitando una mano.

Minutos después oí correr el agua en las tuberías. Salteé las verduras, recalenté el pan de la noche anterior y estaba ya poniendo la mesa cuando Jane entró en la cocina.

Igual que ella, me había dado una ducha al volver de la casa de Noah. Luego me puse unos chinos nuevos, pues casi todos los más viejos ya no me quedaban bien.

—¿Son ésos los pantalones que te compré? —me preguntó Jane desde la puerta.

—Sí, ¿qué tal me sientan?

Me miró evaluándome.

—Bien —comentó—. Visto desde aquí, se te nota de veras que has perdido mucho peso.

—Eso es buena cosa —dije—. Me fastidiaría mucho pensar que he sufrido tanto durante todo el año para nada.

—¿Sufrir? No has sufrido nada. Has caminado, sí, pero lo que se dice sufrir...

—Tú prueba a madrugar como yo, antes de que salga el sol, sobre todo cuando llueve.

—Ah, pobrecito —dijo en broma—. Debe de ser muy duro ser como tú.

—No tienes ni idea.

Se rió por lo bajo. Mientras estaba arriba, también se había cambiado y se había puesto unos pantalones cómodos; las uñas pintadas le asomaban por debajo del dobladillo. Tenía el pelo húmedo todavía y un par de manchas de agua en la blusa. Aun sin proponérselo siquiera, era una de las mujeres más sensuales que he visto nunca.

—Atento a la noticia —dijo Jane—. Anna dice que Keith

está encantado con nuestros planes. Parece más emocionado que la propia Anna.

—Anna también está emocionada, no lo dudes. Lo que pasa es que está nerviosa por cómo saldrá todo.

—No, no está nerviosa. Anna nunca se ha puesto nerviosa por nada, te lo aseguro. En eso es igualita que tú.

—Yo me pongo nervioso —protesté.

—Qué va.

—Pues claro que sí.

—A ver, dame un solo ejemplo.

Me lo pensé.

—De acuerdo —dije—. Estuve nervioso cuando volví para cursar mi último año en la facultad de derecho.

Ella lo pensó antes de negar con la cabeza.

—No era la facultad lo que te puso nervioso. Allí eras una estrella. Estabas en el consejo de la *Law Review*.

—Cierto, no estaba nervioso por mis estudios. Estaba temeroso de perderte. Tú habías empezado a dar clases en New Bern, ¿te acuerdas? Estaba seguro de que algún apuesto caballero iba a aparecer de la nada para llevársete en un visto y no visto. Y eso me habría destrozado el corazón.

Me miró con curiosidad, como si tratara de sacar algo en claro de lo que yo acababa de decir. En vez de responder a mi comentario, se puso con los brazos en jarras y ladeó la cabeza.

—¿Sabes una cosa? Creo que también te estás viendo envuelto en todo esto.

—¿Qué quieres decir?

—Me refiero a la boda. Es decir: me preparas la cena dos noches seguidas, me ayudas con todos los planes, te pones así de nostálgico... Me parece que la emoción también te está afectando.

Oí un campanilleo en el momento en que sonó el reloj.

—Pues es posible —reconocí—. A lo mejor tienes toda la razón.

No mentía cuando le dije a Jane que me puso nervioso la posibilidad de perderla cuando yo volví a Duke para hacer mi último curso en la facultad, y reconozco que no supe afrontar el desafío todo lo bien que podría haberlo hecho. Era consciente de que al iniciar mi último curso sería imposible que Jane y yo mantuviéramos el tipo de relación que habíamos desarrollado a lo largo de los nueve meses anteriores, y me vi preguntándome cómo reaccionaría ella ante el cambio de nuestra situación. A medida que pasaba el verano lo comentamos en algunas ocasiones, pero Jane nunca dio muestras de estar preocupada. Parecía casi arrogante en su firme convicción de que de un modo u otro sabríamos arreglárnoslas, y si bien supongo que podría haberlo tomado como muestra de que podía estar tranquilo, a veces pensaba que a mí ella me importaba más que yo a ella.

Por descontado, yo era consciente de mis cualidades, pero no considero que mis cualidades sean muy excepcionales. Y tampoco creo que mis defectos sean muy graves. De hecho, en la mayor parte de los sentidos me considero un tipo normal y corriente. Y hace treinta años ya sabía que no estaba destinado ni a ser famoso ni a ser desconocido.

Jane, por su parte, podría haber llegado a ser lo que se propusiera. Hace ya mucho que llegué a la conclusión de que Jane estaría por igual a sus anchas en la riqueza o en la pobreza, en un ambiente metropolitano o rural. Su capacidad de adaptación es algo que siempre me ha impresionado. Si se la contempla en su totalidad —su inteligencia y su pasión, su amabilidad y su encanto—, salta a la vista que Jane habría sido una magnífica esposa para casi cualquier hombre.

En tal caso, ¿por qué me había elegido a mí?

Ésta era una pregunta que me acosaba de continuo durante los primeros tiempos de nuestra relación. Y no se me ocurría ninguna explicación que tuviera sentido. Me preocupaba que Jane se pudiera despertar una mañana y se diera cuenta de que yo no tenía nada de especial, con lo cual se iría con otro tío más carismático que yo. Al sentirme tan inseguro, me quedaba a un paso de decirle cuáles eran mis sentimientos por ella. Hubo ocasiones en que lo deseé con todas mis fuerzas, pero se me pasaba el momento sin que pudiera armarme de valor.

No quiero decir con esto que mantuviera en secreto mi relación con ella. De hecho, mientras trabajaba en el bufete durante el verano, mi relación con Jane era uno de los asuntos que comentaba a menudo con los otros contratados del verano durante los almuerzos, y yo además me encargaba de describirla como algo muy próximo a lo ideal. Nunca llegué a divulgar nada de lo que después me arrepintiera, pero sí recuerdo haber pensado que algunos de mis compañeros de trabajo parecían envidiosos de que yo progresara con éxito no sólo en lo profesional, sino también en lo personal. Uno de ellos, Harold Larson —que, al igual que yo, era integrante de la *Law Review* en Duke—, se mostraba particularmente atento cuando mencionaba el nombre de Jane, y yo sospechaba que se debía a que él también tenía novia. Llevaba un año saliendo con Gail y siempre había hablado con soltura de su relación con ella. Al igual que Jane, Gail ya no vivía por allí, pues se había trasladado para estar cerca de sus padres a Fredericksburg, en el estado de Virginia. Harold había comentado en más de una ocasión que tenía planeado casarse con Gail tan pronto como se licenciase.

A finales del verano estábamos sentados juntos los dos cuando alguien nos preguntó si teníamos la intención de ir con nuestras novias al cóctel que el bufete iba a ofrecer a modo de despedida a los pasantes que habíamos trabajado durante el verano. La pregunta pareció molestar a Harold. Cuando se vio presionado para responder, frunció el ceño.

—Gail y yo rompimos la semana pasada —reconoció. Aunque era claramente un tema de conversación doloroso para él, pareció sentir la necesidad de explicarse—. Yo creía que las cosas iban de maravilla entre nosotros dos, aunque no he vuelto a verla mucho. Supongo que la distancia era demasiado para ella, y no quería esperar hasta que yo me licenciase. Ha conocido a otro.

Imagino que fue mi recuerdo de esta conversación el que empañó la última tarde veraniega que pasamos juntos. Era domingo, dos días después de haber ido con Jane al cóctel del bufete, y estábamos los dos sentados en las mecedoras, en el porche de la casa de Noah. Yo me marchaba a Durham esa misma noche, y recuerdo haber contemplado el río y haberme preguntado si podríamos conseguir que las cosas funcionasen bien o si Jane, como le había pasado a Gail, encontraría a otro que me sustituyera.

—Eh, forastero —me dijo al fin—, ¿por qué estás hoy tan callado?

—Estaba pensando en la vuelta a la facultad.

Sonrió.

—¿Y te horroriza o tienes ganas?

—Supongo que las dos cosas.

—Pues míralo de este modo: sólo faltan nueve meses para que te licencies, y entonces habrás terminado.

Asentí con la cabeza, pero sin decir nada.

Ella me observaba atenta.

—¿Estás seguro de que es eso todo lo que te preocupa? Hoy llevas todo el día con cara de tristón.

Cambié de postura en la mecedora.

—¿Te acuerdas de Harold Larson? —le pregunté—. Te lo presenté durante el cóctel.

Entornó los ojos tratando de localizarlo.

—¿El que estaba contigo en la *Law Review*? ¿Uno alto, de pelo castaño?

Asentí con la cabeza.

—¿Qué le pasa? —preguntó.

—¿Te diste cuenta por casualidad de que estaba solo?

—La verdad es que no. ¿Por qué?

—Su novia ha roto con él.

—Vaya —dijo, aunque me di cuenta de que no tenía ni idea del modo como eso podía tener alguna relación con ella o de por qué estaba pensando yo en ello.

—Va a ser un año muy duro —empecé a decir—. Estoy seguro de que prácticamente voy a vivir en la biblioteca.

Me puso una mano sobre una rodilla en un gesto amistoso.

—Lo has hecho de maravilla durante los dos primeros cursos. Estoy segura de que lo harás muy bien.

—Eso espero —continué—. Lo que pasa es que con todo eso probablemente no podré venir a verte todos los fines de semana, como he hecho durante el verano.

—Ya me lo imaginaba. Pero a pesar de todo nos veremos de vez en cuando. No es que no vayas a tener nada de tiempo, y yo siempre podré coger el coche y acercarme a verte un día, no lo olvides.

A lo lejos, vi una bandada de estorninos que levantaban el vuelo desde los árboles.

—A lo mejor es buena cosa que llames antes de venir. Más que nada por comprobar si tengo tiempo libre, claro está. El último año se supone que es el más duro.

Ladeó la cabeza como si tratara de averiguar a qué me refería.

—¿Qué es lo que pasa, Wilson?

—¿Qué quieres decir?

—Bien sencillo. Lo que acabas de decir. Parece como si ya hubieras ideado excusas para que no nos veamos.

—No es una excusa. Sólo quiero asegurarme de que entiendas lo ocupado que voy a estar.

Jane se recostó en la mecedora y sus labios formaron una línea recta.

—¿Y qué? —preguntó.

—¿Cómo que y qué?

—¿Y qué quieres decir con eso exactamente? ¿Que ya no quieres verme más?

—No, claro que no —protesté—. Pero hemos de tener en cuenta que tú vas a estar aquí y yo voy a estar allí. Y ya sabes que una relación, cuando media una distancia considerable, puede hacerse muy difícil.

Se cruzó de brazos.

—¿Y?

—Bueno, pues hay que tener en cuenta que una relación así se puede desmoronar del todo a pesar de las mejores intenciones. Y, si quieres que te sea sincero, yo no querría hacer daño a ninguno de los dos.

—¿Daño?

—Eso es lo que les ha pasado a Harold y a Gail —le expliqué—. No se veían mucho porque él estaba muy ocupado, y por eso terminaron por romper.

Pareció titubear.

—Y tú piensas que a nosotros nos va a suceder lo mismo —dijo con cautela.

—Tendrás que reconocer que no tenemos todas las de ganar.

—¿Todas las de ganar? —parpadeó—. ¿Crees que lo nuestro es cosa de probabilidades?

—Sólo intento ser sincero...

—¿Sobre qué? ¿Sobre las probabilidades? ¿Qué tiene que ver eso con nosotros? ¿Y qué tiene que ver Harold con nada?

—Jane, yo...

Se apartó, incapaz de mirarme.

—Si no me quieres volver a ver, dilo a las claras. No me vengas con la excusa de que vas a estar muy ocupado. Dime la verdad. Soy una persona adulta y lo aceptaré.

—Es que te estoy diciendo la verdad —dije rápidamente—. Mi deseo es verte. No quería decirlo como lo he dicho. —Tragué saliva—. Es decir... O sea... Eres una persona muy especial, y para mí significas muchísimo.

Ella no dijo nada. En el silencio que se hizo después, vi con gran sorpresa que una sola lágrima le corría por la mejilla. Se la secó antes de cruzar los brazos. Miraba a lo lejos, a los árboles de la orilla del río.

—¿Por qué tendrás siempre que hacer esto? —lo dijo con una voz dolida.

—¿El qué?

—Esto... Lo que estás haciendo ahora, hablar de probabilidades, recurrir a la estadística para explicar las cosas, para explicar lo nuestro. El mundo no siempre es así. Y tampoco todo el mundo es así. Nosotros no somos Harold y Gail.

—Ya lo sé, pero...

Me miró a la cara. Por vez primera comprobé el daño y la ira que le había provocado.

—Entonces ¿por qué lo has dicho? —me preguntó—. Ya sé que no va a ser fácil, ¿y qué? Mi madre y mi padre no se vieron el uno al otro durante catorce años, y a pesar de todo se casaron. ¿Y tú me hablas de una separación de nueve meses, cuando resulta que vas a estar a dos horas de viaje? Nos podemos llamar por teléfono, nos podemos escribir... —meneó la cabeza como desaprobación.

—Perdóname, lo siento —dije—. Me imagino que me da miedo la posibilidad de perderte. No quería disgustarte.

—¿Por qué? —preguntó—. ¿Porque soy una «persona especial»? ¿Porque «significo mucho para ti»?

Asentí con la cabeza.

—Sí, claro que sí. Y por supuesto que eres especial.

La vi respirar hondo.

—Bueno, pues yo también me alegro de haberte conocido.

Con eso, por fin entendí. Las palabras que yo había dicho a modo de cumplido se las había tomado Jane de manera muy diferente. Sólo de pensar que le había hecho daño se me secó la garganta.

—Lo siento, perdóname —dije de nuevo—. No quería decirlo como lo he dicho. Eres muy especial para mí, pero date cuenta de que...

Era como si tuviese la lengua retorcida, hecha un nudo. Mis tartamudeos al fin provocaron un suspiro por parte de Jane. A sabiendas de que me iba a quedar sin tiempo, carraspeé y traté de hablarle con el corazón en la mano.

—Lo que intentaba decirte es que creo que te amo —susurré.

Estaba callada, pero supe que me había oído cuando por fin su boca hizo la mueca de una ligera sonrisa.

—Bueno —dijo—, ¿y eso qué quiere decir? ¿Que sí o que no?

Tragué saliva.

—Que sí —dije. Y como quise dejarlo dicho con toda la claridad que pude, añadí—: Que sí te amo, quiero decir.

Por vez primera en toda nuestra conversación Jane se rió, divertida por lo difícil que lo había hecho. Alzó las cejas y sonrió.

—Vaya, Wilson —dijo alargando las palabras en un exagerado acento sureño—. Creo que es lo más bonito que me has dicho nunca.

Me sorprendió: se levantó de la mecedora y se sentó en mi regazo. Me pasó un brazo por la espalda y me besó con dulzura. Más allá de ella, el resto del mundo quedó completamente desenfocado y, en la menguante luz, como incorpóreas, oí que mis propias palabras me eran devueltas.

—Yo también —me dijo—. Te amo, quiero decir.

Me estaba acordando de esta historia cuando me interrumpió la voz de Jane.

—¿Por qué sonríes? —preguntó.

Se me quedó mirando desde el otro lado de la mesa. La cena era informal aquella noche; nos habíamos servido cada uno en la cocina, y no me había tomado la molestia de encender una vela.

—¿Piensas alguna vez en aquella noche en que me viniste a visitar a Duke? —pregunté—. ¿Aquella vez en que por fin fuimos a cenar a Harper's?

—Aquello fue después de que encontrases trabajo en New Bern, ¿verdad? Y dijiste que lo querías celebrar.

Asentí con la cabeza.

—Te pusiste un vestido negro sin tirantes...

—¿Te acuerdas de eso?

—Como si fuera ayer —dije—. No nos habíamos visto en un mes más o menos, y recuerdo haberte visto desde la ventana cuando te bajaste del coche.

Jane pareció tenuemente complacida. Seguí.

—Me acuerdo incluso de lo que estaba pensando cuando te vi.

—¿De veras?

—Estaba pensando que el año transcurrido desde que salíamos juntos había sido el año más feliz de mi vida.

Bajó la mirada al plato y volvió a mirarme casi con timidez. Animado por el recuerdo, me lancé.

—¿Te acuerdas de lo que te regalé por Navidad?

Pasó un momento antes de que me contestara.

—Unos pendientes —dijo, y se llevó las manos distraídamente a los lóbulos de las orejas—. Me compraste unos pendientes de diamantes. Sabía que te habían tenido que costar un dineral. Recuerdo que me quedé pasmada al pensar que habías hecho semejante despilfarro.

—¿Cómo sabes que fueron tan caros?

—Me lo dijiste tú.

—¿De veras? —De eso no me acordaba.

—Me lo dijiste una o dos veces —dijo, y sonrió. Por unos instantes comimos en silencio. Entre un bocado y otro estudié la curva de su mentón y el modo como la luz del final del atardecer le daba en la cara.

—No parece que hayan pasado treinta años, ¿verdad? —dije.

Por su rostro pasó fugazmente una sombra de la vieja y conocida tristeza.

—No —respondió—. Yo ni siquiera me puedo creer todavía que Anna tenga ya edad suficiente para casarse. No entiendo adónde se nos va el tiempo.

—¿Qué habrías cambiado si te hubiera sido posible cambiar algo? —le pregunté.

—¿Te refieres en mi vida? —apartó la mirada—. Pues no lo sé. Supongo que habría intentado disfrutarla más mientras transcurría.

—Yo pienso justo lo mismo.

—¿En serio? —Jane pareció verdaderamente sorprendida.

—Por supuesto —asentí con la cabeza.

Jane pareció recuperarse del sobresalto.

—Ocurre sólo que... Y te pido por favor, Wilson, que no te lo tomes a mal, pero... Tú no sueles regodearte en el pasado. Es decir, que eres muy práctico, que no te arrepientes de casi nada... —dejó la frase sin terminar.

—¿Y tú sí? —le pregunté en voz baja.

Se miró las manos unos momentos.

—No, la verdad es que no —a punto estuve de cogerle de una mano, pero cambió de conversación diciendo alegremente—: hoy hemos ido a ver a Noah. Nada más irnos de casa.

—No me digas...

—Ha comentado que tú lo habías visitado antes.

—Así es. Quería cerciorarme de que estuviera de acuerdo si al final decidíamos celebrar la boda en la casa.

—Eso es lo que nos ha dicho. —Cambió de sitio unos trozos de verdura con el tenedor—. Daba gusto verlos a los dos juntos, a Anna y a él. Ella le ha cogido de la mano en todo momento, mientras le hablaba de la boda. Ojalá lo hubieras visto. Me ha recordado cómo solía sentarse Noah con mamá. —Durante un momento pareció ensimismada en sus pensamientos. Luego alzó la vista—. Ojalá estuviera viva mi madre —dijo—. Siempre le encantaron las bodas.

—Debe de ser cosa de familia —murmuré.

Sonrió con melancolía.

—Seguramente tienes razón. No te puedes ni imaginar qué divertido es esto, incluso con el poco tiempo que tenemos. Me muero de ganas de que se case Leslie, porque entonces sí que tendremos tiempo para concentrarnos en todos los detalles.

—Pero si ni siquiera tiene un novio serio, para qué hablar de alguien que le proponga matrimonio.

—Detalles, detalles —dijo sacudiendo la cabeza—. No por eso vamos a dejar de empezar a hacer planes, ¿no crees?

¿Quién era yo para discutírselo?

—De todas formas, cuando llegue el día —comenté—, espero que quien le proponga matrimonio cuente antes con mi permiso.

—¿Eso lo hizo Keith?

—No, pero es que esta boda es el colmo de las prisas. No esperaba que me pidiese permiso. Sin embargo, es una de esas experiencias que imprimen carácter. Creo que todo joven debería pasar por ella.

—¿Como cuando tú le pediste permiso a mi padre?

—Sí, ese día me imprimió mucho carácter.

—¿De veras? —me miró con curiosidad.

—Creo que pude haberlo hecho algo mejor.

—Papá nunca me habló de ello.

—Seguramente porque le di pena. No lo hice precisamente en el momento más oportuno.

—¿Y por qué no me lo has contado nunca?

—Porque nunca he querido que lo supieras.

—Bien, pues ahora no te va a quedar más remedio.

Alcancé mi copa de vino procurando restarle trascendencia al asunto.

—De acuerdo —dije—, te lo voy a contar. Fui a verlo después de trabajar, pero esa misma noche más tarde estaba previsto que me reuniera con los socios del bufete, de modo que no disponía de mucho tiempo. Me encontré a Noah trabajando en su taller. Fue poco antes de que nos fuésemos todos a pasar unos días en la playa. Bueno, estaba construyendo un refugio para unas cardelinas que habían anidado en el porche, y lo encontré en plena tarea de añadir el tejadillo. Estaba decidido a terminar como fuera el trabajo antes del fin de semana; yo, por mi parte, trataba de hallar una manera de introducir en la conversación el asunto de lo nuestro, pero no encontraba la ocasión. Al final, se lo espeté sin más. Me pidió que le pasara otro clavo, y cuando se lo di, le dije: «Toma, ahí lo tienes. Ah, por cierto, ahora que me acuerdo... ¿te importaría que me casase con Jane?».

Ella se echó a reír por lo bajo.

—Siempre has sido de lo más desenvuelto —comentó—. Supongo que no debería extrañarme, teniendo en cuenta cómo me pediste el matrimonio. Fue tan...

—¿Memorable?

—Malcom y Linda nunca se aburren de oír esa historia —dijo refiriéndose a una pareja que era amiga nuestra desde hacía años—. Sobre todo Linda. Cada vez que estamos con otra gente, me ruega que la cuente.

—Y tú, cómo no, estás dispuesta a hacerle el favor.

Alzó ambas manos con un gesto de inocencia.

—Si a mis amigos les gustan mis anécdotas, ¿quién soy yo para no revelarlas?

Según seguimos bromeando con espontaneidad a lo largo de la cena, tuve total conciencia de todo lo que se refería a ella. La observé cortar el pollo en pequeños bocados antes de llevárselos a la boca, me fijé en cómo el pelo reflejaba la luz; olí hasta el más tenue rastro del gel con aroma a jazmín que había usado al ducharse antes. No hallé explicación a esta nueva comodidad más prolongada entre nosotros, y tampoco intenté comprenderla. Me pregunté si Jane se habría dado cuenta. De ser así, no daba el menor indicio, aunque yo tampoco, y nos quedamos en la mesa hasta que se enfriaron los restos.

La historia de mi declaración es desde luego memorable. Nunca deja de provocar estallidos de risa entre quienes la oyen.

Esta tendencia a compartir el pasado es bastante corriente en nuestro círculo social; cuando salimos, mi mujer y yo dejamos de ser individuos. Somos una pareja, un equipo, y debo reconocer que a menudo he disfrutado con esta interacción. Los dos podemos meternos en medio de una historia que ha comenzado el otro, y seguir el hilo sin vacilar. Por ejemplo, ella puede dar comienzo a la anécdota en la que Leslie era la capitana de las animadoras en un partido de fútbol y uno de los zagueros patinó cerca de la línea lateral y comenzó a ir a toda velocidad hacia ella. Si en ese momento Jane hace una pausa, sé que me corresponde informar a los oyentes de que Jane fue la primera que saltó del asiento para asegurarse de que a Leslie no le había pasado nada, porque a mí me paralizó el miedo. Sin embargo, cuando por fin reuní la voluntad de moverme, salté corriendo entre la gente, la empujé y le di golpes hasta tirarla, en gran medida como el zaguero un momento antes. En el momento en que hago una pausa para tomar aliento, Jane prosigue la historia con soltura en el punto en que yo la he dejado. Me asombra que a ninguno de los dos nos resulte extraordinario, ni siquiera difícil. Este toma y daca se ha convertido en algo perfectamente natural para los dos. A menudo me pregunto cómo sería una cosa así para quien no conozca a su pareja tan bien como nos conocemos nosotros. Por cierto, Leslie no sufrió heridas de consideración aquel día. Cuando por fin llegamos a su lado, ya estaba de nuevo cogiendo los pompones.

En cambio, nunca me sumo a ella cuando se trata de contar la proposición matrimonial. Permanezco en silencio, a sabiendas de que a Jane le resulta mucho más gracioso que a mí. A fin de cuentas, yo nunca me propuse que fuera así. Estaba seguro de que iba a ser un día que ella recordaría siempre, y tenía la esperanza de que le resultara romántico.

No sé bien cómo, pero Jane y yo logramos superar el año de nuestra separación con nuestro amor intacto. A finales de la primavera ya hablábamos de prometernos; la única sorpresa que quedaba era cuándo anunciarlo oficialmente. Yo sabía que su deseo era que fuese especial; el idilio de sus padres había dejado el listón muy alto. Cuando Noah y Allie estaban juntos, daba la impresión de que todo era perfecto. Si llovía mientras estaban juntos fuera —experiencia más bien desdichada, eso lo reconocerá cualquiera—, Allie y Noah lo utilizaban como disculpa para encender una fogata y tenderse el uno junto al otro, enamorándose de esa manera aún más que antes. Si Allie estaba de humor para la poesía, Noah era capaz de recitarle de memoria varias tiradas de versos. Si Noah era el modelo, yo sabía que no me quedaba más remedio que seguir su ejemplo, y por esa razón me propuse pedirle la mano en la playa de Ocracoke, donde Jane estaba de vacaciones con su familia durante el mes de julio.

Me pareció que mi plan era todo un acierto. Sencillamente, después de comprar un anillo de compromiso, planeaba esconderlo en la caracola que había recogido el año anterior, con la intención de que ella la encontrase más tarde, cuando diéramos una batida en la playa en busca de estrellas de mar. Cuando la encontrase, pensaba hincar una rodilla, tomarle de la mano y decirle que me haría el hombre más feliz de la tierra sin accediera a ser mi esposa.

Por desgracia, las cosas no salieron exactamente como yo las había planeado. Aquel fin de semana hubo una tormenta con todas las de la ley, con lluvia intensa y vientos capaces de inclinar los árboles casi hasta la horizontal. Durante todo el sábado esperé a que amainase la tormenta, pero la naturaleza parecía tener otras intenciones, y hasta mediada la mañana del domingo no empezó a despejarse el cielo de nubes.

Estaba más nervioso de lo que me había imaginado, y me veía ensayando mentalmente lo que deseaba decir con toda exactitud. Este tipo de memorización era algo que siempre me había servido en la facultad de derecho, si bien no caí en la cuenta de que tanta preparación me iba a impedir conversar con Jane mientras paseábamos por la playa. No sé cuánto tiempo seguimos caminando en silencio, pero fue lo suficiente para que la voz de Jane me sobresaltara cuando por fin dijo algo.

—Parece que sube la marea, ¿eh?

No me había hecho cargo de que la marea sufriría tan gran alteración después de que amainara la tormenta, y aunque estaba bastante seguro de que la caracola estaba a salvo, no quise correr el menor riesgo. Preocupado, apreté el paso más aún que antes, aunque haciendo todo lo posible por no despertar sus sospechas.

—¿A qué viene tanta prisa? —me preguntó.

—Si yo no voy con prisas —respondí.

No pareció que le satisficiera mi respuesta, de modo que reduje el paso. Durante un rato, hasta que por fin descubrí la caracola, seguí caminando un poco por delante de ella. Vi entonces la marca del agua con la marea alta, en la arena, cerca de la caracola. Supe que nos quedaba tiempo. No mucho, pero noté que me relajaba un poco.

Me volví a decirle algo a Jane, sin percatarme de que se había detenido algo antes. Estaba inclinada hacia la arena, con un brazo extendido, y supe exactamente qué estaba haciendo. Siempre que estaba en la playa, Jane tenía la costumbre de buscar minúsculas estrellas de mar. Las mejores, las que guardaba, eran las translúcidas, finas como el papel, no mayores que una uña.

—¡Ven, deprisa! —me llamó sin siquiera mirarme—. ¡Aquí hay montones!

La caracola, con el anillo dentro, estaba a menos de veinte metros delante de mí, Jane veinte metros detrás. Como por fin comprendí que apenas nos habíamos dicho nada desde que estábamos en la playa, decidí ir con ella. Cuando llegué a su lado, sujetó una estrella minúscula delante de mí, en equilibrio sobre la yema del dedo, como si fuera una lente de contacto.

—Mira éste.

Era la más pequeña que había encontrado. Tras entregármela, se volvió a inclinar y siguió buscando.

Me sumé a su búsqueda con la intención de conducirla poco a poco hacia la caracola, pero Jane permanecía en el mismo sitio, por más que yo me alejara. Tenía que echar un vistazo a intervalos de segundos para asegurarme de que la caracola seguía a salvo.

—¿Qué estás mirando? —me preguntó por fin Jane.

—No, nada —dije. Con todo, me sentí obligado a mirar de nuevo al cabo de pocos instantes, y cuando Jane me cazó mirando en aquella dirección alzó una ceja en un gesto de duda.

A medida que seguía subiendo la marea, me empecé a dar cuenta de que se nos agotaba el tiempo. No obstante, Jane seguía en el mismo sitio. Había encontrado otras dos estrellas aún más pequeñas que la primera, y no parecía tener ninguna intención de alejarse de allí. Por fin, como ya no sabía qué hacer, fingí que acababa de ver la caracola a lo lejos.

—Oye, ¿no es aquello una caracola?

Ella levantó la vista.

—¿Por qué no vas a cogerla? —contestó—. Parece muy bonita.

No supe qué contestar. A fin de cuentas, quería que fuese ella quien la encontrase. Y las olas ya rompían peligrosamente cerca de ella.

—Sí, es verdad —dije.

—¿No vas a ir a cogerla?

—No.

—¿Y por qué no?

—A lo mejor deberías ir tú a por ella.

—¿Yo? —parecía desconcertada.

—Si la quieres, claro.

Pareció darle vueltas unos momentos y al final negó con la cabeza.

—Tenemos montones en casa. Además, no es nada del otro mundo.

—¿Estás segura?

—Sí.

La cosa empezaba a torcerse. Mientras trataba de pensar

en algo que resolviera la situación de pronto me fijé en una gran ola que se acercaba a la orilla. Desesperado, y sin decirle a ella ni palabra, eché a correr como un poseso hacia la caracola.

Nunca he destacado por mi rapidez, pero aquel día corrí como un atleta. Esprintando a toda la velocidad que pude, logré agarrar la caracola como un jugador de béisbol que caza la bola, instantes antes de que la ola se extendiese sobre el punto en que se encontraba. Por desgracia, con el gesto necesario para alcanzarla perdí el equilibrio y caí a la arena a la vez que se me escapaba el aire de los pulmones en un sonoro «¡buh!». Cuando me puse en pie hice todo lo posible por adoptar una actitud circunspecta, sacudiéndome la arena de la ropa empapada. A lo lejos, vi que Jane me miraba con los ojos como platos.

Con la caracola en las manos, volví junto a ella y se la ofrecí.

—Toma —dije sin resuello.

Seguía mirándome con expresión de curiosidad.

—Gracias —dijo.

Esperaba que le diese la vuelta, supongo, o que la moviese al menos de tal modo que oyese el tintineo del anillo en el interior, pero no lo hizo. Nos quedamos mirándonos uno al otro.

—La verdad es que no querías quedarte sin esta caracola, ¿verdad que no? —dijo al fin.

—Así es.

—Es muy bonita.

—Sí.

—Gracias de nuevo.

—De nada.

Pero no la había movido. Me pudo la ansiedad.

—Agítala —dije.

Pareció pensar a fondo en lo que le acababa de decir.

—Que la agite —repitió.

—Sí.

—Wilson, ¿te encuentras bien?

—Sí. —Asentí, y señalé la caracola con la cabeza para animarla.

—Vale —dijo despacio.

Cuando lo hizo, el anillo cayó sobre la arena. Inmediatamente, hinqué una rodilla y me puse a buscarlo. Olvidándome de todo lo que me había propuesto decirle, fui derecho a la proposición de matrimonio sin tener siquiera la presencia de ánimo suficiente para alzar la vista y mirarla.

—¿Te quieres casar conmigo? —le dije.

Cuando terminamos de recoger la cocina, Jane salió a la terraza y dejó la puerta abierta, como si de ese modo me invitara a sumarme a ella. Al salir, la vi apoyada contra la barandilla, igual que había hecho la noche que Anna nos dio la noticia de su boda.

Se había puesto el sol y una luna anaranjada se elevaba sobre los árboles como una calabaza hueca iluminada por dentro. Vi que Jane la miraba con atención. Por fin había menguado el calor y corría cierta brisilla.

—¿De veras piensas que podrás encontrar a alguien que se ocupe del catering? —me preguntó.

Me incliné a su lado.

—Haré todo lo que pueda.

—Ah —dijo de repente—, recuérdame que mañana haga las reservas para Joseph. Ya sé que podríamos recogerlo en Raleigh, pero a lo mejor podemos conseguir una conexión directa a New Bern.

—Si quieres, me ocupo yo —me ofrecí—. De todos modos, voy a tener que hacer varias llamadas.

—¿Seguro?

—Sí, no me cuesta nada —dije. En el río se veía una barca que pasaba de largo, una sombra negra con una luz resplandeciente a proa—. ¿Y qué más os queda por hacer a Anna y a ti?

—Mucho más de lo que te imaginas.

—¿Todavía?

—Bueno, nos queda el vestido, claro. Leslie quiere venir con nosotras, y eso nos llevará probablemente un par de días.

—¿Sólo para el vestido?

—Hay que encontrar el que le guste, y luego habrá que ajustárselo. Esta mañana hemos hablado con una modista, y dice que podrá ocuparse de todo si se lo llevamos para el jueves a más tardar. Y luego hay que ocuparse de todos los detalles de la recepción... si es que se hace una recepción, claro. Una cosa es un catering, pero aun cuando puedas conseguirlo falta por conseguir la música. Y habrá que decorar un poco todo aquello, así que tendrás que contratar alguna empresa...

Mientras hablaba, se me escapó un suspiro silencioso. Sabía que no tendría que haberme sorprendido, pero a pesar de todo...

—Así pues, supongo que mientras yo me dedico mañana a hacer llamadas telefónicas, vosotras iréis a comprar el vestido, ¿no?

—Me muero de ganas. —Se estremeció—. De verla probarse los vestidos de novia, de ver qué le gusta. He estado esperando este momento desde que era una niña pequeña. Es emocionante.

—Seguro —dije.

Alzó el pulgar y el índice como si estuviera pellizcando.

—Y pensar que faltó esto para que Anna no me dejara ocuparme de todo esto.

—Es asombroso lo ingratos que pueden ser los hijos, ¿verdad?

Se rió y de nuevo miró hacia el río. Al fondo, se oían las cigarras y las ranas, que daban comienzo a sus canciones nocturnas, un sonido que parece no cambiar jamás.

—¿Te gustaría dar un paseo? —le pregunté de pronto.

—¿Ahora?

—¿Por qué no?

—¿Adónde quieres ir?

—¿Y qué importa?

—Pues tienes razón —dijo, aunque pareció sorprendida.

Minutos más tarde íbamos los dos dando la vuelta a la manzana. Las calles estaban desiertas. En las casas, a ambos lados, se veían las luces encendidas tras las cortinas, las sombras que se movían en el interior. Jane y yo caminábamos por el arcén de la carretera, y las piedras y la gravilla crujían bajo nuestros pies. Por encima, las nubes en forma de estratos se extendían en el cielo formando una franja de plata.

—¿Suele estar así de tranquilo por las mañanas, cuando sales a caminar? —preguntó Jane.

Tengo por costumbre salir a caminar a las seis, mucho antes de que ella despierte.

—A veces sí. Suele haber gente que ha salido a correr, y perros. Les gusta acercarse sigilosamente por detrás y ladrar de repente.

—Seguro que eso es bueno para el corazón.

—Es como un ejercicio adicional —reconocí—. Pero hace que me mantenga alerta.

—Quizás debería volver a salir a caminar. Antes me gustaba mucho caminar.

—Siempre puedes venir conmigo.

—¿A las cinco y media de la mañana? No, no lo creo.

Lo dijo con una mezcla de chanza y de incredulidad. Aunque antiguamente mi mujer madrugaba mucho, desde que Leslie se había marchado había perdido esa costumbre.

—Ha sido una buena idea salir a pasear —dijo—. Es una noche preciosa.

—Sí —dije mirándola a la cara. Caminamos en silencio unos minutos antes de que viese que Jane echaba un vistazo a una casa cercana a la esquina.

—¿Te has enterado de lo del derrame de Glenda?

Glenda y su marido eran nuestros vecinos. Aunque no nos movíamos en los mismos círculos sociales, manteníamos una relación amistosa. En New Bern, todo el mundo parecía estar al tanto de lo que les sucedía a todos los demás.

—Sí, es una pena.

—No es mucho mayor que yo.

—Lo sé —dije—. Pero tengo entendido que se va reponiendo.

Volvimos a guardar silencio un rato.

—¿Tú piensas alguna vez en tu madre? —me preguntó Jane de repente.

No estaba muy seguro de cómo responder. Mi madre había muerto en un accidente de automóvil cuando sólo llevábamos dos años casados. Aunque nunca tuve con mis padres una relación tan estrecha como la de Jane con los suyos, su muerte fue un shock para mí. Ni siquiera hoy recuerdo el viaje de seis horas que hice por carretera hasta Washington para estar con mi padre.

—Algunas veces sí.

—Y, cuando lo haces, ¿qué recuerdas?

—¿Te acuerdas de la última vez que fuimos a visitarlos? —dije—. Cuando entramos por la puerta, mi madre salió de la cocina. Llevaba una blusa de flores color púrpura, parecía muy contenta de vernos. Abrió los brazos para darnos un gran abrazo a los dos. Pues así es como siempre la recuerdo. Es una imagen que nunca ha cambiado, es una especie de cuadro. Siempre la veo igual.

Jane asintió con la cabeza.

—Yo siempre me acuerdo de mi madre en su estudio, con los dedos ensuciados de pintura. Estaba haciendo un retrato de la familia, algo que no había hecho antes, y recuerdo lo emocionada que estaba, pues pensaba dárselo a papá por su cumpleaños. —Hizo una pausa—. La verdad es que no recuerdo qué aspecto tenía después de que enfermara. Mamá había sido siempre muy expresiva. Es decir, gesticulaba sobremanera con las manos al hablar, y se le animaba el rostro mucho cuando contaba una historia, pero después del Alzheimer cambió mucho. —Me echó una mirada—. Ya no era lo mismo.

—Lo sé —dije.

—Eso es algo que a veces me preocupa —dijo en voz baja—. La posibilidad de tener yo también el Alzheimer.

Aunque yo también lo había pensado, no dije nada.

—No puedo ni siquiera llegar a imaginarme cómo puede ser —siguió—. No reconocer a Anna, o a Joseph, o a Leslie... Tener que preguntar cómo se llaman cuando vayan a visitarme, como hacía mamá conmigo... Sólo de pensarlo se me parte el corazón.

La miré en silencio, al tenue resplandor de las luces de las casas.

—Me pregunto si mamá sabía realmente hasta qué extremo iba a llegar —meditó—. O sea, dijo que sí lo sabía, pero me pregunto si de veras sabía en lo más profundo de su corazón que llegaría el día en que no reconocería a sus propios hijos, ni a papá.

—Yo creo que sí lo sabía —dije—. Por eso se mudaron a vivir a Creekside.

Me pareció verle cerrar los ojos un momento. Cuando habló de nuevo, lo hizo con una voz llena de frustración.

—Odio que papá no quisiese venir a vivir con nosotros después de la muerte de mamá. Tenemos sitio de sobra.

No dije nada. Aunque podría haberle explicado las razones de Noah para seguir en Creekside, era consciente de que ella no deseaba oírlas. Las conocía bien, pero, al contrario que yo, no las aceptaba. Y sabía que tratar de defender a Noah sólo daría pie a una discusión.

—Y odio a ese cisne —añadió.

Hay toda una historia acerca del cisne, pero tampoco dije nada.

Dimos la vuelta a una manzana, luego a otra. Algunos de los vecinos ya habían apagado las luces. Y Jane y yo seguíamos caminando, ni deprisa ni despacio. Finalmente vi la casa, y a sabiendas de que el paseo ya se terminaba, me detuve a mirar las estrellas.

—¿Qué sucede? —me preguntó tras seguir mi mirada.

—¿Eres feliz, Jane?

Su mirada se centró en mí.

—¿A qué viene eso?

—Sólo tengo curiosidad por saberlo.

Mientras aguardaba a que respondiera, me pregunté si había adivinado cuál era la razón que estaba detrás de mi pregunta. No me preguntaba tanto si era feliz en general como si era feliz conmigo en particular.

Me miró largo y tendido, como si tratase de leer mis pensamientos.

—Bueno, hay una cosa que...

—¿Sí?

—Es bastante importante.

Esperé mientras ella respiraba hondo.

—Sería feliz de veras si encuentras a quien se ocupe del catering —me confesó.

Al oír eso me tuve que reír.

Aunque me ofrecí para preparar un café descafeinado, Jane negó con la cabeza cansada. Los dos largos días pasados habían hecho mella en ella, y tras bostezar por segunda vez me dijo que se iba a la cama.

Supongo que podría haberla seguido al dormitorio, pero no lo hice. La vi subir las escaleras y me puse a revivir nuestra noche.

Más tarde, cuando por fin me metí a gatas en la cama, me volví bajo las sábanas para mirar a mi mujer. Respiraba hondo, con regularidad, y vi que se le agitaban los párpados, con lo cual supe que estaba soñando. No estaba seguro con qué, pero su rostro era apacible como el de una niña dormida. La miré, queriendo y no queriendo despertarla, amándola más que a la vida misma. A pesar de la penumbra, vi un rizo sobre su mejilla, y alargué los dedos para tocarlo. Tenía la piel suave como el polvo, de una belleza intemporal. Le coloqué el mechón tras la oreja y contuve las lágrimas que misteriosamente me habían llenado los ojos.

Capítulo 8

A la noche siguiente, Jane se me quedó mirando boquiabierta nada más entrar, con el bolso aún colgado del brazo.

—¿Lo has conseguido?

—Pues parece que sí —dije como si tal cosa, haciendo todo lo posible por que diera la impresión de que haber encontrado un catering para la boda había sido coser y cantar. Entre tanto, había esperado con impaciencia su llegada caminando nervioso por la casa.

—¿Y quién se va a encargar?

—El Chelsea —dije. Situado en pleno centro de New Bern, frente al bufete donde trabajo, el restaurante se encuentra en el mismo edificio en que Caleb Bradham tuvo en otro tiempo las oficinas cuando inventó la fórmula de un refresco que hoy se conoce con el nombre de Pepsi-Cola. Remodelado para convertirse en restaurante hace ya diez años, era uno de los sitios que a Jane más le gustaban para salir a cenar. Tenía una carta muy amplia, y el chef se había especializado en salsas exóticas y originales, así como en marinados para acompañar los platos típicos de la cocina sureña. El viernes y el sábado por la noche era imposible encontrar mesa sin hacer reserva previa. Los comensales a menudo jugaban a adivinar qué ingredientes se habrían empleado para crear aquellos sabores tan inconfundibles.

El Chelsea también era famoso por sus atracciones. En

una de las esquinas había un piano de cola, en el que algunas veces John Peterson —que había dado clases a Anna durante años— tocaba y cantaba para los clientes. Con un estupendo oído para las melodías contemporáneas y una voz que recordaba la de Nat King Cole, Peterson era capaz de tocar cualquier canción que se le pidiera sobre la marcha, y lo hacía tan bien que actuaba en restaurantes de ciudades tan lejanas como Atlanta, Charlotte y Washington D. C. Jane era capaz de pasar horas escuchándole, y sé que a Peterson le conmovía el orgullo casi maternal que ella sentía por él. A fin de cuentas, Jane había sido la primera de la ciudad que se había aventurado a contratarlo de profesor de piano.

Jane estaba demasiado atónita para responder. En el silencio, oí el tic-tac del reloj de la pared mientras ella se debatía entre si me había entendido correctamente o no. Pestañeó antes de decir nada.

—Pero... ¿cómo?

—He hablado con Henry, le he explicado la situación, le he dicho lo que necesitábamos, ha contestado que podía hacerse cargo.

—No lo entiendo. ¿Cómo se va a ocupar Henry de una cosa así con tan poquísimo tiempo? ¿No tenía prevista ninguna otra cosa?

—No tengo ni idea.

—¿Así que has cogido el teléfono, le has llamado y asunto resuelto?

—Bueno, tampoco es que fuera tan fácil, pero al final ha dicho que sí.

—¿Y el menú? ¿No necesitaba saber cuántas personas van a venir?

—Le he dicho que seríamos en total unos cien, me ha parecido bastante aproximado. En cuanto al menú, lo hemos hablado y me ha dicho que encontraría algo especial. Supongo que aún podemos llamarle y pedirle algún plato en particular.

—No, no —dijo rápidamente, a la vez que recobraba la calma—. Está muy bien así, sabes de sobra que me encanta todo lo que cocinan. Sólo es que... no me lo puedo creer —se me quedó mirando maravillada—. Lo has conseguido.

—Así es —asentí con la cabeza.

Esbozó una sonrisa y de repente pasó de mirarme a mí a mirar el teléfono.

—Tengo que llamar a Anna ahora mismo —exclamó—. No se lo va a creer.

Henry MacDonald, el dueño del restaurante, es un viejo amigo mío. Aunque New Bern es una pequeña ciudad en la que la privacidad parece casi imposible, también tiene sus ventajas. Uno tiende a encontrarse con las mismas personas habitualmente —cuando va de compras, al conducir en coche, cuando va a la iglesia o asiste a una fiesta—, de modo que en la ciudad arraiga una especie de cortesía subyacente, gracias a la cual es posible hacer determinadas cosas que podrían parecer imposibles en otros lugares. La gente se hace favores porque nunca sabe cuándo podría necesitar un favor a cambio, y ésa es una de las razones por las cuales New Bern es tan diferente de otras ciudades.

No quiero decir con esto que no me complaciera lo que había conseguido. Cuando me dirigía a la cocina oí a Jane hablar por teléfono.

—¡Tu padre lo ha conseguido! —la oí exclamar—. ¡No tengo ni idea de cómo lo ha hecho, pero lo ha logrado!

El corazón se me hinchió de orgullo al oírla.

En la mesa de la cocina me puse a revisar el correo con el que había entrado antes. Facturas, catálogos, la revista *Time*. Como Jane estaba hablando con Anna, alcancé la revista. Supuse que estaría un buen rato al teléfono, pero de modo sorprendente colgó sin darme tiempo a empezar el primer artículo.

—Espera —dijo—: antes de que empieces, quiero que me lo cuentes con todo detalle. —Se acercó un poco más—. De acuerdo —dijo—, sé que Henry estará allí y que tendrá la comida lista para todos los invitados. Y tendrá empleados que le ayuden en todo, ¿no?

—Seguro que sí —dije—. No podría encargarse él solo de servirla.

—¿Y qué más? ¿Será un buffet?

—Me ha parecido que ésa sería la mejor forma de organizarlo todo, teniendo en cuenta el tamaño de la cocina de la casa de Noah.

—Yo pienso lo mismo —dijo—. ¿Y las mesas y las mantelerías? ¿Traerá todo eso?

—Supongo que sí. Si quieres que te sea sincero, no se lo he preguntado, pero no creo que sea para tanto si no lo hace. Podríamos alquilar todo lo que haga falta.

Asintió con la cabeza rápidamente. Vi que seguía haciendo planes, que mentalmente actualizaba su lista.

—Muy bien —dijo, pero sin darle tiempo a decir nada más levanté ambas manos.

—No te preocupes. Lo llamaré mañana a primera hora para asegurarme de que todo va tal como tiene que ir —y le guiñé un ojo—. Tú confía en mí.

Reconoció las mismas palabras que le había dicho el día anterior en casa de Noah, y me sonrió casi con coqueta timidez. Supuse que el momento pasaría rápidamente, pero no fue así. Nos miramos hasta que, casi con vacilación, se inclinó hacia mí y me besó en una mejilla.

—Gracias por ocuparte del catering —dijo.

Tragué saliva con dificultad.

—De nada.

Y

Cuatro semanas después de proponerle matrimonio a Jane nos casamos. A los cinco días de casarnos, cuando volví del trabajo, Jane me estaba esperando en el cuarto de estar del pequeño apartamento que habíamos alquilado.

—Tenemos que hablar —me dijo, y dio unas palmadas a su lado, en el sofá.

Dejé el maletín a un lado y me senté a su lado. Me tomó de la mano.

—¿Va todo bien? —pregunté.

—Todo va de maravilla.

—Entonces, ¿qué sucede?

—¿Me quieres?

—Sí —dije—. Claro que te quiero.

—Entonces, ¿harás una cosa por mí?

—Si puedo, desde luego. Haría lo que fuese por ti.

—¿Aunque sea difícil? ¿Aunque no quieras?

—Claro —repetí. Hice una pausa—. Jane... ¿qué pasa?

Respiró hondo antes de contestar.

—Quiero que este domingo vengas conmigo a la iglesia.

Sus palabras me pillaron desprevenido, y antes de que pudiera hablar ella continuó.

—Sé que me has dicho que no tienes ningún deseo de ir a la iglesia. Que te han educado en el ateísmo, pero esto es algo que quiero que hagas por mí. Para mí es sumamente importante, aun cuando tú tengas la sensación de que allí no pintas nada.

—Jane... —empecé a decir.

—Necesito que vengas conmigo —dijo.

—Todo esto ya lo hemos hablado —protesté, pero Jane volvió a interrumpirme, esta vez negando con la cabeza.

—Ya sé que lo hemos hablado. Y entiendo que no te hayan educado de la misma manera que a mí. Pero nunca podrías hacer por mí nada que para mí signifique tanto como esto, que en el fondo es tan sencillo.

—¿Incluso aunque no tenga fe?

—Aunque no tengas fe —dijo.

—Pero...

—No me vengas con peros —dijo—. Con esto. A mí. Te amo, Wilson, y sé que tú me amas. Y si vamos a hacer todo lo posible para que las cosas funcionen entre nosotros, los dos tendremos que ceder un poco. No te estoy pidiendo que creas. Te estoy pidiendo que vengas conmigo a la iglesia. El matrimonio es cuestión de concesiones, de hacer algo por el otro, aun cuando no quieras. Como hice yo con la boda.

Junté los labios. Ya sabía lo que le había parecido la boda en el juzgado.

—De acuerdo —dije—. Iré contigo.

Y dicho esto Jane me dio un beso tan etéreo como el cielo mismo.

Cuando Jane me besó en la cocina volvieron como un torrente los recuerdos de aquel beso de nuestros comienzos. Supongo que fue porque me recordaba los tiernos acercamientos que tan bien habían funcionado para reconciliar nuestras diferencias en el pasado: si no pasión ardiente, al menos eran una tregua con el compromiso de lograr que las cosas funcionasen.

A mi juicio, ese compromiso del uno con el otro es la razón de que llevemos casados tanto tiempo. En nuestro matrimonio, ése había sido el elemento, según entendí de pronto, que tanto me había preocupado a lo largo de todo el año anterior. No sólo había empezado a preguntarme si Jane todavía me amaba, sino que además me preguntaba si quería amarme.

A fin de cuentas, debían de haber sido muchas las decepciones, los años en que yo volvía a casa mucho después de que estuvieran acostados los niños, las noches en que no sabía hablar de otra cosa que no fuera el trabajo, los juegos, las fiestas, las vacaciones que me había perdido, los fines de semana que había pasado con los socios y los clientes del bufete en un campo de golf. Reflexionando sobre todo esto, creo que he debido de ser un cónyuge medio ausente, una mera sombra de aquel joven entusiasta con el que ella se había casado. Y, sin embargo, con su beso pareció decirme: todavía estoy dispuesta a intentarlo, si tú lo estás.

—¿Wilson? ¿Te encuentras bien?

Esbocé una sonrisa algo forzada.

—Sí, muy bien. —Respiré hondo, ansioso por cambiar de conversación—. Bueno, ¿y qué tal te ha ido el día? ¿Habéis encontrado el vestido?

—No. Hemos ido a un par de tiendas, pero Anna no ha encontrado nada de su talla que le gustase. No había reparado en lo mucho que se puede tardar... Anna está muy delgada, de manera que hay que ceñirle todo lo que se prueba para que se haga a la idea de cómo le va a quedar. Pero mañana miraremos en otras tiendas distintas, a ver qué tal se da. La ventaja es que me ha dicho que Keith se iba a ocupar de todo con su parte de la familia, de modo que no tenemos que organizar nada por ese lado. Por cierto... ¿te has acordado de hacer la reserva del billete para Joseph?

—Sí —contesté—. Llegará al viernes por la noche.

—¿A New Bern o a Raleigh?

—A New Bern. A las ocho y media. ¿Ha podido ir Leslie con vosotras?

—No, hoy le era imposible. Ha llamado cuando íbamos en el coche. Tenía que hacer una investigación adicional para su proyecto de laboratorio, pero mañana sí podrá venir con nosotras. Ha dicho que en Greensboro también hay algunas tiendas, por si acaso nos apetecía ir allí.

—¿Y vais a ir?

—Son tres horas y media de viaje —se quejó—. La verdad es que no me apetece nada pasar siete horas metida en el coche.

—¿Por qué no os quedáis allí a pasar la noche? —sugerí—. De ese modo, podríais visitar los dos sitios.

Suspiró.

—Eso mismo ha propuesto Anna. Ha dicho que deberíamos ir de nuevo a Raleigh, y a Greensboro el miércoles. Pero yo no quiero dejarte aquí tirado. Aún quedan muchas cosas por hacer.

—Adelante, ve con ella —la apremié—. Ahora que tenemos el catering resuelto, todo empieza a ir bien. Me puedo ocupar de lo que haga falta por este lado. Pero está claro que no puede haber boda si no encontráis un vestido.

Me lanzó una mirada de escepticismo.

—¿Estás seguro?

—Totalmente. La verdad, estaba pensando que incluso podría sacar tiempo para un par de recorridos al golf.

Ella resopló.

—Eso no te lo crees ni tú.

—¿Y mi hándicap? —dije fingiendo protestar—. A este paso, voy a empeorar...

—Después de treinta años, tengo la impresión de que si no has mejorado apenas no vas a mejorar ya.

—¿Eso es un insulto?

—No. Es un hecho. Te he visto jugar, no lo olvides.

Asentí con la cabeza, reconociendo que tenía razón. A pesar de los años que había dedicado a mejorar mi swing, seguía estando bastante lejos de ser un golfista de primera. Eché un vistazo al reloj.

—¿Te apetece que salgamos a cenar algo?

—¿Cómo? ¿Esta noche no cocinas?

—Pues no, a no ser que quieras sobras. No he tenido tiempo de pasar por la tienda.

—Lo decía en broma —dijo con un gesto de la mano—. No cuento con que ahora cocines tú todos los días, aunque debo reconocer que ha estado bien. —Sonrió—. Claro, me encantaría salir a cenar. Empiezo a tener hambre, la verdad. Tardo sólo un par de minutos en arreglarme.

—Pero si estás muy bien así —protesté.

—Sólo será un momento —gritó desde las escaleras.

No iba a ser sólo un momento. Conocía a Jane, y a lo largo de los años había terminado por entender que esos «dos minutos» solían acercarse más bien a los veinte. Mientras tanto, había aprendido a entretener el tiempo de espera con alguna actividad que me gustara hacer, pero que no requiriese pensar mucho. Por ejemplo, podía ir a mi despacho a poner orden en la mesa, o ajustar el amplificador del equipo de música después de que los niños lo hubieran utilizado.

Descubrí que esas inocuas actividades bastaban para que el tiempo pasara sin que me diera cuenta. A menudo, terminaba lo que tuviera entre manos, fuera lo que fuese, y me encontraba con que mi mujer esperaba a mis espaldas con los brazos en jarras.

—¿Ya estás lista? —le preguntaba.

—¿Cómo que si estoy lista? —decía enfurruñada—. Llevo diez minutos esperando a que termines lo que estás haciendo.

—Ah, disculpa —respondía—. Déjame ver si llevo las llaves y nos vamos.

—No me digas que las has perdido.

—No, claro que no —decía palpándome los bolsillos, desconcertado porque no conseguía encontrarlas. Miraba a mi alrededor—. Seguro que están por aquí, espera —añadía rápido—. Las tenía hace un momento.

Ante lo cual mi mujer ponía los ojos en blanco.

Esa noche, sin embargo, tomé el ejemplar de la revista *Time* y me dirigí a esperarla en el sofá. Terminé de leer algunos artículos mientras oía los pasos de Jane en el piso de arriba. Dejé la revista a un lado. Ya empezaba a preguntarme qué le apetecería cenar cuando sonó el teléfono.

Al escuchar la voz temblorosa que sonó al otro lado del hilo, noté que mi sentido de la previsión se evaporaba, sustituido por una honda sensación de temor. Jane bajó las escaleras en el momento en que colgaba el teléfono.

Vio mi expresión y se quedó helada.

—¿Qué sucede? —preguntó—. ¿Quién era?

—Era Kate —dije en voz baja—. Se va al hospital ahora mismo.

Jane se llevó rápido una mano a la boca.

—Es Noah —dije.

Capítulo 9

A Jane se le saltaban las lágrimas cuando íbamos camino del hospital. Aunque por lo general conduzco con cautela, cambié de carril muchísimas veces y pisé el acelerador cuando los semáforos estaban en ámbar, consciente del peso de cada minuto que pasaba.

Cuando llegamos, la sala de urgencias recordaba lo ocurrido en la última primavera, cuando Noah tuvo el derrame, como si nada hubiese cambiado en los cuatro meses anteriores. El ambiente olía a amoníaco y a antiséptico, las luces fluorescentes proyectaban una luz mate sobre la sala de espera, llena de gente.

Sillas de metal y vinilo estaban alineadas contra las paredes y desfilaban por el medio de la sala. La mayoría estaban ocupadas por grupos de dos o de tres personas que conversaban en voz baja, y una cola de gente que esperaba para rellenar formularios serpenteaba más allá del mostrador de admisión.

La familia de Jane estaba agrupada cerca de la puerta. Kate estaba pálida y nerviosa junto a Grayson, su marido, el cual tenía toda la pinta de ser un granjero con cultivos de algodón, con su pantalón de peto y sus botas polvorientas, como en efecto era. Tenía el rostro anguloso y curtido, surcado de arrugas. David, el hermano pequeño de Jane, estaba al lado de ellos y rodeaba a Lynn, su esposa, con un brazo.

Nada más vernos, Kate vino corriendo. Las lágrimas ya

empezaban a correrle por las mejillas. Jane y ella se echaron la una en brazos de la otra al momento.

—¿Qué ha pasado? —preguntó Jane con la cara tensa por el miedo—. ¿Cómo se encuentra?

A Kate se le quebró la voz.

—Se ha caído cerca del estanque. Nadie lo ha visto, pero apenas estaba consciente cuando lo ha encontrado la enfermera. Ha dicho que se había golpeado en la cabeza. La ambulancia lo ha traído hace tan sólo veinte minutos; ahora está con el doctor Barnwell, eso es todo lo que sabemos —dijo Kate.

Jane pareció hundirse en brazos de su hermana. Ni David ni Grayson pudieron mirarlas; las bocas de los dos formaron una línea recta. Lynn permanecía con los brazos cruzados, balanceándose de adelante a atrás sobre los talones.

—¿Cuándo podremos verlo?

Kate meneó la cabeza como desaprobación.

—No lo sé. Las enfermeras sólo nos han dicho que esperemos al doctor Barnwell o a alguna de las otras enfermeras. Supongo que ya nos lo dirán.

—Pero se pondrá bien, ¿verdad?

Como Kate no respondió inmediatamente, Jane respiró hondo.

—Se pondrá bien —dijo Jane.

—Oh, Jane... —Kate cerró los ojos con fuerza—. La verdad es que no lo sé. Nadie sabe nada.

Pasaron un instante simplemente aferradas la una a la otra.

—¿Y Jeff? —preguntó Jane, refiriéndose al hermano que faltaba por aparecer—. Va a venir, ¿verdad?

—Por fin lo he localizado —informó David—. Va a pasar por casa para recoger a Debbie, y luego vendrán derechos aquí.

David se unió a sus hermanas y los tres se apiñaron,

como si trataran de juntar todas las fuerzas que, bien lo sabían, podrían necesitar.

Instantes después llegaron Jeff y Debbie. Jeff se unió a sus hermanos y le pusieron rápidamente al corriente de la situación. Su rostro demacrado expresaba el mismo temor que se reflejaba en las caras de ellos.

A medida que transcurrían lentos los minutos, nos separamos en dos grupos distintos: por un lado, la progenie de Noah y Allie; por otro, sus cónyuges. Aunque es mucho lo que quiero a Noah, aunque Jane es mi mujer, he terminado por aprender que hay ocasiones en que Jane necesita a sus hermanos más que a mí. Me necesitaría más tarde, pero ésa no era mi hora.

Lynn, Grayson, Debbie y yo ya habíamos pasado antes por la misma situación, tanto en primavera, cuando Noah sufrió el derrame, como cuando murió Allie y también seis años antes, cuando Noah tuvo un ataque al corazón. Así como el grupo de los hermanos tenía sus rituales, incluidos los abrazos y el círculo de las plegarias, amén de las preguntas angustiadas que se repetían una y otra vez, el nuestro era más estoico. Grayson, como yo, siempre ha sido callado. Cuando está nervioso, se mete las manos en los bolsillos y hace sonar las llaves. Lynn y Debbie, si bien aceptaban que tanto David como Jeff en ocasiones como ésta tenían una gran necesidad de sus hermanos, parecían estar perdidas ante este tipo de crisis, inseguras, sin saber qué hacer, al margen de no estorbar y de hablar en voz baja. Por otra parte, yo siempre me veía buscando maneras prácticas de echar una mano, lo cual es un modo muy eficaz para mantener a raya mis emociones.

Al ver que se había despejado la cola del mostrador de admisión, me dirigí allí. Instantes más tarde, la enfermera me miró desde detrás de una alta pila de formularios. Tenía cara de estar hecha polvo.

—¿Puedo ayudarle?

—Sí —dije—, me estaba preguntando si dispone de alguna información más acerca de Noah Calhoun. Ha ingresado hace más o menos media hora.

—¿No ha salido el médico a decirles nada?

—Todavía no, pero ya está aquí toda la familia. Y está muy afectada.

Señalé hacia ellos con la cabeza y vi que la mirada de la enfermera seguía la mía.

—Seguro que el médico o una de las enfermeras saldrá enseguida a decirles algo.

—Lo sé, pero me preguntaba si no habrá alguna manera de averiguar cuándo podremos ver a Noah, o si se pondrá bien.

Por un momento no estuve seguro que fuera a echarme una mano, pero cuando volvió a mirar la familia la oí soltar un suspiro.

—Deme sólo unos minutos para procesar algunos formularios, y luego veré qué puedo averiguar, ¿de acuerdo?

Grayson vino conmigo al mostrador, sin sacar las manos de los bolsillos.

—¿Aguantas bien los nervios?

—Lo intento —dije.

Asintió con la cabeza e hizo sonar las llaves.

—Me voy a sentar un poco —dijo al cabo de unos segundos—. Quién sabe cuánto tiempo vamos a tener que pasar aquí.

Los dos tomamos asiento en las sillas de la sala de espera, a espaldas de los hermanos. Minutos después llegaron Anna y Keith. Anna se unió al corrillo, Keith tomó asiento a mi lado. Vestida de negro, Anna ya parecía venir de un funeral.

La espera es siempre lo peor de una crisis como ésta. Y por este motivo he terminado por despreciar los hospitales.

No sucede nada, pero la mente da vueltas sin parar con imágenes cada vez más oscuras, preparándose inconscientemente para lo peor. En la tensión del silencio oía mis propios latidos y notaba una sequedad de boca extraña.

Me percaté de que la enfermera del mostrador de admisión ya no estaba en su sitio, y albergué la esperanza de que hubiera ido a informarse sobre la situación de Noah. Por el rabillo del ojo vi que se aproximaba Jane. Me puse en pie y alcé un brazo para dejar que se apoyase contra mí.

—Odio todo esto —dijo.

—Ya lo sé. A mí me pasa igual.

Detrás de nosotros entró una pareja joven con tres niños llorando en la sala de urgencias. Nos desplazamos para hacerles sitio al pasar. Cuando llegaron ante el mostrador de admisión, vi que la enfermera salía de la parte de atrás. Alzó un dedo para indicar a la pareja que esperase un momento y se dirigió hacia nosotros.

—Ahora ya está consciente —anunció—, aunque todavía un poco atontado. Las constantes vitales están bien. Es probable que lo trasladen a una habitación dentro de una hora más o menos.

—Entonces, ¿se pondrá bien?

—No tienen previsto ingresarlo en la unidad de cuidados intensivos, si es eso lo que desean saber —dijo cubriéndose las espaldas—. Pero es probable que tenga que permanecer ingresado unos días en observación.

Ante estas palabras se desencadenó un murmullo de alivio.

—¿Podemos verlo? —la apremió Jane.

—No, es imposible que entren todos a la vez. No hay sitio suficiente, y el médico considera que es preferible que le dejen ustedes descansar. Ha dicho el médico de todos modos que puede entrar uno de ustedes, pero que la visita no puede ser demasiado larga.

Pareció obvio que entrarían Jane o Kate, pero la enfermera siguió hablando antes de que ninguno de nosotros dijera nada.

—¿Quién de ustedes es Wilson Lewis? —preguntó.

—Soy yo —dije.

—¿Por qué no entra usted conmigo? Van a abrirle una vía intravenosa, y es probable que le convenga verlo antes de que se adormile.

Noté que los ojos de toda la familia se habían concentrado en mí. Me pareció entender por qué quería verme, pero alcé las manos para rechazar la posibilidad.

—Ya sé que soy quien habló con usted, pero quizá deberían ir a verlo Jane o Kate —sugerí—. Son sus hijas. O David, o Jeff.

La enfermera negó con la cabeza.

—Ha dicho que quiere verlo a usted. Ha dejado bien claro que usted debe ser el primero que lo vea.

Aunque Jane esbozó una sonrisa, vi en esa expresión lo mismo que sentí en los demás. Curiosidad, por supuesto. Y sorpresa. Pero lo que me pareció sentir en Jane de una manera especial, sobre todo lo demás, fue una especie de sutil traición, como si supiera exactamente por qué Noah me había elegido a mí.

Noah estaba tendido en la cama, con dos tubos en los brazos y conectado a una máquina que transmitía el ritmo constante de su corazón. Tenía los ojos entrecerrados, pero volvió la cabeza sobre la almohada cuando la enfermera cerró la cortina tras nosotros dos. Oí alejarse sus pasos y nos quedamos a solas.

Parecía demasiado pequeño para la cama en que se encontraba, y tenía la cara blanca como el papel. Me senté en la silla contigua.

—Hola, Noah.

—Hola, Wilson —dijo temblorosamente—. Gracias por venir.

—¿Te encuentras bien?

—Hombre, podría estar mejor —dijo. Esbozó una sonrisa—. Pero también podría estar peor, claro.

Le cogí una mano.

—¿Qué ha pasado?

—Una raíz —dijo—. He pasado por allí mil veces, pero esta vez ha saltado y me ha enganchado un pie.

—¿Y te has dado un golpe en la cabeza?

—En la cabeza, en el cuerpo. En todas partes. He aterrizado como un saco de patatas. Pero no me he roto ningún hueso, gracias a dios. Sólo estoy un poco mareado. El médico ha dicho que me pondré bien en un par de días. Le he dicho que bien, porque este fin de semana tengo que ir a una boda.

—Tú por eso no te preocupes. Preocúpate sólo de ponerte bien.

—Me pondré bien, descuida. Aún me queda algo de tiempo.

—Más te vale.

—Bueno, ¿y Kate y Jane? ¿Cómo están? Supongo que preocupadísimas.

—Todos estamos preocupados, yo también.

—Ya, pero tú no me miras con esos ojos de pena, ni te echas a llorar casi en cuanto murmuro cualquier cosa.

—Eso lo hago cuando no me miras.

Sonrió.

—Puede, pero no como ellas. Lo más probable es que una u otra esté conmigo las veinticuatro horas los dos próximos días, arropándome, ajustándome la cama y ahuecándome la almohada. Son como dos gallinas cluecas. Sé que tienen las mejores intenciones, pero todo ese revoloteo a mi alrededor es más que suficiente para que me vuelva loco. La última vez que estuve ingresado en el hospital no creo que llegara a pasar más de un minuto solo. Ni siquiera podía ir al lavabo sin que una u otra fuesen delante, y luego esperaran delante de la puerta a que terminase.

—Es que necesitabas ayuda. No eras capaz de caminar por tus propios medios, ¿lo recuerdas?

—Ya, pero un hombre necesita su dignidad.

Le apreté la mano.

—Siempre serás el hombre con más dignidad que yo haya conocido nunca.

Noah me miró a los ojos, se le ablandó un poco la expresión.

—En cuanto me vean se me van a echar encima, ya sabes, revoloteando y preocupándose, como siempre. —Sonrió con un gesto de travesura—. A lo mejor me divierto un poco con ellas.

—No te pases, Noah. Si lo hacen, es porque te quieren.

—Lo sé. Pero no por eso tienen que tratarme como si fuera un niño.

—No te tratarán así.

—Ya lo verás. Por eso mismo, cuando llegue el momento, ¿por qué no les dices que te ha parecido que me vendría muy bien descansar un buen rato? Si soy yo el que dice que estoy cansado, seguro que empiezan a preocuparse de nuevo.

Sonreí.

—Lo haré, descuida.

Por un momento permanecimos en silencio. El monitor del corazón emitía pitidos constantes, tranquilizantes en su monotonía.

—¿Sabes por qué he pedido que vinieras tú a verme, en vez de uno de mis hijos? —preguntó.

A mi pesar, asentí con la cabeza.

—Quieres que vaya a Creekside, ¿verdad? ¿Quieres que vaya a dar de comer al cisne, igual que en primavera?

—¿Te importaría mucho?

—No, en absoluto. Estoy encantado de echarte una mano.

Hizo una pausa. Me miró con una expresión implorante, de cansancio.

—Sabes que no te lo podría haber pedido si los demás estuvieran aquí. Hay que ver cómo se enfadan sólo con oír hablar del cisne. Creen que el cisne es síntoma de que estoy perdiendo la cabeza.

—Ya lo sé.

—Pero tú sabes que no es así, ¿eh, Wilson?

—Desde luego.

—Porque tú también lo crees. ¿Sabes que ella estaba allí cuando he recuperado el conocimiento? Estaba sobre mí, asegurándose de que me encontraba bien, y la enfermera ha tenido que ahuyentarla. Ha estado conmigo en todo momento.

Sabía qué era lo que deseaba que yo dijera, pero parecía que yo no lograba dar con las palabras que él quería oír. A cambio, sonreí.

—Pan de molde —dije—. Cuatro trozos por la mañana y otros tres por la tarde, ¿no?

Noah me apretó la mano obligándome a mirarlo nuevamente.

—Tú me crees, Wilson. ¿Verdad?

Guardé silencio. Como Noah me entendía mejor que nadie, supe que no podía ocultarle la verdad.

—No lo sé —dije al fin—. No lo sé.

Ante mi respuesta vi la decepción en sus ojos.

Una hora más tarde, Noah fue trasladado a una habitación de la segunda planta, donde por fin pudo reunirse con él toda la familia.

Jane y Kate entraron en la habitación hablando entre dientes.

—Oh, papá —dijeron a coro. Lynn y Debbie las siguieron al punto, mientras David y Jeff pasaban al otro lado de la cama. Grayson se quedó a los pies y yo permanecí en segundo plano.

Tal como Noah había predicho, todos revoloteaban sobre él. Le cogían una mano, le remetían las mantas, levantaban la cabecera de la cama. Lo miraban y lo remiraban, lo tocaban, lo lisonjeaban, lo abrazaban y lo besaban. Todos ellos, preocupándose y acribillándole a preguntas.

—¿Seguro que te encuentras bien? —Jeff fue el primero en hablar—. Según los médicos, la caída ha sido grave.

—Estoy bien. Tengo un chichón en la cabeza, pero por lo demás me encuentro bien. Si acaso, algo fatigado.

—Me he llevado un susto de muerte —proclamó Jane—. Pero no sabes cómo me alegro de que estés bien.

—Y yo —participó David.

—No deberías haber estado allí fuera solo si te encontrabas algo mareado —le regañó Kate—. La próxima vez espera ahí a que vayan a buscarte. Seguro que irán y te encontrarán.

—Eso es lo que han hecho, de todos modos —dijo Noah.

Jane alargó las manos detrás de la cabeza de Noah y le ahuecó las almohadas.

—Tampoco has estado allí fuera tanto tiempo, ¿verdad que no? No soporto la idea de que nadie te haya encontrado al momento.

Noah negó con la cabeza.

—No han sido más de dos horas, diría yo.

—¡Dos horas! —exclamaron Jane y Kate. Se quedaron paralizadas, mirándose horrorizadas la una a la otra.

—Quizás haya sido un poco más, no estoy seguro. Es difícil de saber, porque las nubes bloqueaban el sol.

—¿Un poco más? —preguntó Jane. Apretó los puños.

—Y estaba mojado. Me imagino que me ha debido de caer la lluvia. O a lo mejor se han encendido los aspersores.

—¡Podrías haberte muerto allí fuera! —exclamó Kate.

—Bueno, no ha sido tan terrible. Un poco de agua no hace daño a nadie. Lo peor ha sido el mapache, cuando por fin he recobrado el conocimiento. Por cómo me miraba sin apartar la vista, me ha parecido que podría tener la rabia. Y entonces se me ha echado encima.

—¿Me estás diciendo que te ha atacado un mapache? —Jane parecía al borde del desmayo.

—Lo que se dice atacar no. Lo he ahuyentado antes de que pudiera morderme.

—¡Ha intentado morderte! —exclamó Kate.

—Bah, no ha sido nada. Ya he ahuyentado mapaches otras veces.

Kate y Jane se miraban con cara de estar traumatizadas. Luego, se volvieron hacia el resto de los hermanos. Un consternado silencio se adueñó de la habitación antes de que por fin sonriese Noah. Los señaló con un dedo y guiñó un ojo.

—Os lo habéis tragado —dijo.

Me tuve que llevar una mano a la boca para ahogar la risa. A un lado, vi que Anna hacía lo indecible por mantener una cara rígida.

—¡No nos tomes el pelo de esa forma! —le espetó Kate golpeando un lado de la cama.

—Desde luego, papá... —añadió Jane—. No tiene ninguna gracia.

A Noah se le arrugaban los ojos por lo que se divertía.

—No me quedaba más remedio. Os lo habéis buscado vosotros solos. En fin, para que lo sepáis, me han encontrado en menos de dos minutos, y estoy estupendamente. Me he ofrecido a conducir hasta el hospital, pero se han empeñado en traerme en ambulancia.

—No puedes conducir. Ya ni siquiera tienes el carnet de conducir en regla.

—Eso no significa que se me haya olvidado cómo se conduce. Y el coche sigue estando en el aparcamiento.

Aunque no dijeron nada, vi que Jane y Kate mentalmente planeaban quitarle las llaves.

Jeff carraspeó.

—Estaba pensando que a lo mejor podríamos conseguirte una de esas alarmas que se llevan en la muñeca. Si volviera a suceder, podrías pedir auxilio de inmediato.

—No la necesito. Sólo he tropezado con una raíz. No habría tenido tiempo de apretar el botón cuando me caía. Y en cuanto he recobrado el conocimiento, la enfermera ya estaba allí.

—Iré a hablar con el director —dijo David—. Y como no se encargue de esa raíz, lo haré yo. Iré a talarla yo mismo.

—Te echaré una mano —Grayson metió baza.

—Él no tiene la culpa de que me esté volviendo torpe con la edad. Me recuperaré en un día o dos, y estaré como nuevo para el fin de semana.

—Por eso no te preocupes —dijo Anna—. Tú ponte bien y basta, ¿de acuerdo?

—Y tómatelo con calma —le apremió Kate—. Estábamos muy preocupados por ti.

—Me he llevado un susto de muerte —repitió Jane.

Cloc, cloc, cloc. Sonreí para mis adentros, porque Noah tenía razón: eran todos gallinas cluecas.

—Me pondré bien —insistió Noah—. Y no se os ocurra suspender esa boda por mi culpa. Tengo muchísimas ganas de ir, y no quiero que penséis que un simple chichón va a impedírmelo.

—Eso ahora no tiene importancia —dijo Jeff.

—Abuelo, tiene razón —dijo Anna.

—Y tampoco vayáis a aplazarla —añadió Noah.

—Papá, no hables de ese modo —dijo Kate—. Te vas a quedar aquí todo el tiempo que haga falta hasta que estés mejor.

—Me pondré bien. Sólo quiero que me prometáis que la boda sigue en pie. Tengo muchísimas ganas de ir.

—No seas terco —le suplicó Jane.

—¿Cuántas veces tendré que decíroslo? Es importante para mí. No celebramos una boda todos los días. —Al darse cuenta de que con sus hijas no tenía nada que hacer, recurrió a Anna—. Tú entiendes lo que quiero decir, ¿verdad, Anna?

Anna vaciló antes de contestar. En medio del silencio, me lanzó una rápida mirada antes de volver a Noah.

—Pues claro que te entiendo, abuelo.

—Entonces seguirás adelante con los planes, ¿verdad?

Instintivamente, Anna buscó la mano de Keith.

—Si es lo que deseas, desde luego —dijo sencillamente.

Noah sonrió con visible alivio.

—Gracias —le dijo en un susurro.

Jane le ajustó la manta.

—Bueno —le dijo—, pues esta semana vas a tener que cuidarte mucho. Y tendrás que ser más cuidadoso en lo sucesivo.

—Tú no te preocupes, papá —prometió David—. Haré que arranquen esa raíz antes de que vuelvas a Creekside.

La conversación volvió a girar en torno a cómo se había caído Noah, y en ese momento me di cuenta de lo que se había mantenido al margen de la misma hasta entonces. Ni uno solo de los presentes, según reparé, estaba dispuesto a mencionar la razón por la que Noah se encontraba cerca del estanque, en primer lugar.

Pero, por otro lado, ninguno de ellos quería hablar nunca del cisne.

ϒ

Noah me habló del cisne hace algo menos de cinco años. Allie había fallecido un mes antes, y Noah parecía envejecer a gran velocidad. Rara vez salía de su habitación, ni siquiera para leer poemas al resto de los internos. Permanecía la mayor parte del tiempo sentado a su mesa, releyendo las cartas que Allie y él se habían escrito a lo largo de los años, o bien hojeando su ejemplar de *Hojas de hierba*.

Hicimos todo lo posible por animarlo a salir de su habitación, cómo no, y supongo que no deja de ser irónico que fuese yo quien lo llevara al banco junto al estanque. Aquella mañana fue la primera vez que vimos el cisne.

No puedo decir que supiera qué estaba pensando Noah. Él desde luego no dio entonces el menor indicio de que viera nada significativo en todo aquello. Sí recuerdo bien que el cisne vino flotando hacia nosotros, como si buscara algo de comer.

—Tendríamos que haber traído algo de pan —comentó Noah.

—Descuida, lo haremos la próxima vez —dije con indiferencia.

A los dos días, cuando volví a visitarlo, me sorprendió no encontrar a Noah en su habitación. Fue la enfermera quien me dijo dónde se encontraba: a la orilla del estanque, donde en efecto lo vi sentado en el banco. Tenía a su lado una sola rebanada de pan de molde. Cuando me aproximé, el cisne pareció mirarme, pero ni siquiera entonces dio muestras de asustarse.

—Parece que te has hecho un amigo —comenté.

—Eso parece, sí —respondió.

—¿Pan de molde? —pregunté.

—A ella parece que es lo que le gusta.

—¿Cómo sabes que es hembra?

Noah sonrió.

—Porque lo sé —dijo Noah con una sonrisa, y así fue como empezó la cosa.

Desde entonces, ha dado de comer al cisne con regularidad, y no ha dejado de visitar el estanque sin importarle qué tiempo hiciera. Se ha sentado en el mismo banco con lluvia y con un calor sofocante. A medida que pasaban los años, cada vez destinaba más tiempo a quedarse allí, contemplando el cisne, hablando en susurros con él. Ahora, a veces pasan días enteros en los que no se mueve del banco.

A los pocos meses de su primer encuentro con el cisne, le pregunté por qué pasaba tanto tiempo a la orilla del estanque. Suponía que le resultaba apacible, o que disfrutaba charlando con alguien, o algo, sin esperar que le respondiera.

—Vengo porque ella quiere que venga.

—¿El cisne? —pregunté.

—No —dijo—. Allie.

Se me tensaron las tripas al oír ese nombre, pero no entendí a qué se refería.

—¿Allie quiere que le des de comer al cisne?

—Así es.

—¿Y cómo lo sabes?

Con un suspiro, me miró alzando la vista.

—Es ella —dijo.

—¿Quién?

—El cisne —dijo.

Sacudí la cabeza indeciso.

—No estoy seguro de entender qué quieres decir.

—Allie —repitió—. Encontró una manera de volver a mí, tal como me prometió en su día. A mí sólo me correspondía encontrarla.

A esto se refieren los médicos cuando dicen que Noah delira.

ϒ

Permanecimos en el hospital otra media hora. El doctor Barnwell prometió llamarnos a la mañana siguiente para ponernos al corriente después de que hiciera su ronda de visitas. Tenía un contacto estrecho con la familia, cuidaba de Noah como si se tratara de su propio padre, y nosotros teníamos plena confianza en él. Tal como había prometido yo, comenté a los presentes que Noah parecía estar algo fatigado, que sería buena cosa dejarlo descansar. Cuando ya salíamos, dispusimos visitarlo por turnos, y luego nos despedimos con besos y abrazos ya en el aparcamiento. Momentos después Jane y yo estábamos solos, viendo a los otros marchar.

Pude ver el cansancio en la mirada perdida de Jane y en su postura encorvada, y yo mismo lo sentí.

—¿Te encuentras bien? —le pregunté.

—Creo que sí. —Suspiró—. Ya sé, ya sé que parece estar perfectamente, pero es que a veces parece que no entienda que ya casi tiene noventa años. No se va a recuperar tan rápido como cree.

Cerró los ojos un momento y supuse que también le preocupaban los planes de la boda.

—Oye, ¿no estarás pensando en proponer a Anna que aplace la boda, verdad? Noah lo ha dicho bien claro...

Jane negó con la cabeza.

—Lo habría intentado, pero él ha sido inflexible. Sólo tengo la esperanza de que su insistencia no se deba a que sabe...

No terminó la frase, pero no hizo falta. Sabía perfectamente qué iba a decir.

—A que sabe que ya no le puede quedar mucho tiempo —siguió diciendo—. Y que éste será su último gran acontecimiento, ¿sabes?

—Él no cree eso. Aún le quedan algunos años más por delante.

—Pareces muy seguro de eso.

—Es que lo estoy. Para tener la edad que tiene, está francamente bien. Sobre todo si se le compara con otras personas de su misma edad que hay en Creekside. Prácticamente no salen de sus habitaciones, se limitan a ver la televisión.

—Sí, y él no hace más que ir al estanque a ver a ese estúpido cisne. Como si eso fuera mucho mejor...

—Él es feliz de ese modo —señalé.

—Pero es un tremendo error —dijo enojada—. ¿Es que no te das cuenta? Mamá ya no está con nosotros, ese cisne no tiene nada que ver con ella.

No supe cómo responder, de modo que guardé silencio.

—Quiero decir... Es que es una locura —siguió diciendo—. Una cosa es darle de comer al cisne, pero pensar que el espíritu de mamá ha vuelto de alguna manera no tiene ningún sentido. —Se cruzó de brazos—. Le he oído hablar con él, ¿sabes? Cuando voy a visitarlo. Mantiene una conversación normal y corriente, como si de verdad estuviera convencido de que el cisne entiende todo cuanto le dice. Kate y David también le han pillado haciendo eso. Y sé que tú también le has oído.

Me dirigió una mirada acusadora.

—Pues sí —reconocí—, también yo le he oído hablar con el cisne.

—¿Y no te molesta?

Cambié el peso de un pie al otro.

—Yo creo —dije con todo esmero— que ahora mismo Noah necesita creer que eso es posible.

—¿Y por qué?

—Porque él la ama. Porque la extraña.

Tras oír mis palabras, vi que le tembló la mandíbula.

—Y yo también —dijo.

En cuanto lo dijo, los dos nos dimos cuenta de que no era exactamente lo mismo.

ϒ

A pesar de nuestra fatiga, ninguno de los dos podíamos enfrentarnos a la perspectiva de irnos derechos a casa tras el mal rato que habíamos pasado en el hospital. Jane de pronto anunció que estaba muerta de hambre, de modo que decidimos parar a cenar en el Chelsea, aunque ya fuera bastante tarde.

Antes incluso de entrar oímos a John Peterson tocar el piano dentro. Había vuelto a la ciudad por espacio de unas semanas, y tocaba todos los fines de semana, mientras que en las noches de los días laborables John a veces aparecía por sorpresa. Y esa noche era una de ellas. Estaban llenas las mesas que rodeaban el piano, la gente se apiñaba en la barra.

Nos sentamos en la primera planta, alejados de la música y del gentío, donde sólo había algunas mesas ocupadas. Jane me sorprendió al pedir una segunda copa de vino con su entrante, lo cual pareció apaciguar algo de la tensión de las horas precedentes.

—¿Qué te ha dicho papá cuando habéis estado los dos solos? —preguntó a la vez que separaba con cuidado una espina del pescado.

—Poca cosa —contesté—. Le he preguntado cómo se encontraba, qué había pasado. Prácticamente me ha dicho lo mismo que has oído tú después.

Alzó una ceja.

—¿Prácticamente? Pues ¿qué más ha dicho?

—¿De veras quieres saberlo?

Dejó los cubiertos sobre la mesa.

—Te ha vuelto a pedir que le des de comer al cisne, ¿no es eso?

—Sí.

—¿Y qué vas a hacer?

—Iré a darle de comer —respondí, aunque vi su expresión y me apresuré a añadir—: pero antes de que te enojes, quiero que tengas muy en cuenta que no lo hago por pensar que se trate de Allie. Si lo hago, es porque él me lo ha pedido, y porque no quiero que el cisne se muera de hambre. Es muy probable que ya se haya olvidado de cómo conseguir alimentos por sus propios medios.

Me lanzó una mirada cargada de escepticismo.

—Mamá detestaba el pan de molde, ¿lo sabías? Jamás se lo habría comido. Le gustaba hacer su propio pan.

Por fortuna, la llegada del camarero me ahorró más discusiones en torno a esta cuestión. Nos preguntó si nos habían gustado los entrantes y Jane de pronto preguntó si esos platos estaban incluidos en el menú del catering.

Con la pregunta, una expresión de reconocimiento atravesó las facciones del camarero.

—¿Son ustedes los que celebran la boda en la vieja casa de Calhoun este fin de semana? —preguntó.

—Sí —dijo Jane con una sonrisa.

—Ya me lo parecía. Creo que la mitad del personal de cocina está trabajando para el evento. —El camarero sonrió—. Bueno, me alegro mucho de conocerlos. Permítanme llenarles la copa de nuevo, les traeré todo el menú del catering cuando vuelva.

Nada más marcharse el camarero, Jane se inclinó sobre la mesa.

—Supongo que eso responde a una de mis preguntas. Sobre el servicio, me refiero.

—Ya te dije que no te preocuparas.

Se terminó la copa de vino.

—¿Así que van a montar una carpa? Como vamos a comer al aire libre...

—¿Y por qué no aprovechamos la casa? —le propuse—. Yo voy a tener que ir de todos modos a recibir a los jardineros, de modo que... ¿por qué no intento contratar un servicio de limpieza para adecentarlo todo? Aún nos quedan unos días, seguro que puedo encontrar a alguien.

—Podemos probarlo, por qué no —dijo muy despacio, y me di cuenta de que en realidad estaba pensando en la última vez que había estado en el interior de la casa—. De todos modos, aquello estará lleno de polvo. No creo que nadie lo haya limpiado desde hace años.

—Cierto, pero sólo hay que limpiar. Deja que haga algunas llamadas. A ver qué se puede hacer —la apremié.

—Siempre dices lo mismo.

—Siempre tengo que hacer cosas —contraataqué, y se rió con buen humor. A través de la ventana del restaurante, a sus espaldas, se veía mi despacho, y me fijé en que la luz de la ventana de Saxon estaba encendida. Sin duda tenía algún asunto urgente entre manos, porque Saxon rara vez se quedaba trabajando hasta una hora tan tardía. Jane me pilló mirando.

—¿Ya echas de menos el trabajo? —me preguntó.

—No —dije—. Es agradable estar sin trabajar un poco.

Me miró con atención.

—¿Lo has dicho en serio?

—Pues claro —le di un tirón al polo que llevaba—. Es agradable no tener que ir con traje y corbata durante toda la semana.

—Seguro que te habías olvidado de cómo es, ¿verdad? No te has tomado unas vacaciones largas desde... ¿cuánto? ¿Hace ocho años, tal vez?

—No, no hace tanto.

Al cabo de unos instantes, asintió con la cabeza.

—Es verdad que te has tomado algunos días sueltos, pero la última vez que te tomaste una semana libre fue en 1995. ¿No te acuerdas, cuando fuimos con los niños a Florida? Fue justo después de que Joseph terminara sus estudios en el instituto.

Tenía toda la razón, me di cuenta, pero lo que entonces me había parecido una virtud ahora lo reputaba como un defecto.

—Lo siento —dije.

—¿Por qué?

—Por no tomarme más vacaciones. En eso, no he sido justo ni contigo ni con el resto de la familia. Debería haber intentado pasar más tiempo contigo y con nuestros hijos.

—No pasa nada —dijo moviendo el tenedor—. No tiene importancia.

—Sí que la tiene —apostillé. Aunque hacía mucho tiempo que estaba acostumbrada a la intensidad de mi dedicación al trabajo, que aceptaba ya como parte de mi carácter, yo sabía que era un tema delicado para ella. Como sabía que gozaba de su atención, seguí hablando de eso.

—Siempre ha tenido importancia —continué—, pero no es sólo eso lo que lamento. En realidad, lo lamento todo. Lamento que el trabajo haya interferido tanto en todos los demás acontecimientos que me perdí cuando nuestros hijos aún estaban creciendo. Por ejemplo, algunos cumpleaños. Ni siquiera recuerdo cuántos me he perdido por tener reuniones hasta tarde, reuniones que me negué a cambiar de hora. Y me he perdido todo lo demás: los partidos de voleibol, los encuentros de atletismo, los conciertos de piano, las obras de teatro en el colegio... Es un milagro que los hijos me hayan perdonado, por no decir que parezca caerles bien.

Asintió con la cabeza reconociendo lo que le decía, pero no dijo nada. Por otro lado, no podía decir nada. Respiré hondo y volví a lanzarme.

—Sé bien que no siempre he sido el mejor de los maridos —dije bajando la voz—. A veces me pregunto cómo es que me has aguantado durante tanto tiempo.

Con esto levantó las cejas.

—Sé que has tenido que pasar muchas noches y muchos

fines de semana sola, sé que he dejado en tus manos toda la responsabilidad de criar a los niños. En eso, nunca he sido justo contigo. Y ni siquiera te hacía caso cuando me decías que lo que más te apetecía en el mundo era pasar el tiempo conmigo. Por ejemplo, cuando cumpliste treinta años. —Hice una pausa, dejé que entendiera poco a poco mis palabras. Al otro lado de la mesa, vi que los ojos de Jane brillaban con el recuerdo. Era uno de los muchos errores que yo había cometido en el pasado y que había tratado de olvidar.

Lo que ella me había pedido entonces no podía ser más sencillo. Abrumada por la nueva carga que representaba la maternidad, había querido volver a sentirse mujer al menos durante una noche, y me había insinuado varias veces con antelación lo que podría entrañar una noche de romanticismo: un vestido para ella tendido sobre la cama, flores, una limusina que nos llevase a un restaurante tranquilo, una mesa con una panorámica espléndida, una conversación tranquila entre los dos, sin tener que preocuparse por regresar corriendo a casa. Ya entonces yo sabía que todo eso era importante para ella, y recuerdo haber tomado nota de todo lo que ella deseaba. Sin embargo, me embarullé tanto con los complicados trámites relacionados con una herencia grande, que llegó el día de su cumpleaños sin que yo hiciera ningún preparativo. En el último momento, le encargué a mi secretaria que eligiese una muñequera estilosa para jugar al tenis y, de camino a casa, me convencí de que, como había salido bastante cara, ella podría considerarla como algo igual de especial. Cuando ella la desenvolvió, le prometí que iba a hacer todos los planes necesarios para que pasáramos una magnífica velada juntos, una velada incluso mejor que la que ella me había descrito. Al final, no fue sino una más de mis muchas promesas que acababa por incumplir. Retrospectivamente, creo que Jane se dio cuenta de que lo era en el momento mismo en que se la hice.

Sintiendo el peso de las ocasiones perdidas, decidí no seguir. Me froté la frente en silencio. Dejé el plato a un lado, y mientras el pasado pasaba a gran velocidad en una serie de recuerdos descorazonadores, noté que Jane me miraba. Sin embargo, me sorprendió al extender la mano sobre la mesa para tocarme una mano.

—¿Wilson? ¿Te encuentras bien? —lo dijo con un punto de ternura en la voz que no reconocí del todo.

—Sí —asentí con la cabeza.

—¿Puedo hacerte una pregunta?

—Claro.

—¿A qué viene esta noche tanto arrepentimiento? ¿Es por algo que haya dicho papá?

—No.

—Entonces, ¿por qué sacas todo eso a relucir?

—No lo sé... Puede que sea por la boda. —Esbocé una sonrisa algo desanimada—. Lo cierto es que estos últimos días he pensado mucho sobre todo eso.

—No parece algo muy propio de ti.

—No, ya lo sé —reconocí—. Pero así es.

Jane ladeó la cabeza.

—Yo tampoco he sido la perfecta esposa, ¿sabes?

—Pero has estado mucho más cerca que yo de la perfección.

—Eso es verdad —dijo encogiéndose de hombros.

Me reí a mi pesar, percibiendo que la tensión disminuía un poco.

—Y sí, es verdad que has trabajado mucho —siguió diciendo—. Probablemente, demasiado. Sin embargo, siempre he sabido que lo hacías porque tu aspiración era mantener a la familia. Hay muchas razones por las que eso vale la pena. Yo pude quedarme en casa y dedicarme a criar a los niños precisamente por eso. Y eso es algo que para mí siempre ha sido importante.

Sonreí sopesando sus palabras y el perdón que me otorgaba con ellas. Era un hombre con suerte, pensé. Me incliné sobre la mesa.

—¿Sabes en qué otra cosa he estado pensando? —pregunté.

—¿Aún hay más?

—He intentado averiguar por qué te casaste conmigo, para empezar.

Se suavizó su expresión.

—No seas tan duro contigo mismo. Nunca me habría casado contigo si no hubiera querido.

—¿Por qué te casaste conmigo?

—Porque te amaba.

—¿Pero por qué?

—Por muchas razones.

—¿Por ejemplo?

—¿Quieres que sea más concreta?

—Hazme ese favor. Yo te acabo de contar todos mis secretos.

Sonrió ante mi insistencia.

—De acuerdo. Veamos, por qué me casé contigo... Bueno, eras un hombre honrado, trabajador y afectuoso. Eras cortés, eras paciente, eras mucho más maduro que cualquiera de los chicos con los que yo había salido hasta entonces. Y cuando estábamos juntos, me escuchabas de una manera que me hacía sentirme como si fuese la única mujer del mundo entero. Hacías que me sintiera completa. Pasar tiempo contigo parecía algo bueno.

Vaciló unos momentos.

—Pero no fue solamente una cuestión de sentimientos —siguió diciendo—. Cuanto más te conocía, más segura estaba de que harías todo lo que fuera necesario para mantener a tu familia. Y eso también era importante para mí. Tienes que entender que en aquel entonces eran muchas las personas de nuestra generación que aspiraban a cambiar el mundo. Aunque sea una idea noble, yo deseaba algo más tradicional, lo sabía bien. Deseaba tener una familia como la de mis padres, deseaba concentrarme en mi pequeño rincón del mundo. Quería a alguien dispuesto a casarse con una esposa y una madre, alguien que respetara mi decisión.

—¿Y así ha sido?

—En casi todo, sí.

Me reí.

—Me he dado cuenta de que no dices nada de mi vistosa belleza, de mi deslumbrante personalidad.

—Querías que te dijera la verdad, ¿no? —dijo en broma.

Me volví a reír y ella me apretó la mano.

—Es broma. En aquel entonces, me encantaba la pinta que tenías por la mañana, nada más ponerte el traje para ir a trabajar. Tan alto, tan esbelto... Un joven que salía a comerse el mundo para que viviéramos bien. Eras muy atractivo.

Sus palabras me reconfortaron. Durante la hora que siguió, mientras repasábamos el menú del catering ya con el café y escuchábamos la música que llegaba flotando desde la planta baja, me fijé en que a veces me miraba a la cara de una manera que me resultó casi desconocida. El efecto era que calladamente me iba mareando. Es posible que ella recordara las razones por las que se había casado conmigo, tal como me las acababa de relatar. Y aunque no podía estar completamente seguro, su expresión, mientras me miraba, me llevó a creer que de vez en cuando todavía se alegraba de haberlo hecho.

Capítulo 10

El martes por la mañana me desperté antes de que amaneciera y me levanté con sigilo, haciendo todo lo posible por no despertar a Jane. Tras vestirme, salí por la puerta de la calle. El cielo estaba negro. Ni los pájaros se habían desperezado aún, aunque la temperatura era suave y el asfalto estaba resbaladizo debido a un chubasco pasajero que había caído durante la noche. Ya notaba el primer indicio de la humedad que iba a reinar durante el día, y me alegré de haber salido tan temprano.

Cogí un paso suave al principio, luego aceleré poco a poco, a medida que mi cuerpo entraba en calor. A lo largo de todo el año anterior había terminado por disfrutar con mis caminatas mucho más de lo que jamás supuse. Al principio, supuse que cuando por fin perdiera los kilos que deseaba perder, andaría menos; en cambio, añadí algo más de distancia y me tomé en serio la tarea de fijarme en la hora de salida y en la hora de llegada.

Había terminado por anhelar el silencio de las mañanas. A esa hora eran pocos los coches que circulaban por las calles, y mis sentidos parecían agudizarse. Oía mi respiración, percibía la presión de los pies al desplazarse por el asfalto, veía el despliegue del alba, al principio una tenue luz en el horizonte, un resplandor anaranjado sobre las copas de los árboles, luego la constante sustitución del negro por el gris. Incluso en las mañanas sombrías me veía con ganas de caminar, preguntándome por qué nunca había hecho ejercicio de ese modo.

Mi caminata me llevaba por lo común unos tres cuartos de hora. Ya al final, aminoraba la marcha para recobrar el aliento. Me cubría la frente una fina película de sudor, pero era agradable. Al ver que la luz de la cocina ya estaba encendida, enfilaba el camino que lleva a casa con una sonrisa de entusiasmo.

Nada más entrar por la puerta de la calle percibí el aroma del beicon que llegaba desde la cocina, un olorcillo que me recordó nuestra vida anterior. Cuando los niños vivían en casa, Jane solía preparar el desayuno para toda la familia. Debido a nuestros distintos horarios en los últimos años, esos desayunos acabaron por desaparecer. Era otro cambio que de algún modo se había adelantado a nuestra relación.

Jane asomó la cabeza por la esquina cuando yo atravesaba el cuarto de estar. Ya se había vestido, llevaba puesto un delantal.

—¿Qué tal el paseo? —preguntó.

—Me he encontrado muy bien —dije—. Para ser tan viejo como soy, claro. —Me uní a ella en la cocina—. Hoy has madrugado.

—Te he oído cuando te marchabas de la habitación —dijo—, y como me he dado cuenta de que ya no me iba a volver a dormir, he decidido levantarme. ¿Quieres un café?

—Me parece que antes necesito beber agua —dije—. ¿Qué hay para desayunar?

—Huevos con beicon —dijo, y alcanzó un vaso—. Espero que tengas hambre. Aunque ayer cenamos muy tarde, yo tenía hambre aún al levantarme. —Me llenó el vaso de agua del grifo y me lo dio—. Deben de ser los nervios —dijo sonriendo.

Al tomar el vaso, noté que sus dedos rozaban los míos. Tal vez fuera sólo mera imaginación, pero me pareció que su mirada se detenía en mí algo más que de costumbre.

—Deja que vaya a ducharme y a ponerme ropa limpia —dije—. ¿Cuánto tardas en tener listo el desayuno?

—Tienes unos minutos —dijo—. Pondré ahora las tostadas.

Para cuando volví a la planta baja, Jane ya estaba sirviendo en la mesa. Me senté a su lado.

—Estaba pensando si quedarme o no a pasar la noche —dijo.

—¿Y?

—Depende de lo que diga el doctor Barnwell cuando llame. Si piensa que papá está bien, ya puesta voy a Greensboro. Siempre y cuando no encontremos aquí el vestido, claro. Si no, tendré que hacer el viaje mañana de todos modos. Pero llevaré el móvil por si pasa algo.

Mastiqué un trozo de beicon crujiente.

—No creo que lo necesites. Si la cosa hubiera empeorado, el doctor Barnwell ya nos habría llamado. Ya sabes cuánta atención dedica a Noah.

—Da igual, pienso esperar hasta hablar con él.

—Claro. Y en cuanto sea hora de visita, me acercaré a ver a Noah.

—Estará protestón. Ya sabes cuánto odia los hospitales.

—¿Y quién no? Si no es para dar a luz, me figuro que no le gustan a nadie.

Se untó la tostada con mantequilla.

—¿Qué estás pensando hacer con la casa? ¿Piensas de veras que habrá sitio para todo el mundo?

Asentí con la cabeza.

—Si sacamos los muebles, tendría que haber sitio de sobra. He pensado que podríamos guardarlos en el granero durante unos días.

—¿Y vas a contratar a alguien que los saque?

—Si no me queda más remedio, sí. Pero no creo que haga falta. El paisajista vendrá con un equipo bastante grande. Estoy seguro de que no le importará que se tomen un rato para echarme una mano.

—Pero así todo quedará muy vacío, ¿no crees?

—No, no creo, al menos cuando tengamos las mesas dentro. Estaba pensando en colocar la fila del buffet junto a las ventanas, dejando una zona despejada para bailar frente a la chimenea.

—¿Para bailar? Si no hemos organizado nada de música.

—Bueno, la verdad es que la música es una de las cosas de las que pensaba encargarme hoy. Además de planear lo del servicio de limpieza y dejar el menú en el Chelsea, claro.

Ladeó la cabeza como si me examinara.

—Lo dices como si hubieras dedicado mucho tiempo a pensar en todo esto.

—¿Y qué te parece que he hecho mientras caminaba?

—Jadear, estornudar, lo de siempre.

Me reí.

—Eh, que estoy en muy buena forma. Hoy he adelantado a un caminante.

—No me digas. ¿Al viejo que lleva un andador?

—Ja, ja —dije, aunque la verdad es que estaba disfrutando con su buen humor. Me pregunté si tendría algo que ver con su forma de mirarme la noche anterior. En fin, fuera cual fuese la razón, supe que no eran imaginaciones mías—. Gracias por preparar el desayuno, por cierto.

—Es lo menos que podría hacer si se tiene en cuenta lo mucho que has ayudado tú esta semana. Y eso sin contar con que has hecho la cena no una, sino dos veces.

—Sí —reconocí—, he sido todo un santo.

Se rió.

—Hombre, yo no diría tanto.

—¿No?

—No. Pero sin tu ayuda ahora mismo estaría medio loca.

—Y muerta de hambre.

Sonrió.

—Necesito tu opinión —me dijo—. ¿Qué te parece para este fin de semana un vestido sin mangas, con la cintura fruncida y media cola?

Me llevé una mano al mentón y lo sopesé.

—Suena bastante bien —dije—. Pero creo que yo estaré mejor con un esmoquin.

Me lanzó una mirada de exasperación. Alcé las manos para simular inocencia.

—Ah, es para Anna, ya entiendo —dije. E imité algo que había dicho Noah—: seguro que estará hermosa, no importa qué se ponga.

—Pero... ¿no tienes una opinión?

—Ni siquiera sé muy bien qué es una cintura fruncida.

—Hombres... —suspiró.

—Ya lo sé —dije, e imité su suspiro—. Es un milagro que funcionemos en sociedad.

El doctor Barnwell llamó a casa poco después de las ocho. Noah estaba bien, contaban con darle el alta ese mismo día o, a lo sumo, al día siguiente. Respiré aliviado y le dije a Jane que se pusiera al aparato. Escuchó la misma información que el médico me había dado a mí. Después de colgar, llamó al hospital y habló con Noah, el cual la animó a que fuese con Anna a donde tuviera que ir.

—Tal como están las cosas, creo que puedo hacer el equipaje —dijo al colgar.

—Eso parece.

—A ver si tenemos suerte y hoy encontramos el vestido.

—Pero si no, disfruta del tiempo que pases con las chicas, que esto sólo pasa una vez en la vida.

—Aún me quedan otros dos hijos por casar —dijo muy contenta—. Eso no es más que el principio.

Sonreí.

—Eso espero.

Una hora después Keith dejó a Anna en casa, con un maletín pequeño en mano. Jane aún estaba en el piso de arriba recogiendo sus cosas. Abrí la puerta cuando Anna venía por el camino. Y, sorpresa, iba vestida de negro.

—Hola, papá —dijo.

Salí a recibirla al porche.

—Hola, cariño. ¿Cómo estás?

Dejó el maletín en el suelo, se inclinó y me dio un abrazo.

—Estupendamente —dijo—. La verdad es que todo esto es divertidísimo. Al principio no estaba tan segura, pero hasta ahora todo ha sido una maravilla. Y mamá se lo está pasando en grande. Tendrías que verla. No la había visto tan emocionada desde hacía mucho tiempo.

—Me alegro —dije.

Cuando sonrió, me sorprendió una vez más lo adulta que la encontraba. Momentos antes había parecido que aún era una niña chica. ¿Adónde había ido el tiempo?

—Tengo muchísimas ganas de que llegue el fin de semana —me dijo en un susurro.

—A mí me pasa lo mismo.

—¿Podrás tener todo listo en la casa?

Asentí con la cabeza.

Echó un vistazo alrededor. Al ver la expresión que adoptó, supe qué iba a preguntarme.

—¿Qué tal estáis mamá y tú?

Me lo había preguntado por vez primera pocos meses después de que Leslie se marchara de casa, a lo largo del último año me lo había preguntado aún con mayor frecuencia, aunque lo hacía siempre que Jane no estaba delante. Al principio me había desconcertado; últimamente había llegado a esperarlo.

—Bien —dije.

Por cierto que esa misma era la respuesta que siempre le daba, aunque era consciente de que Anna no siempre me creía.

Esta vez, sin embargo, me escrutó a fondo y, sorprendiéndome, de nuevo se inclinó y me abrazó. Me apretó con los brazos alrededor de la espalda.

—Te quiero, papá —me dijo en un susurro—. Eres fenomenal.

—Yo también te quiero, cariño.

—La verdad es que mamá es una señora con suerte —dijo—. No lo olvides nunca.

—Bien —dijo Jane cuando estábamos en el camino de casa—, creo que ya está todo.

Anna estaba esperándola en el coche.

—Llamarás, ¿verdad? Quiero decir, si surge cualquier cosa...

—Te lo prometo —dije—. Y dale a Leslie un beso de mi parte.

Cuando le abrí la puerta del coche, ya noté que el calor del día se me venía encima. El aire era denso, sofocante, y hacía que las casas de la calle parecieran brumosas. Otro día abrasador, pensé.

—Que lo pases bien —le dije, y ya la empecé a echar de menos.

Jane asintió con la cabeza y dio un paso hacia la puerta

abierta. Al observarla, me di cuenta de que aún era una mujer capaz de lograr que cualquier hombre se volviera para mirarla. ¿Cómo era posible que yo ya fuera casi un viejo, mientras que los estragos del tiempo a ella la habían ignorado? Ni lo sabía ni, en el fondo, me importaba. Antes de que tuviera tiempo de contenerlas, las palabras brotaron de mis labios.

—Eres preciosa —murmuré.

Jane volvió con pinta de estar ligeramente sorprendida. Por la expresión que adoptó, me di cuenta de que estaba tratando de precisar si me había oído bien. Supongo que podría haber esperado a que respondiera, pero en cambio hice algo que en otros tiempos me resultaba tan natural como el respirar. Acercándome antes de que pudiera apartarse, la besé con dulzura, suaves sus labios contra los míos.

No fue como cualquier otro de los besos que nos habíamos dado últimamente, rápido y mecánico, como el que se darían dos conocidos al saludarse. No me eché atrás y ella tampoco, de modo que el beso adquirió vida propia. Y cuando por fin nos separamos y vi su expresión, supe con toda certeza que había hecho exactamente lo que debía.

Capítulo 11

Aún estaba reviviendo el beso en el camino de la casa cuando monté en el coche para dar comienzo a mi día. Tras pasar por la tienda de comestibles, fui a Creekside. En vez de encaminarme directamente al estanque, entré en el edificio y fui a la habitación de Noah.

Como siempre, el aire olía intensamente a antiséptico. Los azulejos multicolores y los anchos pasillos me recordaron el hospital; cuando pasé por delante de la sala de juegos, me fijé en que sólo estaban ocupadas unas cuantas mesas y sillas. Dos hombres jugaban a las damas en un rincón, y algunos más miraban el televisor que estaba sujeto en lo alto de una pared. Una enfermera estaba sentada tras el mostrador principal, con la cabeza inclinada, ajena a mi presencia.

Los ruidos del televisor me siguieron por el pasillo, de modo que fue un alivio entrar en la habitación de Noah. Al contrario que tantos otros de los residentes, cuyas habitaciones parecían desprovistas en gran medida de todo lo que pudiera ser personal, Noah había hecho de su habitación un espacio que podía considerar propio. Un cuadro de Allie —una escena de un estanque y un jardín floridos que recordaba a Monet— estaba colgado en la pared sobre su mecedora. En las estanterías tenía un montón de fotografías de sus hijos y de Allie; había clavado otras con chinchetas en la pared. Al borde de la cama estaba su chaqueta de punto, y en la esquina se encontraba el destartalado escritorio de tapa corrediza que en otro tiempo había ocupado la pared del fondo de la sala de recreo en su casa. El escritorio había pertenecido al padre de Noah, y la antigüedad se reflejaba en las muescas y los arañazos y las manchas de tinta dejadas por las plumas estilográficas que siempre había preferido Noah.

Sabía que Noah a menudo se sentaba allí de noche, pues en los cajones del escritorio se encontraban las pertenencias que valoraba por encima de todo lo demás: el cuaderno manuscrito en el que había conmemorado sus amoríos con Allie; sus agendas encuadernadas en cuero, cuyas páginas ya se tornaban amarillentas por el tiempo; los cientos de cartas que había escrito a Allie a lo largo de los años, y la última que ella le había escrito a él. Había otros objetos, claro: flores secas, recortes de periódico sobre las exposiciones de Allie, algunos obsequios especiales de sus hijos y su edición de *Hojas de hierba,* de Walt Whitman, que no había dejado de acompañarle ni un momento durante la Segunda Guerra Mundial.

Tal vez hiciera gala de mi instinto de abogado especialista en herencias, pero me pregunté qué iba a ser de aquellos objetos cuando Noah ya no estuviera entre nosotros. ¿De qué modo se podrían distribuir aquellas cosas entre sus hijos? La solución más sencilla sería realizar un reparto equitativo entre todos ellos, pero eso planteaba sus propios problemas. Por ejemplo, ¿quién iba a conservar el cuaderno? ¿En el cajón de quién estarían las cartas o las agendas? Una cosa era dividir las propiedades importantes, pero, ¿era posible dividir el corazón?

Los cajones no estaban cerrados con llave. Aunque Noah volvería a su habitación dentro de un día o dos, los revisé en busca de los objetos que pudiera apetecerle tener consigo en el hospital, y me los guardé bajo el brazo.

En comparación con el interior del edificio, donde funcionaba el aire acondicionado, nada más salir fuera el aire me pareció sofocante. Comencé a sudar al momento. El patio estaba desierto, como siempre. Recorrí el sendero de gravilla en busca de la raíz que había provocado la caída de Noah. Me costó algunos momentos encontrarla en la base de un magnolio inmenso. Sobresalía a través del sendero como una pequeña serpiente tendida al sol.

El agua salobre del estanque reflejaba el cielo como un espejo. Pasé unos momentos contemplando cómo el aire arrastraba las nubes a través del agua. Cuando me senté, noté un tenue olor a agua de mar. El cisne apareció desde la zona menos profunda del estanque, al fondo, y vino poco a poco hacia mí.

Abrí el pan de molde y partí en trocitos la primera rebanada, como siempre hacía Noah. Al arrojar el primer trozo, me pregunté si en el hospital habría dicho la verdad. ¿Había estado el cisne con él a lo largo de la terrible experiencia? No me cabía ninguna duda de que volvió a ver al cisne en cuanto recobró el conocimiento, pues la enfermera que lo encontró pudo dar fe de ello, pero... ¿estuvo el cisne velando por él en todo momento? Eso era algo imposible de saber, pero en lo más profundo de mi corazón yo creía que sí.

No estaba sin embargo dispuesto a dar el salto que había dado Noah. El cisne, me dije, se había quedado allí porque Noah le daba de comer y lo cuidaba. Era más una mascota que un animal salvaje. No tenía absolutamente nada que ver con Allie o con su espíritu. Lisa y llanamente, no podía creer que pudieran suceder cosas de esa clase.

El cisne no hizo ningún caso del pan que le había arrojado, y se limitó a mirarme. Qué raro. Cuando le arrojé otro trozo, el cisne le echó una mirada antes de menear la cabeza hacia mí.

—Anda, come —le dije—, que tengo bastantes cosas que hacer.

Bajo la superficie, vi que el cisne movía las patas muy despacio, lo justo para mantener su posición.

—Anda —le apremié en voz muy baja—, que ya te he visto comer otras veces por mí.

Arrojé al agua un tercer trozo, a muy pocos centímetros de donde estaba. Oí el suave salpicar del agua cuando cayó. El cisne tampoco se desplazó hacia el pan.

—¿Es que no tienes hambre? —le pregunté.

A mis espaldas, oí que los aspersores comenzaban a funcionar, escupiendo aire y agua de manera rítmica. Miré hacia atrás, hacia la habitación de Noah, pero en la ventana sólo se reflejaba el resplandor del sol. Preguntándome qué más podía hacer, arrojé al agua un cuarto pedazo de pan sin ninguna suerte.

—Es él quien me ha pedido que venga —dije.

El cisne estiró el cuello y agitó las alas. De pronto me di cuenta de que estaba haciendo lo mismo que había ocasionado la preocupación por Noah: estaba hablando con el cisne como si pudiera entenderme.

¿Como si fuese Allie?

Por supuesto que no, me dije, y dejé de lado la voz. La gente habla con un perro o con un gato, hay gente que incluso habla con las plantas; otros gritan ante el televisor cuando ven deporte. Jane y Kate no tendrían por qué preocuparse, decidí. Noah pasaba allí bastantes horas al día; si acaso, debería preocuparles que nunca hablase con el cisne.

Sin embargo... hablar era una cosa, y otra muy distinta creer que el cisne era Allie. Y Noah lo creía de verdad.

Los pedazos de pan que le había arrojado ya habían desaparecido. Empapados de agua, se habían disuelto y se habían hundido, aunque el cisne no dejaba de mirarme. Le arrojé otro pedazo. El cisne no hizo el menor gesto de ir a por él, así que miré en derredor para cerciorarme de que no me veía nadie. ¿Por qué no?, me dije por fin, y me incliné hacia adelante.

—Está bien —dije—. Ayer estuve con él, esta mañana he hablado con el médico, mañana mismo volverá aquí.

El cisne pareció sopesar mis palabras e instantes después noté que se me erizaban los pelos de la parte posterior del cuello cuando empezó a comer.

En el hospital me pareció que me había equivocado de habitación.

En todos los años que había pasado con Noah, nunca lo había visto ver la televisión. Aunque en su casa tenía televisor, había servido sobre todo para sus hijos cuando eran jóvenes; cuando yo aparecí en sus vidas, rara vez lo encendían. La mayor parte de las noches las pasaban en el porche, donde se contaban historias. Unas veces, la familia cantaba en corro y Noah tocaba la guitarra; otras veces charlaban sin más con el zumbido de los grillos y las cigarras al fondo. Las noches en que hacía más fresco, Noah encendía un fuego en la chimenea y la familia hacía lo mismo en el cuarto de estar. Otras noches, cada uno de ellos se acomodaba a leer en el sofá o en las mecedoras. Por espacio de muchas horas, lo único que se oía en la sala era el chasquido de las páginas que cada cual iba pasando, inmerso en su mundo propio, aunque cerca de los demás.

Aquello era como volver a una época anterior, una época en la que se valoraba la familia por encima de todas las cosas. Yo aguardaba con impaciencia aquellas noches. Me recordaban las noches pasadas con mi padre, mientras trabajaba en sus maquetas de barcos, y me hacían comprender que si bien la televisión estaba considerada una forma de evasión, no tenía nada de apacible o calmante. Noah siempre se las había ingeniado para evitarla. Hasta esta mañana.

Al abrir la puerta me asaltó el ruido de la televisión.

Noah estaba incorporado en la cama y contemplaba la pantalla. En la mano, yo llevaba los objetos que había cogido de su escritorio.

—Hola, Noah —dije, pero en vez de responderme con su saludo de costumbre, se volvió hacia mí con aire de incredulidad.

—Ven para acá —me dijo, e indicó que me acercase—. No te vas a creer lo que están dando.

Entré en la habitación.

—¿Qué estás viendo?

—No tengo ni idea —dijo sin apartar la mirada de la pantalla—. Un programa de entrevistas o algo así. Pensaba que iba a ser como el de Johnny Carson, pero no. No te puedes imaginar de qué están hablando.

De inmediato, mi mente trajo a la memoria una serie de programas vulgares, de esos que siempre me llevan a preguntarme cómo es posible que sus productores puedan dormir tranquilos al llegar la noche. Efectivamente, la cadena en cuestión daba uno de esos programas. Ni siquiera necesité saber de qué se hablaba para hacerme a la idea de lo que había visto; en su mayoría, esos programas trataban los mismos temas repugnantes, del modo más morboso que les fuera posible, con invitados cuyo único objetivo, al parecer, consistía en aparecer por televisión sin que les importara hasta qué punto les hicieran rebajarse.

—¿Por qué has elegido un programa de esos?

—Ni siquiera sabía que lo estaban poniendo —explicó—. Estaba buscando las noticias, pero han puesto un anuncio y luego ha salido esto. Y cuando he empezado a ver de qué se trataba, no he podido evitar verlo. Ha sido como ver un accidente a un lado de la carretera.

—¿Tan malo es? —dije sentándome a su lado.

—Bueno, digamos que no me gustaría nada ser joven en estos tiempos que corren. La sociedad va cuesta abajo a toda velocidad, de modo que me alegro de que no estaré para ver cómo se estrella.

—Noah —sonreí—, suenas a alguien de tu edad.

—Puede ser, pero eso no significa que esté equivocado. —Meneó la cabeza como desaprobación y cogió el mando a distancia. Acto seguido reinó el silencio en la habitación.

Dejé allí encima los objetos que había recogido en su habitación de Creekside.

—He pensado que te gustaría tener todo esto a mano para matar el tiempo. A menos que prefieras ver la televisión, claro.

Se le ablandó la cara al ver la pila de las cartas y su ejemplar de *Hojas de hierba,* de Whitman. Las páginas del libro, hojeadas una y mil veces, parecían casi hinchadas. Acarició con el dedo la maltrecha cubierta.

—Eres un hombre bueno, Wilson —dijo—. Supongo que acabas de ir al estanque.

—Cuatro trozos por la mañana —le informé.

—¿Qué tal estaba Allie hoy?

Me moví en la cama, preguntándome cómo contestarle.

—Creo que te echaba de menos —sugerí al fin.

Asintió con la cabeza, complacido. Se incorporó un poco más en la cama.

—¿Y Jane? ¿Ha salido con Anna?

—Lo más probable es que aún estén en el coche. Se han marchado hace una hora más o menos.

—¿Y Leslie?

—Se reunirá con ellas en Raleigh.

—Va a estar muy bien —dijo—. Me refiero al fin de semana. ¿Qué tal va todo por tu parte? ¿Y la casa?

—Hasta ahora todo va bien —empecé a decir—. Tengo la esperanza de que esté lista el jueves, y estoy muy seguro de que así será.

—¿Qué planes tienes para hoy?

Le conté lo que tenía previsto. Al terminar, soltó un silbido de admiración.

—Pues parece que vas más que servido —dijo.

—Supongo —le dije yo—, pero hasta el momento he tenido suerte.

—Ya lo creo —dijo—. Salvo en lo que a mí respecta. Mi tropiezo podría haberlo estropeado todo.

—Ya te he dicho que he tenido suerte.

Alzó ligeramente el mentón.

—¿Y qué hay de tu aniversario? —preguntó.

Recordé de golpe las muchas horas que había invertido en la preparación del aniversario: las llamadas de teléfono, los viajes a la oficina de correos y a diversas tiendas, etcétera. Había trabajado en mi regalo durante los ratos libres, en el despacho, y a la hora de la comida; había pensado muy a fondo en la mejor manera de ofrecérselo. En el despacho, todo el mundo sabía bien qué había preparado, aunque todos habían jurado guardarme el secreto. Más aún, me habían sido de un grandísimo apoyo; el regalo no era algo que pudiera haber hecho yo por mis propios medios.

—El jueves por la noche —dije—. Parece que es la única opción. Esta noche ella no estará, mañana probablemente quiera visitarte a ti, y el viernes ya estarán Joseph y Leslie. Por supuesto, el sábado está descartado, por razones obvias. —Hice una pausa—. Espero que le guste.

Sonrió.

—Yo no me preocuparía. Es imposible que hubieras elegido un regalo mejor, aunque tuvieras todo el oro del mundo.

—Ojalá tengas razón.

—Tengo razón. Y no se me ocurre mejor manera de comenzar el fin de semana.

La sinceridad que noté en su voz me reconfortó, y me conmovió que pareciera tenerme tan gran aprecio, a pesar de lo distintos que éramos.

—Tú eres quien me dio la idea —le recordé.

Noah negó con la cabeza.

—No —dijo—, fue cosa tuya. Los regalos del corazón no puede reivindicarlos más que quien los da. —Se dio una palmada en el pecho para enfatizar su argumento—. A Allie le encantará lo que has hecho —comentó—. Siempre ha sido una blanda cuando se trataba de cosas como ésta.

Junté las manos en el regazo.

—Ojalá ella pudiera estar con nosotros este fin de semana.

Noah miró la pila de cartas. Supe que se estaba imaginando a Allie. Durante un breve instante me pareció extrañamente más joven.

—Ojalá —dijo.

El calor parecía escaldarme las suelas de los zapatos cuando atravesé el aparcamiento. A lo lejos, los edificios parecían hechos de líquido, y noté que la camisa se me clavaba a la espalda.

Una vez en el coche, me dirigí hacia las ondulantes carreteras campestres que me resultaban tan familiares como las calles de mi propio barrio. Las tierras bajas de la costa poseían una belleza austera. Dejé atrás serpenteando granjas y almacenes de tabaco que parecían casi abandonados. Hileras de pinos del incienso separaban una granja de la siguiente. Vi un tractor que se movía en lontananza, con una nube de tierra y polvo que se elevaba detrás.

Desde determinados puntos de la carretera se alcanzaba a ver el río Trent, las aguas que fluían con lentitud y se ondeaban a la luz del sol. Robles y cipreses jalonaban ambas orillas, cuyos troncos blanquecinos y raíces nudosas daban unas sombras retorcidas. De las ramas colgaba musgo español; a medida que las granjas iban dejando paso poco a poco a los bosques, imaginaba que los árboles que veía tras el parabrisas, que crecían de forma irregular, eran los mismos que vieron los soldados confederados y los de la Unión cuando avanzaban por esta región.

A lo lejos, vi un tejado de chapa en el que se reflejaba el sol; después, la casa misma; acto seguido me encontraba donde Noah.

Mientras contemplaba la casa desde el camino que llevaba a ella, jalonado de árboles, se me antojó que parecía abandonada. A un lado se encontraba el granero rojo descolorido en el que Noah almacenaba madera y herramientas; en los lados había ya numerosos boquetes, y el tejado de chapa estaba cubierto de herrumbre. Su taller, en el que pasaba la mayor parte de las horas del día, se encontraba inmediatamente detrás de la casa. Las puertas batientes colgaban torcidas, y las ventanas estaban recubiertas por una gruesa capa de polvo. Justo detrás se encontraba la rosaleda, tan llena de maleza como las orillas del río. El encargado, según me fijé, no había cortado la hierba recientemente, y el césped de antaño parecía ya una pradera silvestre.

Aparqué junto a la casa y me detuve un momento a estudiarla. Por fin, saqué la llave del bolsillo y, tras abrir la puerta, empujé para entrar. La luz del sol inmediatamente atravesó el suelo.

Con las ventanas cerradas por medio de tablones, estaba oscuro, de modo que mentalmente tomé nota de encender el generador antes de marcharme. Cuando mi vista se adaptó a la penumbra, pude discernir las formas de la casa. Frente a mí se encontraban las escaleras que subían a los dormitorios; a mi izquierda, una amplia sala de recreo que se extendía desde la fachada hasta el porche de la parte posterior. Era allí, pensé, donde mejor podríamos poner las mesas para la recepción, ya que en esa estancia cabría fácilmente todo el mundo.

La casa olía a polvo, y vi rastros de él en las sábanas que cubrían los muebles. Supe que tendría que recordar a los que trasladaran los muebles que cada uno de ellos era una antigüedad que databa de los tiempos de la construcción de la casa. La chimenea tenía incrustaciones de losa de cerámica pintada a mano; recordé que Noah me había dicho que cuando cambió las losas que se habían resquebrajado con el tiempo le alivió descubrir que el fabricante original aún no había cerrado el negocio. En un rincón había un piano también cubierto por una sábana, cuyas teclas habían tocado no sólo los hijos de Noah, sino también sus nietos.

A uno y otro lado de la chimenea había tres ventanas. Procuré imaginarme cómo quedaría la sala cuando estuviera lista del todo, pero en medio de la penumbra no fui capaz. Aunque sí me había hecho una idea de cómo quería que quedase, e incluso se la había descrito a Jane, estar dentro de aquella casa evocaba recuerdos que hacían imposible cambiar su apariencia.

¿Cuántas noches habíamos pasado allí Jane y yo en compañía de Noah y de Allie? Eran demasiadas, imposibles de contar; concentrándome un poco, casi lograba oír las risas y los altibajos de una conversación espontánea.

Había ido, supongo, porque los acontecimientos de aquella mañana sólo habían venido a ahondar la persistente sensación de nostalgia, de anhelo. Incluso en esos momentos volví a sentir la suavidad de los labios de Jane contra los míos y el sabor del lápiz de labios que se había puesto. ¿Estaban cambiando de veras las cosas entre nosotros? Quería desesperadamente pensar que sí, pero me preguntaba si a fin de cuentas no estaría proyectando tan sólo mis sentimientos en Jane. Todo lo que sabía con certeza era que por vez primera en mucho tiempo hubo un momento, sólo un momento, en que Jane pareció tan feliz de estar conmigo como yo con ella.

Capítulo 12

El resto del día lo dediqué a hablar por teléfono desde mi despacho en casa. Hablé con la empresa de limpieza que se encargaba de nuestro hogar, y concretamos que tendrían la casa de Noah limpia para el jueves; hablé con el hombre que lavaba con chorro a presión nuestra terraza, quien se comprometió a estar allí a mediodía para darle brillo a la magnífica casa. Un electricista acudiría para cerciorarse de que el generador, los enchufes del interior y los focos de la rosaleda estaban en perfecto funcionamiento; llamé a la empresa que el año anterior había pintado el bufete y me prometieron que enviarían un equipo para empezar a remozar las paredes del interior y la valla que circundaba la rosaleda. Una compañía de alquiler se iba a encargar de las mesas, las carpas y las sillas para la ceremonia, los manteles y las servilletas, la cristalería y la cubertería, todo lo cual estaría listo el jueves por la mañana. Unos cuantos empleados del restaurante pasarían después por allí para preparar las cosas, bastante antes del sábado. Nathan Little estaba deseoso de empezar el proyecto, y cuando le llamé me informó de que las plantas que le había encargado del vivero esa semana ya estaban cargadas en su camión. Asimismo, se mostró de acuerdo en ordenar a sus empleados que retirasen los muebles sobrantes de la casa. Por último, tomé las disposiciones necesarias para la música, tanto en la ceremonia como en la recepción, y me aseguraron que pasarían a afinar el piano el mismo jueves.

Los trámites para tenerlo todo listo rápido no fueron tan difíciles como uno podría imaginarse. No sólo conocía a la mayoría de las personas a las que llamé, sino que también era algo que ya había hecho en otra ocasión. En múltiples aspectos, el arranque de actividad frenética era semejante a los trabajos que fue preciso realizar en la primera casa que compramos Jane y yo después de casarnos. Era una vieja casa adosada que había pasado por tiempos difíciles, y era preciso remodelarla de arriba abajo... razón precisamente por la cual habíamos podido comprarla. Gran parte del vaciado del interior lo hicimos nosotros mismos, aunque pronto llegamos al punto en que fue necesario contar con el concurso especializado de fontaneros, carpinteros y electricistas.

Entre tanto, no habíamos perdido el tiempo para empezar a formar una familia.

Los dos éramos vírgenes cuando nos prometimos. Yo tenía veintiséis años, y Jane veintitrés. Nos enseñamos el uno al otro a hacer el amor de una manera que fue a la vez inocente y desbordante de pasión, aprendiendo poco a poco cómo darnos placer mutuamente. Daba igual qué cansados estuviéramos, pues terminábamos casi todas las noches enroscados en un abrazo.

Nunca tomamos ninguna precaución para impedir el embarazo. Recuerdo que creía que Jane iba a quedarse embarazada de inmediato, e incluso empecé a aumentar mi cuenta de ahorro antes de que tal cosa sucediera. Sin embargo, no se quedó en estado durante el primer mes de casados, ni durante el segundo, ni en el tercero.

Más o menos a la altura del sexto mes habló con Allie, y aquella misma noche, cuando volví a casa del trabajo, me informó de que teníamos que hablar. Una vez más, me senté a su lado en el sofá, como siempre que me decía que había algo que quería que yo hiciera. Esta vez, en vez de pedirme que la acompañase a la iglesia, me pidió que rezase con ella, y lo hice. No sé cómo, pero entendí que era lo que debía hacer. Empezamos a rezar juntos como pareja con regularidad después de aquella noche. Y cuando más rezábamos juntos, más ganas tenía yo de hacerlo. Sin embargo, pasaron bastantes meses sin que Jane se quedara embarazada. Desconozco si llegó a preocuparse de veras por su capacidad para quedar encinta, pero sé que es algo que tuvo muy en mente, e incluso yo mismo había empezado a preguntarme qué podía suceder. Para entonces, estábamos a menos de un mes de nuestro primer aniversario de boda.

Aunque había planeado que los diversos contratistas me remitieran sus presupuestos respectivos y realizar una serie de entrevistas para terminar el trabajo de la casa, era consciente de que todo el proceso había comenzado a fatigar a Jane. Vivíamos apiñados en un minúsculo apartamento, y la emoción de los primeros trabajos de remodelación ya había perdido su encanto. En secreto, me propuse hacer la mudanza antes del primer aniversario.

Teniendo en mente esa idea, hice lo mismo que, irónicamente, iba a hacer unas tres décadas más tarde: me puse a llamar por teléfono a diestro y siniestro, pedí favores, hice cuanto fue necesario para tener la garantía de que el trabajo quedaría terminado a tiempo. Contraté varios equipos de obreros, me pasé por la casa después de comer y después de trabajar para seguir los progresos, y terminé por pagar bastante más de lo que había presupuestado en principio. No obstante, me maravillé ante la velocidad con que iba tomando forma nuestro hogar. Los trabajadores iban y venían sin descanso; montaron suelos, instalaron armarios, lavabos y electrodomésticos. Cambiaron dispositivos de la luz, empapelaron, mientras día tras día observaba yo cómo avanzaba el calendario poco a poco hacia nuestro aniversario.

La última semana, la anterior al aniversario, me inventé

toda suerte de excusas para impedir que Jane se acercara a las obras, pues es en esa última semana de remodelación cuando una casa deja de ser una estructura y se convierte en un hogar. Quería que fuera una sorpresa que nunca pudiera olvidar.

«No hace falta que vayamos esta noche —le decía—. He pasado antes por allí y ni siquiera estaba el contratista.» O bien: «Tengo mucho trabajo por hacer más tarde, así que prefiero descansar un rato aquí contigo».

No sé si de veras creyó todas mis excusas —y la verdad es que ahora que rememoro todo aquello estoy seguro de que algo tuvo que sospechar—, pero lo cierto es que no me presionó para que fuésemos allí. Y el día de nuestro aniversario, tras compartir una cena romántica en el centro, la llevé a la casa en vez de ir a nuestro apartamento.

Era bastante tarde. Había luna llena y se veían sus cráteres; las cigarras habían comenzado sus cantos nocturnos y las notas de sus trinos llenaban el aire. Desde fuera, la casa parecía la misma. Había montones de restos en el jardín de la entrada, latas de pintura apiladas a los lados de la puerta, el porche se veía gris del polvo. Jane la miró primero y luego me miró con extrañeza.

—Sólo quiero comprobar qué han adelantado —le expliqué.

—¿Y tiene que ser esta noche? —preguntó.

—¿Por qué no?

—Pues, para empezar, porque dentro estaremos a oscuras. No veremos nada.

—Vamos, anda —le dije, y cogí una linterna que llevaba bajo el asiento del coche—. Si no quieres que nos quedemos mucho, no será más que un momento.

Salí del coche y le abrí la puerta. Tras guiarla con cuidado para no tropezar con los restos, llegamos al porche y abrí la cerradura.

A oscuras, era imposible no reparar en el olor de la moqueta nueva. Un instante después, cuando encendí la linterna e hice un barrido por el cuarto de estar y por la cocina, vi que a Jane se le ponían los ojos como platos. Aún no estaba todo completamente terminado, pero ya desde el umbral de la entrada se veía a las claras que podíamos hacer la mudanza pronto.

Jane se quedó clavada en el sitio. Busqué su mano.

—Bienvenida a casa —dije.

—Oh, Wilson —susurró.

—Feliz aniversario —le dije en voz baja.

Cuando se volvió hacia mí, me miró con una mezcla de esperanza y de confusión.

—Pero... ¿cómo...? Es decir, la semana pasada aún faltaba...

—Quería darte una sorpresa. Ven, mira, hay una cosa más que quiero enseñarte.

La conduje a la planta de arriba, al dormitorio principal. Nada más abrir la puerta, enfoqué la linterna y me hice a un lado para que Jane lo viera.

En la habitación se encontraba el único mueble que he comprado yo por mi cuenta: una cama antigua, con dosel. Recordaba a la cama del hostal de Beaufort en la que hicimos el amor en nuestra luna de miel.

Jane guardó silencio. De pronto, se me ocurrió la idea de que podía haber hecho algo mal.

—No me puedo creer que hayas hecho esto —dijo al fin—. ¿Ha sido idea tuya?

—¿Es que no te gusta?

La vi sonreír.

—Me encanta —dijo en voz baja—. Pero es que no me puedo creer que se te haya ocurrido una cosa así. Es casi... romántico.

Para ser sincero, no lo había ideado yo de ese modo. La verdad del caso era que necesitábamos una cama en condiciones, y que estaba seguro de que ese estilo de decoración a ella le gustaba. A sabiendas de que me había hecho un cumplido con su comentario, preferí enarcar una ceja como si le preguntara: «¿Qué esperabas de mí, eh?».

Se acercó a la cama y pasó un dedo por el dosel. Instantes después se sentó al borde y dio palmadas en el colchón, a su lado, invitándome a sentarme con ella.

—Tenemos que hablar —dijo.

Al acercarme, por fuerza hube de acordarme de las ocasiones en que me había hecho ese mismo anuncio. Supuse que estaba a punto de pedirme que le hiciera algún nuevo favor, pero cuando me senté se inclinó a besarme.

—Yo también te tengo guardada una sorpresa —dijo—, y he esperado a que llegara el momento ideal para dártela.

—¿De qué se trata? —pregunté.

Vaciló un brevísimo instante.

—Estoy embarazada.

Al principio no retuve lo que me había dicho. Cuando lo hice, supe con toda certeza que me había dado una sorpresa incluso mejor que la mía.

A última hora de la tarde, cuando ya bajaba el sol y lo recio del calor remitía, me llamó Jane. Me preguntó por Noah y luego me informó de que Anna aún no había sido capaz de decidirse por un vestido u otro, con lo cual no iba a volver esa noche a casa. Aunque le aseguré que ya me lo esperaba y que era natural, noté cierto rastro de frustración en su voz. No estaba tan enfadada como exasperada. Sonreí, preguntándome cómo demonios era posible que a Jane le sorprendiera tanto todavía el comportamiento de nuestra hija.

Colgué y fui a Creekside a dar de comer al cisne los tres pedazos de pan de molde. Luego, pasé por el bufete cuando ya iba de vuelta a casa.

Al aparcar en el sitio de costumbre, delante de la entrada, vi el restaurante Chelsea un poco más allá; enfrente había un parque de reducidas dimensiones, donde cada invierno se instalaba el poblado de Santa Claus. A pesar de los treinta años que llevo trabajando en este edificio, todavía me sorprendía comprobar que la historia antigua de Carolina del Norte se encontraba por doquiera que mirara. El pasado siempre ha tenido para mí un sentido muy especial; me entusiasmaba el hecho de que a pocas manzanas de distancia pudiera visitar la primera iglesia católica que se había erigido en todo el estado, o bien recorrer la primera escuela pública y enterarme de cómo se educaban los primeros colonos, e incluso pasear por los jardines del Tryon Palace, antigua casa del gobernador colonial, que hoy cuenta con uno de los más espléndidos jardines de diseño formal que existen en todo el sur. No soy el único que se enorgullece tanto de la ciudad; la Sociedad Histórica de New Bern es una de las más activas que hay en todo el país, y prácticamente en todas las esquinas hay rótulos que documentan la importancia del papel que desempeñó New Bern en los primeros años de vida de nuestra nación.

Mis socios del bufete y yo somos los propietarios del edificio donde se encuentran nuestras oficinas y despachos. Aunque me encantaría que hubiera alguna anécdota de interés relacionada con el pasado del edificio, la verdad es que no es el caso. Erigido a finales de los años cincuenta, cuando el único criterio que valoraban los arquitectos en el diseño era la funcionalidad, resulta un edificio bastante anodino. En esta estructura rectangular, de ladrillo, de una sola planta, están los despachos de los cuatro socios y los cuatro asociados, así como tres salas de reuniones, una sala destinada a los archivos y una zona de recepción para los clientes.

Abrí la puerta de la calle, oí la advertencia de que la alarma sonaría dentro de menos de un minuto, y luego tecleé el código para desconectarla. Tras encender la lámpara de la zona de recepción me dirigí a mi despacho.

Igual que los despachos de mis socios, el mío tiene cierto aire de formalidad, el que parecen esperar los clientes: una mesa de cerezo oscura con lámpara de latón, libros de derecho colocados en estantes a lo largo de la pared y unos cómodos sillones de cuero frente a la mesa.

En calidad de abogado especialista en herencias, algunas veces tengo la impresión de que conozco todos los tipos de parejas que hay en el mundo. Aunque la mayoría me parecen perfectamente normales, he visto algunas que se peleaban como dos enemigos en plena calle, y una vez fui testigo del momento en que una mujer vertió café caliente en el regazo de su marido. Más a menudo de lo que jamás me habría parecido concebible, he visto cómo un marido hacía conmigo un aparte para enterarse de si legalmente estaba obligado a dejarle algo a su mujer o si, por el contrario, podía omitirla completamente del testamento para dejárselo todo a su amante. Debería añadir que esta clase de parejas a menudo viste bien y parece perfectamente normal cuando se sienta frente a mí, aunque en cuanto se van del despacho me veo pensando qué pasará realmente tras las puertas de sus domicilios conyugales.

De pie tras mi mesa, encontré la llave indicada y abrí el cajón del escritorio. Coloqué el regalo de Jane sobre la mesa y lo observé, preguntándome cómo iba a reaccionar cuando se lo diera. Me pareció que le gustaría, aunque sobre todo aspiraba a que ella lo reconociera como un sincero intento, bien que algo tardío, por pedirle disculpas debido al hombre que había sido durante la mayor parte de nuestros años de casados.

Sin embargo, como a Jane le he fallado de tantas maneras y tan a menudo que no vale la pena pararse a contarlas, por fuerza tenía que pensar en la expresión que adoptó mientras estábamos juntos en el camino de casa. ¿No había sido casi... de ensueño? ¿O habían sido imaginaciones mías?

Estaba mirando hacia la ventana y pasaron unos instantes antes de que me viniera a las mientes la respuesta: de repente supe con toda certeza que no habían sido imaginaciones mías. No; aunque fuera por puro accidente, de algún modo había encontrado la clave del éxito cuando la había cortejado tantísimos años antes. Aunque era el mismo hombre que había sido durante todo el año anterior, un hombre profundamente enamorado de su mujer, dispuesto a hacer lo que fuera necesario con tal de conservarla a su lado, había logrado hacer, no obstante, un pequeño cambio, pero un cambio muy significativo.

Llevaba toda la semana sin concentrarme en mis problemas, sin hacer todo lo posible por resolverlos. Llevaba toda la semana pensando en *ella*; me había comprometido a ayudarla con sus responsabilidades familiares; había escuchado con gran interés siempre que hablaba, y todo lo que hablamos me pareció nuevo. Me había reído con sus bromas, la había abrazado cuando había llorado, le había pedido disculpas por mis fallos, le había mostrado todo el afecto que ella necesitaba y merecía. Dicho de otro modo, había sido el hombre que ella siempre había querido, el hombre que había sido yo tiempo atrás, y entendí entonces que, tal y como sucede con un hábito antiguo que uno redescubre, eso era todo cuanto yo necesitaría para que los dos comenzásemos a disfrutar con la compañía del otro.

Capítulo 13

Cuando a la mañana siguiente llegué a la casa de Noah, enarqué las cejas al ver los camiones del vivero aparcados ya en el camino. Había tres rancheras grandes, cargadas de arbolillos y arbustos, mientras una cuarta estaba cargada de fardos de hoja de pino que se iba a extender sobre los arriates, en torno a los árboles y a lo largo de la valla de madera. En un camión con remolque había varias herramientas y equipamiento, y tres camionetas estaban repletas de macizos de plantas en flor.

Delante de los camiones, los operarios se habían congregado en grupos de cinco o de seis. Tras un rápido cálculo a ojo, comprobé que allí había cerca de cuarenta personas —bastantes más de las treinta que Nathan Little había prometido—; todas llevaban vaqueros y gorras de béisbol a pesar del calor. Cuando salí del coche, Little me recibió con una sonrisa.

—Estupendo, has venido —dijo, y me puso una mano sobre un hombro—. Ya podemos empezar, ¿verdad?

En cuestión de minutos descargaron los cortacéspedes y demás herramientas, y pronto el aire se llenó del sonido de los motores que aumentaban y bajaban el volumen mientras entrecruzaban la propiedad. Algunos de los operarios empezaron también a descargar las plantas, los arbustos decorativos, los arbolillos, y los amontonaban en las carretillas para transportarlos cada uno al lugar indicado.

Ahora bien, era la rosaleda la que más atención concitaba, y seguí a Little cuando cogió unas podaderas y se encaminó hacia allá, para unirse a una docena de operarios que ya lo estaban esperando. Embellecer el jardín me pareció esa clase de trabajo en el que resulta imposible averiguar por dónde empezar siquiera, si bien Little comenzó a podar el primer rosal a la vez que explicaba qué estaba haciendo. Los operarios se agruparon a su alrededor, y susurraban en español mientras lo observaban; al final se dispersaron una vez comprendieron qué era lo que Little deseaba de ellos. Hora tras hora fue dejándose al descubierto con destreza el color natural de las rosas a medida que cada rosal era entresacado y podado. Nathan Little se mostró inflexible en perder tan pocas flores como fuera posible, para lo cual le hizo falta bastante cordel, ya que hubo que arrancar y atar tallos, doblarlos y darles vueltas, para ponerlos en su lugar adecuado.

Luego le tocó el turno al enrejado. Cuando se sintió a sus anchas, Little comenzó a dar forma a las rosas que lo envolvían. Mientras faenaba, le indiqué dónde se iban a colocar las sillas de los invitados, y mi amigo me guiñó un ojo.

—Así que querías que los pensamientos rosas estuvieran alineados a los dos lados del pasillo, ¿no?

Como me vio asentir con la cabeza, se llevó dos dedos a los labios y soltó un silbido. Instantes más tarde, trajeron las carretillas cargadas de flores. En cuestión de dos horas, me maravillé ante un pasillo central que resultaba tan magnífico como para aparecer fotografiado en una revista.

A lo largo de la mañana, el resto de la propiedad fue tomando forma. Una vez quedó el césped bien cortado, se procedió a podar los arbustos y los operarios comenzaron a recortar también alrededor de los postes de la valla, los senderos, y la propia casa. Llegó el electricista para encender el generador, verificar el estado de los enchufes y los focos del jardín. Una hora después llegaron los pintores, seis hombres vestidos con monos llenos de salpicaduras de pintura que salieron de una furgoneta destartalada, y que ayudaron a los jardineros a almacenar los muebles en el granero. El hombre que había venido a lavar la casa con un chorro a presión llegó en coche por el camino y aparcó junto a mi coche. A los pocos minutos de descargar su equipo, el primer e intenso chorro de agua golpeó la pared; poco a poco, pero de manera constante, cada una de las tablas de la casa pasó del gris al blanco.

Mientras cada uno de los equipos trabajaba afanosamente, fui hasta el taller y cogí una escalera. Era preciso retirar los tablones que cubrían las ventanas, de modo que me puse manos a la obra. Con esa tarea por delante, la tarde se me fue en un visto y no visto.

Hacia las cuatro, los jardineros cargaban sus camiones y se disponían a marcharse; el encargado del lavado a presión y los pintores también estaban a punto de terminar. Me había dado tiempo a retirar casi todos los tablones; aún me quedaban algunas ventanas en la segunda planta, pero podía dejarlas para mañana.

Cuando terminé de almacenar los tablones en el sótano de la casa, la finca parecía envuelta en un extraño silencio. Y me vi revisando todo lo que se había hecho a lo largo del día.

Como cualquier otro proyecto todavía a medio terminar, tenía peor aspecto que cuando comenzamos por la mañana. Había piezas de equipamiento de jardinería por todas partes; algunos tiestos vacíos se habían amontonado de cualquier manera. Tanto en el interior como en el exterior, sólo se habían retocado la mitad de las paredes, con lo que todo me recordaba los anuncios de detergente, en los que una marca determinada promete limpiar mejor una camiseta que la siguiente. Junto a la valla había un montículo de desechos del jardín, y así como los corazones exteriores de la rosaleda estaban ya terminados, los del interior parecían abandonados, asilvestrados.

No obstante, sentí un extraño alivio. Había sido un buen día de trabajo, tal que no dejaba duda alguna de que todo estaría terminado a tiempo. Jane se quedaría boquiabierta, y a sabiendas de que ya estaría de vuelta a casa me dirigía hacia el coche cuando vi a Harvey Wellington, el reverendo, apoyado en la valla que separaba la finca de Noah de su terreno. Aminoré el paso y tuve un momento de vacilación antes de atravesar el jardín para reunirme con él. Le brillaba la frente como si fuese de caoba bruñida, y llevaba las gafas encaramadas casi en la punta misma de la nariz. Al igual que yo, iba vestido como si hubiera pasado el día entero trabajando al aire libre. A medida que me acercaba, indicó la casa con un gesto de la cabeza.

—Vaya, preparándolo todo para el fin de semana —dijo.

—Eso intento, sí.

—Pues tiene usted a gente más que suficiente trabajando en ello, eso se lo aseguro yo. Esto parecía hoy el aparcamiento de un centro comercial. ¿Cuánta gente había? ¿Cincuenta?

—Poco más o menos.

Soltó un silbido en voz baja y nos dimos la mano.

—Pues le va a costar un dineral, ¿no?

—Tanto que me da miedo saber a cuánto va a subir la broma.

Se rió.

—¿Y cuántos invitados espera para el fin de semana?

—Supongo que seremos unos cien, poco más o menos.

—Caramba, vaya fiesta —dijo—. Alma, mi mujer, tiene muchísimas ganas de ir. Últimamente no hace más que hablar de la boda. A los dos nos parece maravilloso que hayan querido celebrarla por todo lo alto.

—Es lo menos que podía hacer.

Durante un largo momento me miró fijamente a los ojos sin responder. Mientras me contemplaba, tuve la extraña sensación de que a pesar de lo limitado de nuestro trato me entendía muy bien. Era un poco desconcertante, aunque supongo que no tendría por qué haberme sorprendido. En calidad de reverendo, eran muchos los que buscaban su consejo, y percibí en él la bondad de una persona que había aprendido a escuchar a los demás, a compadecerse de ellos. Me pareció que era un hombre al que cientos de personas seguramente consideraban uno de sus amigos más íntimos.

Como si supiera en qué estaba pensando, sonrió.

—Así que a las ocho en punto, ¿no es eso?

—Antes haría mucho calor.

—Hará calor de todos modos. Pero no creo que a nadie le importe mucho —indicó hacia la casa—. Me alegro de que por fin haya hecho algo con la casa. Es un lugar espléndido, siempre lo ha sido.

—Lo sé.

Se quitó las gafas y comenzó a limpiar las lentes con el faldón de la camisa.

—En serio se lo digo, ha sido una pena ver en qué se iba convirtiendo a lo largo de los pasados años. Sólo habría necesitado que alguien se ocupara de ella otra vez. —Volvió a colocarse las gafas y sonrió vagamente—. Tiene gracia, pero... ¿se ha fijado usted que cuanto más especial es una cosa, más tiende la gente a darlo por hecho? Cualquiera diría que piensan que nunca ha de cambiar. Igual que esa casa. Le bastaba con un poquito de atención para no haber terminado como estaba.

En el contestador me encontré dos mensajes al llegar a casa: uno del doctor Barnwell, en el que me informaba de que Noah ya estaba de vuelta en Creekside, y otro de Jane, diciéndome que nos veríamos allí mismo a eso de las siete.

Cuando llegué a Creekside ya había estado allí la mayor parte de la familia, y ya se había marchado. Sólo quedaba Kate junto a Noah cuando aparecí en su habitación, y Kate me recibió llevándose un dedo a los labios para hacerme callar. Se levantó de la silla que ocupaba, nos dimos un abrazo.

—Acaba de quedarse dormido —susurró—. Debía de estar agotado.

Lo miré, algo extrañado. En todos los años que había tratado a Noah, nunca lo había visto echar una siesta durante el día.

—¿Se encuentra bien?

—Ha estado algo malhumorado cuando hemos intentado volverlo a instalar, pero al margen de eso parecía encontrarse estupendamente. —Me dio un tirón de la manga—. Bueno, dime... ¿qué tal te han ido las cosas en la casa? Quiero que me lo cuentes todo.

La puse al corriente sobre los progresos realizados, sin perder de vista su expresión de embeleso mientras intentaba imaginarlo.

—A Jane le va a encantar —me dijo—. Ah, se me olvidaba... Hace un rato he hablado con ella, ha llamado para ver qué tal estaba papá.

—¿Han tenido suerte por fin con los vestidos?

—Mejor será que te lo cuente ella, pero por teléfono me ha parecido que estaba muy emocionada. —Alcanzó el bolso, que había dejado tirado sobre la silla—. Mira, creo que ya es hora de que me vaya, me he pasado aquí toda la tarde, y seguro que Grayson me estará esperando. —Me plantó un beso en la mejilla—. Cuida de papá, pero procura no despertarlo, ¿de acuerdo? Necesita dormir.

—No te preocupes, no haré ruido —le prometí.

Me acerqué a la silla que estaba junto a la ventana; a punto estaba de acomodarme cuando oí un susurro áspero.

—Hola, Wilson. Gracias por venir.

Me volví hacia él y lo vi guiñarme un ojo.

—Creía que estabas durmiendo.

—Qué va —dijo, e hizo ademán de incorporarse—. Estaba fingiendo. Es que me ha estado mimando todo el día como si fuera un bebé. Si hasta me ha acompañado al cuarto de baño otra vez, no te digo más.

Me reí.

—Justo lo que tú querías, ¿no?, que te mimase un poco tu hija.

—Oh, sí, es justo lo que necesitaba. En el hospital no era ni la mitad que esto. Por su manera de actuar, cualquiera habría dicho que yo ya tenía un pie en la tumba y el otro sobre una peladura de plátano.

—Vaya, hoy estás de primera. Supongo que te sientes como nuevo, ¿no?

—Hombre —dijo encogiéndose de hombros—, pues podría estar mejor, pero también podría estar peor. Pero tengo la cabeza muy bien, si a eso te refieres.

—¿No estás mareado? ¿No tienes dolor de cabeza? Tal vez deberías descansar un poco de todos modos. Si quieres que te dé un yogur, dímelo.

Me apuntó con un dedo.

—Oye, no vayas a empezar tú también, ¿eh? Soy un hombre muy paciente, pero no soy un santo. Y no estoy de humor para eso. Llevo varios días encerrado a cal y canto, y ni he olido una bocanada de aire fresco. —Hizo un gesto hacia el armario—. ¿Te importa alcanzarme la chaqueta?

Ya sabía adónde pretendía ir.

—Todavía hace bastante calor fuera —sugerí.

—Tú alcánzamela, ¿quieres? Y por si acaso se te ocurre

ofrecerme ayuda para ponérmela, vas avisado de que a lo mejor te largo un puñetazo en toda la nariz.

Minutos más tarde salimos de la habitación con el pan de molde en la mano. Mientras caminaba arrastrando los pies vi que se iba relajando. Aunque Creekside siempre sería un lugar ajeno a nosotros, para Noah ya era como su propio hogar, y se le notaba cómodo allí. Estaba claro también que los demás lo habían echado en falta; ante cada una de las puertas abiertas por las que pasamos saludó agitando la mano y dijo algunas palabras a sus amigos, a la mayoría de los cuales les prometió que más tarde volvería a leerles algo.

Se negó a que lo tomara del brazo, de modo que me limité a caminar muy pegado a él. Me pareció ligeramente menos firme que de costumbre, y hasta que no salimos del edificio no estuve del todo seguro de que pudiera caminar por sus propios medios. Sin embargo, al paso que íbamos nos costó un rato llegar hasta el estanque, y tuve tiempo de sobra para observar que, efectivamente, habían arrancado la raíz. Me pregunté si Kate se lo habría recordado a uno de sus hermanos, o bien si éstos se acordaron por su propia cuenta.

Tomamos asiento en nuestros lugares de costumbre y contemplamos el agua del estanque, aunque yo no pude ver el cisne. Supuse que estaría escondido en la zona de aguas menos profundas, a uno de los dos lados, y me apoyé en el respaldo. Noah se puso a partir el pan en trozos pequeños.

—He oído lo que le has dicho a Kate sobre la casa —dijo—. ¿Qué tal están mis rosales?

—Aún no está terminado todo el trabajo, pero te gustará lo que los jardineros han hecho por el momento.

Amontonó en el regazo los trozos de pan.

—Ese jardín significa mucho para mí. Es casi tan viejo como tú.

—No me digas...

—Los primeros rosales se plantaron en abril de 1951

—dijo, y asintió con la cabeza—. Claro está que casi todos los tuve que cambiar por otros nuevos con el paso de los años, pero fue entonces cuando se me ocurrió el diseño de los corazones y comencé a trabajar en él.

—Jane me contó que a Allie le diste una gran sorpresa... para mostrarle así cuánto la querías.

Soltó un resoplido.

—Ésa es sólo la mitad de la historia —dijo—. Pero no me extraña que sea eso lo que ella piensa. A veces tengo la sensación de que tanto Jane como Kate están convencidas de que pasé cada uno de los momentos de mi vida cuando estaba despierto adorando a Allie.

—¿Quieres decir que no fue así? —pregunté, fingiendo que me sorprendía.

Se rió antes de contestar.

—Desde luego que no. Tuvimos nuestras discusiones de vez en cuando, como cualquier otra pareja. Se nos daba bien, en cambio, eso de hacer las paces. Pero en lo que se refiere a la rosaleda, supongo que tienen razón en parte. Al menos, así fue al principio. —Dejó a un lado los pedazos de pan—. Planté los rosales cuando Allie estaba embarazada de Jane. Sólo llevaba unos meses de embarazo, y tenía náuseas a todas horas. Supuse que se le pasaría tras las primeras semanas, pero no fue así. Hubo días en los que a duras penas podía levantarse de la cama; yo era consciente de que al avecinarse el verano las cosas iban a empeorar. Por eso quise regalarle algo hermoso que pudiese ver desde la ventana. —Entornó los ojos para protegerse del sol—. ¿Sabías que al principio sólo hubo un corazón, no cinco?

Enarqué las cejas.

—Pues no, eso no lo sabía.

—No lo planeé, claro está, pero cuando nació Jane me dio por pensar que el primer corazón parecía bastante pequeño, y que necesitaba más rosales para llenarlo. Sin embargo, aplazaba continuamente el momento de ponerme manos a la obra, porque me había supuesto un gran esfuerzo la primera vez, y cuando por fin me animé a hacerlo resultó que Allie estaba de nuevo embarazada. Cuando vio lo que estaba haciendo, dio por sentado que lo había hecho porque esperábamos otro hijo, y entonces me dijo que era lo más bonito que había hecho por ella. Después de eso, ya no pude precisamente parar. A eso me refiero cuando digo que es sólo en parte verdad. El primero tal vez fuese un gesto de romanticismo, pero cuando me puse a dar forma al último ya era más bien una lata. Y no sólo me refiero al hecho de plantarlos, sino al mantenerlos. Los rosales son difíciles de cuidar. De jóvenes, tienden a brotar como un árbol, pero hay que podarlos continuamente para que adquieran la forma deseada. Cada vez que comenzaban a retoñar, tenía que salir con las podaderas para ponerlas a punto, y así fue durante mucho tiempo: parecía que la rosaleda nunca iba a alcanzar la forma apetecida. Y hacía daño. No veas cómo pinchan las espinas. Pasé muchos años con las manos vendadas como una momia.

Sonreí.

—Me juego cualquier cosa a que Allie siempre apreció lo que hacías.

—Desde luego. Al menos, durante un tiempo. Un buen día, me pidió que lo enterrara todo.

Al principio, me pareció que no le había oído bien. Pero por su expresión supe que sí, que había dicho exactamente lo que yo acababa de entender. Recordé la melancolía que a veces me invadía al mirar los cuadros de la rosaleda que había pintado Allie.

—¿Y por qué?

Noah entornó los ojos por el sol antes de soltar un suspiro.

—Por más que a ella le gustase la rosaleda, dijo que le resultaba demasiado doloroso contemplarla. Siempre que miraba por la ventana se echaba a llorar. Y a veces parecía que no iba a poder parar.

Tardé un momento antes de entender el porqué.

—Era por John —le dije en voz baja, refiriéndome al hijo que habían perdido a causa de una meningitis cuando sólo tenía cuatro años. Jane, al igual que Noah, muy raras veces hablaba de él.

—Aquella pérdida estuvo a punto de acabar con Allie. —Calló un momento—. Y por poco me mata a mí también. Era un chiquillo encantador... Sucedió a esa edad en que empezaba a descubrir el mundo, esa edad en que todo es nuevo y emocionante. Como era el más pequeño, trataba de no perder comba con sus hermanos mayores. Los seguía a todas horas por el jardín. Y era un chiquillo muy sano. Nunca tuvo siquiera una infección de oído, ni un resfriado serio, hasta que enfermó. Por eso fue un shock tan grande. Una semana estaba jugando en el jardín; a la semana siguiente, estábamos todos en su funeral. Después, Allie prácticamente no pudo dormir ni comer, y cuando no lloraba caminaba de un lado a otro como si estuviera ida. No estaba muy seguro de que con el tiempo pudiera superarlo. Y fue entonces cuando me pidió que enterrara los rosales.

Se quedó medio dormido. No dije nada, pues sabía que no era posible imaginar el dolor que se debe de sentir con la pérdida de un hijo.

—¿Y por qué no lo hiciste? —le pregunté un rato después.

—Me pareció que me lo había pedido cuando más la embargaba la pena —dijo en voz baja—, y no estaba muy seguro de que en realidad deseara que lo hiciese, o de si sólo me lo había pedido porque ese día su dolor era insufrible, de modo que decidí esperar. Supuse que si me lo pedía por segunda vez lo haría. O bien me ofrecería a arrancar sólo el corazón del exterior, por si acaso deseaba conservar los demás.

Pero al final no dijo nada. Después... Aun cuando utilizó los corazones concéntricos en muchos de sus cuadros, nunca volvió a tener el mismo sentimiento por la rosaleda. Cuando perdimos a John, la rosaleda dejó de producirle felicidad. Cuando Kate se casó allí, tuvo sentimientos encontrados.

—¿Saben tus hijos por qué hay cinco círculos?

—Puede que en el fondo sí, pero debieron de verse obligados a comprenderlo por su cuenta. No era algo de lo que ni a Allie ni a mí nos gustara hablar. Tras la muerte de John, era más fácil pensar en la rosaleda como un regalo único, no como cinco regalos sucesivos. Así terminó por ser. Y cuando los chicos se hicieron mayores y por fin se pusieron a preguntar por la rosaleda, Allie se limitó a contarles que la había plantado yo para ella. Para ellos, siempre ha sido un gesto de puro romanticismo.

Por el rabillo del ojo vi aparecer el cisne y deslizarse hacia nosotros. Fue curioso que no hubiera aparecido con anterioridad; me pregunté dónde se habría metido hasta ese momento. Supuse que Noah le arrojaría enseguida un pedazo de pan, pero no fue así. Al contrario, se limitó a observar cómo se acercaba chapoteando. Cuando estaba a pocos metros de nosotros el cisne pareció vacilar unos instantes y, para mi sorpresa, se acercó a la orilla.

Un momento después anadeaba hacia nosotros. Noah extendió la mano. El cisne se acercó para que lo tocase, y Noah le habló en voz baja. Fue entonces cuando se me ocurrió la idea de que el cisne también había echado de menos a Noah.

Noah le dio de comer y después vi maravillado que, tal como él mismo me confió una vez, el cisne se acomodaba a sus pies.

Una hora más tarde comenzaron a asomar las nubes. Densas, panzudas, anunciaban la típica tormenta de verano que tan común es en el sur: un intenso aguacero durante veinte minutos, y luego un cielo que se despeja poco a poco. El cisne chapoteaba de nuevo en el estanque, y estaba a punto de sugerir que volviésemos al interior del edificio cuando oí la voz de Anna tras nosotros.

—¡Eh, abuelo! ¡Hola, papá! —llamó—. Como no estabais en la habitación, hemos pensado que os encontraríamos aquí fuera.

Me volví y vi a Anna rebosante de ánimo. Jane la seguía cansinamente a unos metros. Su sonrisa parecía forzada; ése era el lugar, bien lo sabía yo, donde más temía encontrarse a su padre.

—Hola, cariño —dije poniéndome en pie. Anna me abrazó con fuerza, apretándome con los brazos en la espalda.

—¿Cómo ha ido hoy? —pregunté—. ¿Habéis encontrado el vestido?

Cuando me soltó, vi que no era capaz de contener la emoción.

—Te va a encantar —me prometió apretándome los brazos—. Es perfecto.

Para entonces, Jane había llegado adonde estábamos. Solté a Anna y abracé a Jane como si ese hecho volviera a ser algo natural entre nosotros. Me resultó suave y cálida al tacto, una presencia que me llenó de sosiego.

—Ven para acá —dijo Noah a Anna. Dio unas palmadas en el banco—. Anda, cuéntame, a ver qué cosas habéis hecho para preparar el fin de semana.

Anna se sentó y le alcanzó una mano.

—Ha sido fantástico —dijo—. Nunca habría imaginado lo divertido que iba a ser. Hemos debido de estar en una docena de tiendas como mínimo. ¡Y tendrías que ver a Leslie! También hemos encontrado para ella un vestido que es impresionante.

Jane y yo nos quedamos a un lado mientras Anna relataba a su abuelo el torbellino de actividades de los dos últimos días. A medida que iba contando una anécdota tras otra, daba algún codazo juguetón a Noah o bien le apretaba la mano. A pesar de los sesenta años que los separaban, saltaba a la vista lo cómodos que estaban el uno con el otro. Y si bien los abuelos a menudo tienen una relación especial con sus nietos, Noah y Anna eran clarísimamente amigos. Sentí que me invadía el orgullo de padre por la mujer en que Anna se había convertido. Por la dulzura de la expresión con que Jane los miraba, me di cuenta de que se sentía exactamente igual que yo. Aunque no lo había hecho desde hacía años, le pasé un brazo por la cintura.

Supongo que en realidad no estaba completamente seguro de lo que me cabía esperar; por un instante ella pareció casi sobresaltada, pero cuando se relajó bajo mi brazo hubo un instante en el que todo pareció en orden en el mundo. En el pasado, siempre me habían fallado las palabras en momentos como éste. Es posible que, secretamente, me diera miedo que al manifestar mis sentimientos en voz alta éstos de algún modo perdieran peso. Sin embargo, en ese preciso instante comprendí cuánto me había equivocado al retener mis pensamientos. Acerqué los labios a su oreja y le dije en un susurro las palabras que nunca debiera haberme guardado dentro.

—Te quiero, Jane. Soy el hombre más afortunado del mundo por el hecho de tenerte conmigo.

Aunque ella no dijo ni palabra, su manera de apoyarse más fuerte contra mí fue toda la respuesta que yo podía necesitar.

Comenzaron a resonar los truenos media hora después, un eco profundo, que parecía extenderse con altibajos de un extremo a otro del cielo. Tras llevar a Noah a su habitación,

Jane y yo nos marchamos a casa. Nos despedimos de Anna en el aparcamiento.

De camino por el centro de la ciudad miraba por el parabrisas el sol que atravesaba las nubes cada vez más gruesas, proyectando sombras y haciendo que el río brillara como el oro. Jane estaba extrañamente callada. Iba mirando por la ventanilla. Me vi observándola por el rabillo del ojo. Llevaba el pelo bien recogido tras la oreja, y la blusa de color rosa daba a su piel el resplandor que tiene la de un niño pequeño. En su mano brillaba el anillo que llevaba desde hacía casi treinta años, el fino anillo de compromiso, de oro con un diamante.

Llegamos a nuestro barrio. Instantes después entramos en el camino de casa y Jane se desperezó con una sonrisa de cansancio.

—Perdona que haya estado tan callada. Supongo que estoy algo cansada.

—No pasa nada. Ha sido una semana de mucho ajetreo.

Llevé dentro su maleta y la vi dejar el bolso en la mesa de junto a la puerta.

—¿Te apetece una copa de vino? —le propuse.

Jane bostezó y negó con la cabeza.

—No, esta noche no. Si me tomara una copa, creo que me dormiría. Pero sí querría un vaso de agua.

En la cocina, llené dos vasos con hielo y agua de la nevera. Ella dio un largo sorbo, se apoyó contra la encimera y puso un pie contra los armarios de atrás, en su postura de costumbre.

—Los pies me están matando. Apenas hemos parado un minuto en todo el día. Anna ha visto unos doscientos vestidos antes de encontrar uno que le gustara. Y de hecho ha sido Leslie la que lo ha sacado del perchero. Creo que empezaba a estar desesperada; Anna es una de las personas más indecisas que he conocido nunca.

—¿Y cómo es?

—Tienes que vérselo puesto. Es uno de esos vestidos estilo sirena, y le sienta realmente bien. Aún hay que hacerle algún arreglo, pero seguro que a Keith le va a encantar.

—Seguro que está preciosa.

—Ya lo creo. —Por su expresión soñadora, supe que estaba viéndolo de nuevo—. Te lo enseñaría encantada, pero Anna no quiere que lo veas hasta el fin de semana. Quiere que sea una sorpresa. —Calló un momento—. Bueno, ¿y qué tal te han ido a ti las cosas? ¿Ha aparecido alguien en la casa?

—¿Alguien? Todos —dije, y la puse al corriente de todos los detalles de la mañana.

—Asombroso —exclamó, y volvió a llenarse el vaso de agua—. Teniendo en cuenta que es tan a última hora, claro está.

Desde la cocina, veía las puertas correderas de cristal que daban a la terraza. Fuera, la luz había menguado bajo las nubes cada vez más espesas, y las primeras gotas de lluvia ya empezaban a golpear los cristales, al principio con suavidad. El río estaba gris, ominoso, e instantes después se vio un relámpago seguido del chisporroteo de un trueno. Comenzó a llover en serio. Jane se volvió hacia las puertas correderas cuando la tormenta descargaba toda su furia.

—¿Tienes idea de si lloverá el sábado? —preguntó. Lo dijo con una voz sorprendentemente calma; esperaba que estuviera algo más preocupada. Pensé en lo tranquila que había estado en el coche, y reparé en que no había dicho ni palabra sobre la presencia de Noah a la orilla del estanque. Al observarla, tuve la extraña sensación de que su estado de ánimo guardaba alguna relación con Anna.

—Dicen que no —dije—. Han anunciado cielos despejados. Se supone que ésta será la última de las tormentas pasajeras.

En silencio, vimos juntos cómo llovía. Aparte del suave repicar de la lluvia en los cristales, todo estaba en perfecta calma. Noté que Jane tenía la mirada ausente, y un atisbo de sonrisa rondaba sus labios.

—Es precioso, ¿verdad? —dijo—. Me refiero a ver cómo llueve. ¿Te acuerdas de cuando veíamos llover en el porche de la casa de mis padres?

—Sí, me acuerdo.

—Era una delicia, ¿verdad?

—Desde luego.

—Hacía mucho que no lo hacíamos.

—Sí, es verdad.

Parecía ensimismada en sus pensamientos. Rogué a Dios que esa nueva sensación de calma no diera paso a la ya familiar tristeza que cada vez temía más. Sin embargo, su expresión no cambió ni un ápice. Dejó pasar un largo instante antes de mirarme.

—Hoy ha ocurrido otra cosa... —dijo, y miró abajo, hacia el vaso de agua.

—¿Sí?

Levantó la vista, me miró a los ojos. En los suyos centelleaban, me pareció, muchas lágrimas sin derramar.

—No podré sentarme a tu lado en la boda.

—¿No?

—No puedo —dijo—. Estaré delante, con Anna y Keith.

—¿Y eso... por qué?

Jane cogió el vaso.

—Porque Anna me ha pedido que sea su dama de honor.—La voz se le quebró un poco—. Me ha dicho que se siente más próxima a mí que a nadie más, y que he hecho mucho por ella, por la boda... —Pestañeó rápidamente y dio un pequeño resoplido—. Sé que es una tontería, pero me he quedado tan sorprendida cuando me lo ha pedido, que apenas he sabido qué contestarle. Es una idea que ni siquiera se me había pasado por la cabeza. Me lo ha pedido con tantísima dulzura que me he dado cuenta de que para ella es muy importante...

Se secó las lágrimas de un manotazo. Noté que se me tensaba la garganta. Pedirle a un padre que fuese el padrino era algo muy normal en el sur, pero en cambio era raro que una madre hiciera las veces de dama de honor.

—Cariño —murmuré—, es maravilloso. Me alegro muchísimo por ti.

A los rayos siguieron de nuevo los truenos, aunque prácticamente no nos fijamos. Nos quedamos en la cocina hasta mucho después de que amainara la tormenta, compartiendo en silencio nuestra alegría.

Cuando dejó de llover por completo, Jane abrió las puertas correderas y salió a la terraza. Aún goteaba el agua por el canalón, aún caían gotas de la balaustrada del porche, mientras unas hilachas de vapor ascendían desde la terraza.

Al seguirla, noté que la espalda y los brazos me dolían debido al ejercicio realizado a lo largo del día. Moví los hombros tratando de relajar los músculos.

—¿Has cenado?

—No, aún no. ¿Quieres que salgamos a comer algo?

Negó con la cabeza.

—La verdad es que no. Estoy muy cansada.

—¿Qué te parece si pedimos que nos traigan algo para celebrarlo? Algo... no sé, sencillo, algo divertido.

—¿Por ejemplo?

—¿Qué tal una pizza?

Se puso con los brazos en jarras.

—No hemos pedido una pizza desde que se marchó Leslie de casa.

—Lo sé, pero no es mala idea, ¿no?

—Nunca es mala idea. Lo que pasa es que luego tienes indigestión.

—Cierto —reconocí—. Pero esta noche estoy dispuesto a vivir peligrosamente.

—¿No prefieres que prepare cualquier cosa? Seguro que algo habrá en la nevera...

—Vamos —dije—. No hemos compartido una pizza desde hace años. Los dos solos, me refiero. Nos sentamos tranquilamente en el sofá, nos la comemos directamente de la caja de cartón, ¿vale? Como hacíamos en otros tiempos. Seguro que nos divertimos.

Me lanzó una mirada de asombro.

—Te apetece... que nos divirtamos.

Fue más una afirmación que una pregunta.

—Pues sí —respondí.

—¿Quieres pedirla tú, o me encargo yo de eso? —preguntó al final.

—Ya me ocupo yo. ¿Con qué la quieres?

Se paró un momento a pensar.

—¿Qué te parece si le ponemos de todo?

—¿Por qué no? —acepté.

La pizza llegó media hora después. Para entonces, Jane se había cambiado y llevaba vaqueros y una camiseta oscura. Nos zampamos la pizza como dos universitarios en una habitación de colegio mayor. A pesar de que antes no había querido una copa de vino, terminamos por compartir una cerveza fría de la nevera.

Mientras cenábamos, Jane me contó con más detalle cómo le había ido el día. Habían pasado la mañana en busca de un vestido para Leslie y otro para la propia Jane, si bien ella protestó y les aseguró que podría «encontrar cualquier cosa sencilla en Belk's». Anna fue inflexible: Jane y Leslie tenían que escoger algún vestido que les encantase para la ceremonia, pero que pudieran volver a usar en otra ocasión.

—Leslie ha encontrado un vestido de lo más elegante, largo hasta la rodilla, como de cóctel. A Leslie le quedaba tan bien que Anna se ha empeñado en probárselo, nada más que por divertirse. —Jane suspiró—. La verdad es que las dos están hechas unas mujeres guapísimas.

—Por algo llevan tus genes —repuse, serio.

Jane se limitó a reírse y agitó un brazo como respuesta con la boca llena de pizza.

A medida que transcurría la noche, el cielo se fue tornando de un intenso color índigo y las nubes, iluminadas por la luna, estaban ribeteadas de plata. Cuando terminamos, nos quedamos sentados sin movernos, escuchando el sonido de los móviles en la brisa veraniega. Jane recostó la cabeza en el sofá, mirándome con los ojos entrecerrados. Su mirada era extrañamente seductora.

—Ha sido una idea muy buena —dijo—. Tenía más hambre de lo que pensaba.

—Pues tampoco has comido tanto.

—Es que tengo que embutirme en el vestido el fin de semana.

—Yo que tú no me preocuparía por eso —respondí—. Estás tan bella como el día que me casé contigo.

Al ver su sonrisa forzada, comprendí que mis palabras no habían surtido el efecto deseado. Bruscamente, se volvió a mirarme sin levantar la cabeza del sofá.

—Wilson, ¿puedo hacerte una pregunta?

—Claro.

—Quiero que me digas la verdad.

—¿De qué se trata?

Vaciló.

—Es sobre lo que ha ocurrido hoy en el estanque.

Pensé inmediatamente en el cisne, pero antes de tener

tiempo de explicarle que Noah me había pedido que lo acompañara hasta allí, antes de decirle que él habría ido conmigo o sin mí, ella siguió hablando.

—¿Qué querías decir cuando me has dicho lo que me has dicho?

Fruncí el ceño algo desconcertado.

—No estoy seguro de saber a qué te refieres.

—Me refiero a cuando me has dicho que te sientes el hombre más afortunado del mundo.

Asombrado durante unos instantes, me quedé mirándola sin más.

—Quería decir lo que he dicho —repetí como un tonto.

—¿Eso es todo?

—Sí —dije, incapaz de disimular mi confusión—. ¿Por qué?

—Es que estoy tratando de averiguar por qué lo has dicho —comentó como si tal cosa—. No es algo que acostumbres a decir de buenas a primeras.

—Bueno... Me ha parecido lo más indicado en ese momento.

Ante mi respuesta, la vi fruncir los labios y ponerse seria. Alzó la mirada al techo y pareció armarse de valor antes de volver a mirarme.

—¿Tienes una aventura? —me espetó.

Pestañeé.

—¿Cómo... cómo has dicho?

—Ya me has oído.

De pronto, caí en la cuenta de que no iba en broma. Vi que trataba de descifrar mi cara para evaluar la veracidad de lo que yo fuese a decirle acto seguido. Le cogí una mano y le puse mi otra mano encima.

—No —dije mirándola a los ojos—. No tengo ninguna aventura. Nunca he tenido una aventura, nunca la tendré. Nunca he querido tenerla.

Pasaron unos momentos durante los cuales me escrutó a fondo. Luego asintió con la cabeza.

—De acuerdo —dijo.

—Lo digo totalmente en serio —insistí.

Sonrió y me apretó la mano.

—Te creo. No pensaba que tuvieras una aventura, pero tenía que preguntártelo.

La miré perplejo.

—¿Cómo es que te ha pasado esa idea por la cabeza?

—Por ti —dijo—. Por tu manera de actuar últimamente.

—Disculpa, pero no te entiendo.

Me lanzó una mirada que evaluaba con sinceridad.

—De acuerdo. Intenta mirar las cosas desde mi punto de vista. Primero, te pones a hacer ejercicio para perder peso. Luego, te da por cocinar y me empiezas a preguntar qué tal me ha ido el día. Por si no fuera suficiente, toda esta semana te has desvivido por ayudarme en todo. Y ahora empiezas a hablarme con dulzura, lo cual no es muy propio de ti. Primero pensé que era una fase pasajera, luego pensé que era debido a la boda, pero ahora... bueno, es que de repente parece como si fueras otro. Te disculpas por no haber estado con la familia lo suficiente, me dices que me quieres cuando menos me lo espero, te sientas a escucharme durante horas mientras te cuento cómo han ido las compras, te empeñas en pedir una pizza y en que nos divirtamos... O sea, es magnífico, pero quería asegurarme de que no lo hacías por sentirte culpable por algo. Y es que sigo sin comprender qué es lo que te ha pasado para que cambies de semejante forma.

Negué con la cabeza.

—No, no es que me sienta culpable. Bueno, salvo porque he trabajado demasiado, eso sí. Lo sigo lamentando. Pero mi manera de actuar se debe... se debe a...

Como no terminé la frase, Jane se inclinó hacia mí.

—¿Se debe a qué? —me presionó.

—Pues ya te lo dije la otra noche. No he sido el mejor marido, y no sé, pero... Supongo que estoy intentando cambiar.

—¿Por qué?

«Porque quiero que me vuelvas a amar», pensé, pero me guardé esas palabras.

—Porque —contesté al cabo de un momento— tú y nuestros hijos sois las personas más importantes que para mí hay en el mundo, siempre lo habéis sido, y he malgastado demasiados años actuando como si no lo fuerais. Sé que no puedo cambiar el pasado, pero puedo cambiar el futuro. Yo mismo puedo cambiar aún. Y lo haré.

Me miró entrecerrando los ojos.

—¿Quieres decir que dejarás de trabajar tanto?

Me lo dijo con dulzura, aunque con un deje de escepticismo que me dolió por pensar en qué me había convertido.

—Si me pidieras que me jubilase ahora mismo, lo haría —dije.

A sus ojos volvió a asomar ese brillo seductor.

—¿Ves lo que quiero decir? Es que no pareces el mismo de siempre.

Aunque lo dijo de broma, aunque tampoco estaba muy segura de creerme, supe que le había gustado lo que acababa de decirle.

—Y ahora... ¿puedo preguntarte yo una cosa? —proseguí.

—Claro, ¿por qué no? —me dijo.

—Como Anna estará en casa de los padres de Keith mañana por la noche, y Leslie y Joseph llegarán el viernes, estaba pensando que mañana por la noche podríamos hacer algo especial.

—¿Por ejemplo?

—¿Qué tal si... qué tal si me dejas que se me ocurra algo y te doy una sorpresa?

Me premió con una sonrisa de coquetería.

—Ya sabes cuánto me gustan las sorpresas.

—Sí —dije—, lo sé.

—Pues me encantaría —dijo sin disimular su contento.

Capítulo 14

El jueves por la mañana llegué temprano a casa de Noah con el maletero del coche lleno. Tal como había ocurrido el día anterior, la propiedad estaba ya repleta de vehículos. Mi amigo Nathan Little me saludó desde el otro lado del jardín, y me indicó mediante gestos que vendría conmigo dentro de pocos minutos.

Aparqué a la sombra y me puse a trabajar inmediatamente. Empleando la escalera de mano, terminé de retirar los tablones que tapaban las ventanas, de modo que los chorros del agua a presión tuvieran pleno acceso a todas las superficies.

Volví a almacenar los tablones en el sótano. Estaba cerrando la puerta cuando llegaron los cinco integrantes de un equipo de limpieza, que de inmediato pusieron cerco a la casa. Como los pintores ya estaban trabajando en la planta baja, entraron con los cubos, las fregonas, los trapos y el detergente, y limpiaron a fondo la cocina, la escalera, los cuartos de baño, las ventanas y las habitaciones de la primera planta, todo ello con rapidez y eficacia. Se colocaron en las camas nuevas sábanas y mantas que había llevado yo de casa; mientras tanto, Nathan llegó con flores frescas para decorar todas las habitaciones.

En menos de una hora llegó el camión de alquiler cargado de sillas plegables, que los operarios comenzaron a descargar y a colocar en filas. Se excavaron agujeros cerca del enrejado, en los cuales colocaron macetas con glicinias. Las flores de intenso color púrpura fueron entretejidas en el enrejado y atadas cada una en su sitio. Más allá del enrejado, el asilvestramiento anterior de la rosaleda dio paso a una amalgama de vivos colores.

A pesar de los cielos despejados que había anunciado el servicio meteorológico, dispuse que se montara una carpa que diera sombra a los invitados. La carpa blanca se erigió a lo largo de la mañana; una vez montada, enterraron en el suelo más macetas de glicinias, que envolvieron alrededor de los palos de sujeción de la carpa, entreveradas con filamentos de luces blancas.

Con el lavado a presión se limpió la fuente central de la rosaleda; poco después de la comida accioné la llave de paso y escuché la cascada de agua que caía por los tres niveles sucesivos como un suave salto de agua.

Llegó el afinador de pianos y pasó tres horas con el piano, que tanto tiempo llevaba sin utilizarse. Cuando lo dio por terminado, se instalaron unos cuantos micrófonos especiales para llevar música primero a la ceremonia, luego a la recepción. Otros altavoces y micrófonos nos permitirían oír al cura durante el servicio, y nos asegurarían que la música se oyese desde cualquier rincón de la casa.

Se instalaron mesas en el salón principal —con la excepción de una zona reservada al baile, enfrente de la chimenea— y se extendieron mantelerías en cada una de ellas. Velas nuevas y centros de mesa con flores aparecieron como por ensalmo, de modo que cuando llegó el equipo del restaurante les bastó con doblar las servilletas en forma de cisne para dar los últimos toques a los servicios de mesa.

También recordé a todos que deseaba colocar una mesa aparte, en el porche, cosa que hicieron en cuestión de minutos.

El último toque fueron los hibiscos en macetas, decorados con luces blancas y colocados en cada uno de los rincones del salón.

A media tarde ya se estaba acabando el trabajo. Cada cual fue cargando sus coches y camiones; el equipo del jardín estaba ya en las últimas fases de la limpieza general. Por vez primera desde que di comienzo al proyecto, me encontré solo en la casa. Me sentí bien. Aunque a lo largo de dos días seguidos el trabajo había sido frenético, todo había ido como la seda. Si bien la casa estaba vacía de muebles, su apariencia majestuosa me recordaba los años en que había estado ocupada.

Mientras veía salir los camiones del camino de la entrada, supe que también era hora de que me marchase yo. Tras haberse arreglado los vestidos y haber comprado los zapatos por la mañana, Jane y Anna tenían por la tarde hora con la manicura.

Me pregunté si Jane estaría pensando en la cita que había planeado. Habida cuenta de toda la emoción, me pareció poco probable; conociéndome como ella me conocía, dudé mucho que se esperase una gran sorpresa, a pesar de lo que le había dado a entender la noche anterior. Había sido un gran experto en bajar bastante el listón a lo largo de los años, pero no podía dejar de esperar que gracias a eso mismo lo que había planeado resultara incluso más especial.

Contemplé la casa y me di cuenta de que los meses que había dedicado a preparar nuestro aniversario estaban a punto de llegar a buen término. No había sido nada fácil guardarle el secreto a Jane, aunque ahora que estaba ya todo al alcance de la mano comprendí que la mayor parte de lo que había deseado para Jane y para mí ya había acaecido. En un principio había concebido mi regalo como una prenda del nuevo comienzo, y ahora me parecía el final de un viaje en el que llevaba más de un año embarcado.

La propiedad había quedado por fin desierta, de modo que hice una última inspección por la casa antes de coger el coche. Por el camino de vuelta a casa pasé por la tienda de comestibles y aún hice alguna parada más, para reunir el resto de las cosas que iba a necesitar. Cuando llegué a casa ya eran casi las cinco de la tarde. Dediqué unos minutos a ordenar y me metí en la ducha para despojarme de la suciedad acumulada a lo largo del día.

A sabiendas de que tenía poco tiempo, a lo largo de la hora siguiente no me detuve ni un instante. Siguiendo la lista que había confeccionado con todo esmero en el despacho, di comienzo a los preparativos para la velada que había planeado, la velada en la que había pensado durante meses. Una por una, cada cosa fue encajando en su sitio. Había pedido a Anna que me llamase tan pronto como Jane la dejara en la puerta de su casa, para hacerme a la idea del momento en que iba a llegar. Lo hizo, y así me avisó de que Jane estaba sólo a un cuarto de hora de hacer acto de presencia. Tras cerciorarme de que la casa estaba perfecta, completé mi última tarea pendiente y pegué con cinta adhesiva una nota en la puerta de entrada, que cerré con llave, de modo que Jane no pudiera pasarla por alto:

«Bienvenida a casa, cariño. Tu sorpresa te espera dentro...»

Acto seguido, subí en mi coche y me fui.

Capítulo 15

Casi tres horas después miré por las ventanas delanteras de la casa de Noah y vi que se aproximaban los faros de un coche. Eché un vistazo al reloj y comprobé que llegaba exactamente a la hora prevista.

Al alisarme la chaqueta traté de imaginarme cuál sería el estado de ánimo con que vendría Jane. Aunque no había estado con ella cuando había llegado a casa, intenté imaginármela. ¿Le sorprendió que mi coche no estuviera en el camino de casa? Tenía mis dudas. Seguro que tuvo que darse cuenta de que había echado las cortinas antes de marcharme; tal vez se quedó un instante en el coche, desconcertada, intrigada incluso.

Imaginé que iría con las manos llenas de cosas al bajar del coche, si no con el vestido para la boda sin duda que con los zapatos nuevos que acababa de comprar. De un modo u otro, no podría dejar de ver la nota al acercarse a la entrada. Y pude ver la expresión de curiosidad que cruzó sus rasgos.

Cuando leyó la nota en las escaleras de la entrada, ¿cómo habría reaccionado ante mis palabras? Eso no lo podía yo saber. ¿Quizás con una sonrisa de desconcierto? Su incertidumbre tuvo que aumentar sin duda debido a que yo no me encontraba en la casa.

En tal caso, ¿qué habría pensado al comprobar que nada más abrir la puerta se encontraba en un salón a oscuras, iluminado sólo por el pálido resplandor amarillo de las velas, con el cantar lastimero de Billie Holiday en el aparato de música? ¿Cuánto tiempo tardó en percatarse de los pétalos de rosa esparcidos por el suelo, que se extendían desde el vestíbulo hasta el salón, para seguir luego por la escalera? O de la segunda nota, que había pegado en la balaustrada:

> Cariño, esta noche es toda entera para ti. Sin embargo, has de cumplir con un papel para que se haga realidad. Considéralo un juego: te daré una lista de instrucciones que tú sólo tienes que seguir al pie de la letra.
>
> Tu primera tarea es muy sencilla. Apaga las velas de la planta baja y sigue los pétalos de rosa hasta el dormitorio. Allí te esperan nuevas instrucciones.

¿Se quedó boquiabierta con la sorpresa? ¿Se echó a reír de pura incredulidad? No podía estar seguro, aunque conociendo a Jane tenía la certeza de que se prestaría al juego. Cuando llegó al dormitorio, sin duda tuvo que picarle la curiosidad.

En el dormitorio iba a encontrar velas encendidas sobre todas las superficies posibles, así como la sosegada música de Chopin, que sonaba a bajo volumen. Sobre la cama, un ramo de treinta rosas; a uno y otro lado de las flores, sendas cajas envueltas con todo cuidado, cada una con su nota correspondiente. La de la izquierda decía: «Ábrela ahora». La de la derecha indicaba: «Ábrela a las ocho en punto».

Me la imaginé al avanzar despacio hacia la cama, al llevarse el ramo de rosas a la cara para inhalar el perfume embriagador. Cuando abriese la nota de la izquierda, se encontraría con este mensaje: «Has tenido un día muy ajetreado, así que he pensado que te gustaría relajarte un poco antes de nuestra cita de esta noche. Abre el regalo que acompaña a esta nota y llévate el contenido de la caja al cuarto de baño. Allí te aguardan más instrucciones».

En caso de que mirara hacia atrás, vería más velas encendidas en el cuarto de baño; nada más abrir el regalo habría encontrado un paquete de aceites de baño y lociones corporales y una bata de seda nueva.

Conociendo a Jane como la conocía, me imagino que seguramente se puso a juguetear con la nota y el paquete de la derecha, el que no podía abrir hasta las ocho. ¿Dudó si seguir o no las instrucciones? ¿Recorrió con las yemas de los dedos el papel del envoltorio, y luego se echó atrás? Es lo que sospecho, desde luego, pero sé que en última instancia seguramente suspiró y se dirigió al cuarto de baño.

Sobre el tocador le esperaba una nueva nota:

¿Hay algo mejor que un buen baño caliente después de un día tan ajetreado? Escoge el aceite de baño que prefieras, añade burbujas en abundancia, llena la bañera de agua caliente. Junto a la bañera hallarás una botella de tu vino preferido, todavía fría y ya descorchada. Sírvete una copa. Desnúdate, métete en la bañera, recuesta la cabeza, relájate. Cuando estés lista para salir, sécate y emplea una de las nuevas lociones que te he comprado. No te vistas; ponte la bata de seda nueva y siéntate en la cama cuando abras tu otro regalo.

En la caja que quedaba había un vestido de cóctel y unos zapatos negros, de tacón, comprados luego de precisar las tallas apropiadas gracias a la ropa que revisé en su armario. La tarjeta que acompañaba a la ropa para la velada era muy sencilla.

Ya casi está hecho todo. Abre la caja, por favor, y ponte las cosas que te he comprado. Si quieres, ponte los pendientes que te regalé por Navidad cuando empezábamos a salir juntos. Pero no te entretengas, mi amor: dispones exactamente de tres cuartos de hora para hacerlo todo. Apaga todas las velas, vacía la bañera, quita la música. A las nueve menos cuarto baja al porche delantero. Cierra la puerta al salir. Cierra los ojos y ponte de espaldas a la calle. Cuando te des la vuelta, abre los ojos de nuevo, pues nuestra cita estará entonces a punto de comenzar...

Delante, esperándola, estaría la limusina que había contratado. El conductor, que tenía otro regalo para ella, había recibido la instrucción de decirle: «¿Señora Lewis? La llevo ahora junto a su marido. Él desea que abra este regalo tan pronto se halle en la limusina. Asimismo, le ha dejado algo en el interior».

La caja que él sujetaba contenía un frasco de perfume acompañado por una nota muy escueta: «He escogido este perfume especialmente para nuestra velada de hoy. Cuando entres en la limusina, ponte un poco y abre el otro regalo. La nota que encuentres dentro te indicará qué hacer».

En la caja había un pañuelo negro, largo y estrecho. La tarjeta, escondida entre sus pliegues, decía lo siguiente:

Te conduce el chófer al lugar donde nos reuniremos, pero quiero que sea una sorpresa. Por favor, utiliza el pañuelo para vendarte los ojos. Y no hagas trampas, es preciso que no veas nada. No tardarás ni siquiera un cuarto de hora, el chófer arrancará el coche cuando le digas que estás lista. Cuando se detenga la limusina, él te abrirá la puerta. No te quites el pañuelo de los ojos, pídele que te guíe al salir del coche.

Yo te estaré esperando.

Capítulo 16

La limusina se detuvo ante la casa. Respiré hondo. Vi salir al chófer y me hizo un gesto con la cabeza para indicarme que todo había ido sobre ruedas. Yo le respondí nervioso también con un movimiento de la cabeza.

A lo largo de las dos horas anteriores, había oscilado entre la emoción y el pánico al pensar que tal vez a Jane todo esto le podría haber parecido... bueno, una tontería. Mientras el chofer iba hacia la puerta de ella, descubrí que de pronto me costaba trabajo tragar saliva. Así y todo, crucé los brazos y me apoyé contra la barandilla del porche, haciendo todo lo posible por parecer despreocupado. La luna brillaba con toda su blancura, se oía el canto de los grillos.

El chófer abrió la puerta. Asomó una pierna de Jane, y casi como si fuera a cámara lenta salió de la limusina con el pañuelo sobre los ojos, aún en su sitio.

Todo lo más que pude hacer fue quedarme pasmado mirándola. A la luz de la luna adiviné el tenue esbozo de una sonrisa en su rostro. La encontré exótica a la par que elegante. Hice señas al chófer para indicarle que podía marcharse.

Se alejó el coche y me acerqué despacio a Jane, armándome de valor para hablar.

—Estás espléndida —le susurré al oído.

Se volvió hacia mí con una sonrisa más amplia.

—Gracias —dijo. Esperó a que yo añadiera algo más,

pero como no dije nada la vi cambiar el peso de un pie a otro—. ¿Me puedo quitar el pañuelo?

Miré en derredor, asegurándome de que todo estaba exactamente como yo quería que estuviera.

—Sí —le dije en un susurro.

Dio un tirón al pañuelo, que se aflojó y le dejó la cara al descubierto. Tardó unos momentos en enfocar la vista: primero me miró a mí, después la casa, después de nuevo a mí. Al igual que Jane, yo me había vestido en consonancia con la velada: mi esmoquin era nuevo y entallado. Parpadeó como si acabara de despertar de un sueño.

—Creí que te gustaría ver cómo ha quedado todo antes del fin de semana —sugerí.

Se volvió despacio hacia un lado y hacia el otro. Incluso a cierta distancia, la propiedad parecía un lugar encantado. Bajo el cielo impenetrable, la carpa resplandecía blanca, y los focos del jardín proyectaban sombras alargadas y finas, a la vez que daba luz al color de las rosas. El agua de la fuente resplandecía a la luz de la luna.

—Wilson... Es... esto es increíble —balbució.

Le cogí una mano. Noté el olor del perfume nuevo que le había regalado, observé los pequeños diamantes de sus pendientes. Un carmín algo oscuro acentuaba sus labios carnosos.

Su expresión estaba llena de preguntas cuando se me puso de cara.

—Pero... ¿cómo...? Es decir... si sólo has dispuesto de un par de días...

—Te prometí que quedaría espléndida —dije—. Ya lo dijo Noah: no todos los fines de semana tenemos una boda por estos pagos, ¿eh?

Jane pareció reparar entonces en mi aspecto, y dio un paso atrás.

—Te has puesto un esmoquin —dijo.

—Lo compré para el fin de semana, pero pensé que primero tenía que acostumbrarme a él.

Me miró de hito en hito.

—Estás... estás guapísimo —reconoció.

—Lo dices como si te sorprendiera.

—Es que me sorprende —dijo rápidamente, pero se contuvo—. Es decir, no es que me sorprenda lo guapo que estás, es que no esperaba encontrarte así.

—Me lo tomaré como un cumplido.

Se rió.

—Venga, vamos —dijo, dándome un tirón de la mano—. Quiero ver de cerca todo lo que has hecho.

He de reconocer que la vista era efectivamente espléndida. Plantada entre los robles y los cipreses, la carpa con su fina tela resplandecía a la luz de los focos como una fuerza viva. Las sillas blancas habían sido dispuestas en filas que trazaban una curva, como las de los músicos de una orquesta, reflejando la curva del jardín un poco más allá. Estaban colocadas en torno a un centro, y el enrejado resplandecía de luz, de follaje colorido. Se veían flores por doquiera que uno mirase.

Jane comenzó a avanzar despacio por el pasillo. Supe que se estaba imaginando la gente y a Anna, y qué vería ella desde el lugar preeminente que estaba destinada a ocupar, cerca del enrejado. Cuando se volvió a mirarme, lo hizo con un gesto de deslumbramiento, atónita.

—Nunca llegué a creer que esto pudiera quedar así.

Carraspeé.

—Han hecho un buen trabajo, ¿verdad?

Negó con la cabeza solemnemente.

—No —dijo—. Ni mucho menos. Eres tú quien ha hecho un buen trabajo.

Cuando llegamos al final del pasillo, Jane me soltó la mano y se acercó al enrejado. Me quedé donde estaba, mirándola pasar las manos por las tallas y toqueteando los filamentos de luz. Volvió la vista poco a poco hacia el jardín.

—Está exactamente como antaño—dijo maravillada.

Mientras ella daba la vuelta al enrejado, me quedé mirando el vestido que llevaba y reparé en cómo se ceñía a las curvas que tan bien conocía yo. ¿Qué era lo que en ella aún me cortaba la respiración? ¿La persona que era, nuestra vida en común? A pesar de los años transcurridos desde que la había visto por vez primera, el efecto que ella producía en mí tan sólo se había acrecentado.

Entramos en la rosaleda y dimos la vuelta al corazón exterior; al poco, las luces procedentes de la carpa, a nuestras espaldas, menguaron visiblemente. La fuente borboteaba como un arroyo de montaña. Jane no dijo nada; se limitaba a asimilar lo que la rodeaba, y de vez en cuando miraba hacia atrás para cerciorarse de que yo seguía allí cerca. En el extremo opuesto sólo se vislumbraba el techo de la carpa. Jane se detuvo y escrutó los rosales; finalmente eligió un capullo rojo y lo arrancó. Le quitó las espinas antes de acercarse a mí y ponérmelo en el ojal. Se demoró en ajustármelo bien hasta que se dio por satisfecha, y me dio una suave palmada en el pecho antes de alzar la vista.

—Estás más perfecto con una rosa —dijo.

—Gracias.

—¿Te he dicho lo guapo que estás cuando te pones así de elegante?

—Creo que has usado la palabra guapísimo. Pero no te abstengas de decírmelo todas las veces que quieras.

Me puso una mano en un brazo.

—Muchas gracias por lo que has hecho aquí. Anna se va a quedar pasmada.

—De nada.

Se acercó inclinándose hacia mí.

—Y gracias también por lo de esta noche. Ha sido... vaya,

ha sido todo un jueguecito el que me he encontrado al llegar a casa —murmuró.

En el pasado, habría aprovechado la ocasión para presionarla y quedarme completamente convencido de que, en efecto, había obrado bien. Esta vez, en cambio, le cogí una mano.

—Hay una cosa más que me gustaría que vieras —dije sencillamente.

—No me irás a decir que tienes preparado un carruaje tirado por blancos caballos ahí mismo, en el granero —bromeó ella.

Negué con la cabeza.

—No exactamente. Pero si te pareciera que eso podría ser buena idea, podría intentar arreglar algo.

Se echó a reír. Al acercarse más a mí, el calor de su cuerpo era tentador. La malicia brillaba en sus ojos.

—¿Y qué más quieres enseñarme?

—Otra sorpresa —insinué.

—No sé si tengo el corazón para más sorpresas.

—Vamos —dije—, es por aquí.

Me la llevé del jardín por un camino de gravilla en dirección a la casa. Sobre nosotros, las estrellas parpadeaban en un cielo sin una sola nube, y la luna se reflejaba en el río, más allá de la casa. Las ramas estaban rebosantes de musgo español; se extendían retorcidas en todas las direcciones como dedos fantasmagóricos. El aire transportaba el conocido aroma de los pinos y la sal, un olor único de aquellas tierras bajas. En pleno silencio, noté el pulgar de Jane, que rozaba el mío.

Parecía no tener ninguna necesidad de apresurarse. Caminamos despacio, asimilando los sonidos de la noche: los grillos y las cigarras, el susurro de las hojas en los árboles, el crujir de la gravilla a nuestro paso.

Miró hacia la casa. Recortada contra los árboles, era una imagen intemporal; las blancas columnas del porche de la entrada le daban un aire casi de opulencia. El tejado de cinc se había oscurecido con los años, de modo que parecía fundirse con el cielo de la noche. Vi el resplandor amarillo de las velas por los ventanales.

Cuando entramos en la casa, las llamas de las velas parpadearon por la repentina corriente. Jane se quedó parada en el umbral, contemplando el salón. El piano, desempolvado y limpio, relucía con la luz suave; el suelo de tarima ante la chimenea, donde iba a bailar Anna con Keith, brillaba como si fuese nuevo. Las mesas, con las servilletas blancas dobladas en forma de cisne sobre la reluciente vajilla de porcelana y la cristalería, recordaban las fotografías de un restaurante exclusivo. Las copas de plata resplandecían como adornos navideños en cada servicio individual. Las mesas pegadas a la pared del fondo, que se emplearían el fin de semana para el buffet, parecían desaparecer en medio de las flores y de los hornillos para mantener la comida caliente.

—Oh, Wilson... —dijo sin aliento.

—Será muy distinto cuando todo el mundo llegue el sábado. Por eso quería que lo vieras sin el gentío.

Me soltó de la mano y echó a caminar por todo el salón, absorbiendo todos los detalles.

Me hizo un gesto con la cabeza; fui a la cocina, abrí el vino y serví dos copas. Alcé la vista y vi a Jane absorta ante el piano, con la cara ensombrecida de perfil.

—¿Quién va a tocar el piano? —preguntó.

Sonreí.

—¿A quién habrías elegido tú?

Me miró esperanzada.

—¿John Peterson?

Asentí con la cabeza.

—Pero... ¿cómo? ¿No está tocando en el Chelsea?

—Ya sabes que siempre ha sentido debilidad por ti y por Anna. Además, el Chelsea sobrevivirá a una noche sin él.

Siguió mirando la sala maravillada, a la vez que se acercaba a mí.

—De veras que no alcanzo a entender cómo has podido hacer todo esto tan deprisa... Yo misma estuve aquí hace muy pocos días, y...

Le tendí su copa de vino.

—Entonces, ¿das tu aprobación?

—¿Mi aprobación? —dio un sorbo lentamente—. No creo que haya visto nunca la casa tan hermosa como está ahora.

Vi cómo parpadeaba en sus ojos la luz de las velas.

—¿Tienes hambre? —le pregunté.

Pareció casi sobresaltarse.

—Si quieres que te sea sincera, es algo en lo que ni siquiera me había parado a pensar. Creo que me gustaría disfrutar del vino y mirar un rato todo esto antes de que nos vayamos.

—Es que no tenemos que irnos a ninguna parte. Tenía previsto que cenásemos aquí.

—¿Cómo? Si no hay nada...

—Tú espera y verás. —Hice una señal hacia atrás—. ¿Por qué no te relajas y das una vuelta mientras yo me pongo manos a la obra?

Dejándola donde estaba me dirigí a la cocina, donde ya tenía bien encarrilados los preparativos para la elaborada cena que había planeado ofrecerle. El lenguado relleno de cangrejo que había preparado estaba listo para hornear, de modo que puse el horno a la temperatura indicada. Los ingredientes para la salsa holandesa ya estaban medidos y puestos a un lado; bastaba con añadirlos uno por uno a la sartén. Las dos ensaladas estaban ya mezcladas y el aliño preparado.

Mientras cocinaba, levanté de cuando en cuando la mirada y vi a Jane moverse despacio por el salón principal. Aunque todas las mesas estaban puestas de la misma manera, la vi detenerse ante cada una, imaginando qué invitados las iban a ocupar. Distraída, recolocó los cubiertos, giró sobre sí mismos los jarrones de flores, por lo común para dejarlos en su posición original. Se le notaba cierta calma, casi cierta satisfacción contenida, que me resultó extrañamente conmovedora. Cierto es que en esos días me conmovía prácticamente cualquier cosa de ella.

En el silencio, medité la secuencia de acontecimientos que nos habían llevado hasta ese punto. Por experiencia propia había aprendido que incluso los recuerdos más preciosos se desvanecen con el paso del tiempo, y sin embargo no quería olvidar uno solo de los instantes vividos a lo largo de la última semana que habíamos pasado juntos. Asimismo, deseaba que Jane recordase igual de bien cada momento.

—¿Jane? —la llamé. No la tenía en mi campo visual; supuse que estaría junto al piano.

Apareció procedente de uno de los rincones de la sala con la cara iluminada.

—¿Qué?

—Mientras termino de preparar la cena, ¿quieres hacerme un favor?

—Claro. ¿Necesitas que te eche una mano en la cocina?

—No, es que me he dejado el delantal arriba. ¿Te importaría traérmelo? Está sobre la cama, en tu antigua habitación.

—Ahora mismo voy —dijo ella.

Un instante después la vi desaparecer escaleras arriba. Sabía que no bajaría hasta que no estuviera casi lista la cena.

Me puse a tararear mientras enjuagaba los espárragos, disfrutando por adelantado de su reacción cuando descubriese el regalo que la esperaba en su antigua habitación.

—Feliz aniversario —murmuré.

ϒ

Mientras esperaba a que hirviese el agua, metí la fuente del lenguado en el horno y salí al porche de la parte posterior. Allí, los encargados del catering nos habían preparado una mesa para los dos. Pensé abrir el champán, pero me pareció mejor esperar a Jane. Respiré hondo, procuré despejarme la cabeza.

A esas alturas Jane seguro que había encontrado lo que le había dejado sobre la cama. El álbum, cosido a mano, con una tapa de cuero tallada, era sencillamente exquisito, aunque mi esperanza consistía en que le conmoviera de veras el contenido del mismo. Ése era el regalo que había montado con la ayuda de tantas personas de cara a nuestro trigésimo aniversario. Al igual que todos los demás regalos que le había hecho a lo largo de la velada, llevaba una nota incluida. Era la carta que había intentado escribirle en el pasado, aunque había fracasado en el intento; era la carta que Noah me había sugerido que le escribiese, y si bien entonces la idea misma me había resultado impensable, las revelaciones del año anterior, y en especial de la semana anterior, prestaron a mis palabras una elegancia poco corrientes en mí.

Cuando la terminé de redactar la leí una vez, y luego otra. Incluso ahora, tengo en la cabeza las palabras tan claras como estaban en las hojas que Jane tenía en su mano en ese momento.

Mi amor,

Es tarde, de noche, y aquí sentado ante mi escritorio noto toda la casa en silencio, con la excepción del tic-tac del reloj de pared del abuelo. Estás arriba, durmiendo, y aunque anhelo el calor de tu cuerpo junto al mío hay algo que me impulsa a escribirte esta carta, aun cuando no estoy seguro siquiera de por dónde empezar. Tampoco, ahora me doy cuenta, sé exactamente qué decirte, aunque no puedo rehuir la conclusión de que después de todos estos años esto es algo que debo hacer, y no sólo por ti, sino también por mí. Al cabo de treinta años, es lo menos que puedo hacer.

¿De veras ha pasado tanto tiempo? Aun cuando sé que sí, sólo de pensarlo me asombro. A fin de cuentas, algunas cosas no han cambiado. Por la mañana, por ejemplo, mis primeros pensamientos nada más despertar siguen siendo y siempre han sido para ti. A menudo, me quedo tumbado de lado y te miro; veo tu cabello extendido sobre la almohada, te veo con un brazo por encima de la cabeza, veo el suave subir y bajar de tu pecho al respirar. A veces, cuando sueñas, me arrimo más a ti con la esperanza de que, de algún modo, tal vez pueda entrar en tus sueños. Al fin y al cabo, eso es lo que siempre he sentido por ti. A lo largo de los años que ha durado nuestro matrimonio tú has sido mi sueño, y jamás olvidaré lo afortunado que me he sentido desde aquel día en que caminamos juntos bajo la lluvia.

A menudo vuelvo a pensar en aquel día. Es una imagen que nunca me abandona, y me veo experimentando una especie de sensación de déjà vu siempre que un relámpago ilumina el cielo. En esos momentos es como si los dos volviésemos a empezar, y vuelvo a sentir el martilleo de mi corazón de joven, el corazón de un hombre que de pronto atisba su futuro y no puede imaginar vivir sin ti.

Experimento esa misma sensación casi con todos los recuerdos que puedo evocar. Si pienso en la Navidad, te veo sentada al lado del árbol, radiante de felicidad, entregando los regalos a nuestros hijos. Cuando pienso en las noches de verano, siento la presión de tu mano en la mía cuando caminábamos bajo las estrellas. Incluso en el trabajo, a menudo me sorprendo mirando el reloj y preguntándome qué estarás haciendo en ese preciso instante. Son cosas muy sencillas: tal vez imagino una manchita de tierra en tu mejilla cuando estás haciendo algo en el jardín, o qué aspecto tienes cuando te apoyas de espaldas contra la encimera, cuando te pasas una mano por el pelo mientras hablas por teléfono. Supongo que lo que intento decirte es que estás ahí, en todo lo que soy, en todo cuanto he hecho, y al rememorarlo sé que debería haberte dicho cuánto has significado siempre para mí.

Lo siento, tal como siento todas las decepciones que te he causado. Ojalá pudiera deshacer el pasado, aunque los dos sabemos que eso es algo imposible. Sin embargo, he terminado por creer que así como el pasado no se puede modificar, nuestras percepciones del pasado sí son maleables, y es ahí donde interviene este álbum.

En él encontrarás muchas, muchas fotografías. Algunas son copias de las que hay en nuestros álbumes, aunque la mayoría no provienen de ahí. He pedido a nuestros amigos y a nuestros familiares cualquier fotografía que pudieran tener de nosotros dos, y a lo largo de todo este año me han llegado por correo fotos desde muy diversos puntos del país. Encontrarás una que Kate tomó en el bautizo de Leslie, otra de un picnic con los socios del bufete, hace ya un cuarto de siglo; la tomó Joshua Tundle. Noah aportó una fotografía de nosotros dos, que tomó un lluvioso día de Acción de Gracias, cuando estabas embarazada de Joseph. Si la miras con atención, es posible que veas el lugar en el que por vez primera me di cuenta de que estaba enamorado de ti. Anna, Leslie y Joseph también han hecho sus aportaciones al álbum.

A medida que iban llegando las fotografías, intenté recordar en qué momento fueron tomadas. Al principio, mi memoria era como la instantánea, una imagen escueta, independiente, aunque luego descubrí que si cerraba los ojos y me concentraba, el tiempo comenzaba a retroceder. Y en cada uno de los casos me acordé de lo que estaba pensando en aquella ocasión.

Todo eso es lo que forma la otra parte del álbum. En la página opuesta a cada fotografía he escrito lo que recuerdo de aquellos momentos. Más en particular, lo que recuerdo de ti.

A este álbum lo llamo «Las cosas que debí haberte dicho».

Una vez te hice un juramento en las escaleras de fuera del juzgado. Ahora que desde hace treinta años soy tu marido, ya va siendo hora de que haga otro. De ahora en adelante seré el hombre que siempre debí haber sido. Seré un marido más romántico, aprovecharé al máximo los años que nos quedan por vivir juntos. Y en cada momento, precioso como es, tengo la esperanza de que haré o diré algo que te haga saber que nunca habría apreciado tanto a nadie como siempre te he apreciado a ti.

Con todo mi amor,

Wilson

Al oír los pasos de Jane alcé los ojos. Estaba en lo alto de las escaleras; la luz del vestíbulo la alumbraba por detrás y no me permitía ver su rostro. Alargó una mano hacia la balaustrada a la vez que empezaba a bajar las escaleras.

La luz de las velas la fue iluminando por etapas: primero las piernas, luego la cintura, por último la cara. Hizo un alto a mitad de camino y me miró a los ojos. Incluso desde el otro lado de la habitación vi las lágrimas en sus mejillas.

—Feliz aniversario —dije, y mi voz resonó por toda la sala. Sin dejar de mirarme, terminó de bajar las escaleras.

Con una amable sonrisa, atravesó la habitación hacia mí y de pronto, en ese preciso instante, supe con total exactitud qué debía hacer.

Abrí los brazos y la acerqué hacia mí. Su cuerpo estaba caliente y suave, su mejilla húmeda contra la mía. Y allí de pie en la casa de Noah, abrazados, dos días antes de nuestro trigésimo aniversario, la estreché con fuerza y deseé con todo mi corazón que el tiempo se detuviera en ese instante y para siempre.

Estuvimos así largo rato, antes de que Jane por fin se separara de mí. Con sus brazos aún en torno a mí, me miró fijamente. Tenía las mejillas húmedas, relucientes a la luz tenue de las velas.

—Gracias —susurró.

La apreté un poco.

—Vamos, quiero enseñarte una cosa.

La conduje por toda la sala, hacia la parte posterior de la casa. Abrí la puerta de atrás y salimos juntos al porche.

A pesar de la luz de la luna, se discernía bien el arco que trazaba sobre nosotros la Vía Láctea, como una rociada de joyas. Venus había salido en el cielo del sur. La temperatura había refrescado un poco; gracias a una racha de brisa me llegó el perfume de Jane.

—He pensado que podríamos cenar aquí fuera. Además, no quisiera estropear ninguna de las mesas del interior.

Entrelazó su brazo con el mío y contempló la mesa puesta ante nosotros.

—Es maravillosa, Wilson.

Me alejé de ella, muy a mi pesar, para encender las velas, y alargué una mano para coger el champán.

—¿Te apetece una copa?

Al principio no estaba muy seguro de que me hubiese

oído, pues se había quedado contemplando el río, mientras su vestido aleteaba levemente con la brisa.

—Me encantaría.

Saqué la botella del cubo del hielo, sujeté el corcho, lo hice rotar. Se abrió con un ruido seco. Tras servir en las dos copas, esperé a que se asentara la espuma y las llené hasta el borde. Jane se acercó a mí.

—¿Cuánto tiempo has dedicado a planear todo esto? —me preguntó.

—Desde el año pasado. Era lo menos que podía hacer después de haber olvidado nuestro aniversario.

Meneó la cabeza y me cogió la cara para mirarme a los ojos.

—Nunca habría podido soñar nada mejor que todo lo que has hecho hoy. —Vaciló—. Es decir... cuando he encontrado el álbum y la carta y todos los pasajes que me has escrito... Es lo más extraordinario que has hecho por mí.

Protesté, dije que era lo menos que podía hacer, pero me interrumpió.

—Lo digo totalmente en serio—añadió en voz baja—. Ni siquiera tengo palabras para expresar cuánto significa todo esto para mí. —Me lanzó un guiño taimado y me acarició la solapa—. Estás fenomenal con ese esmoquin, forastero.

Me reí por lo bajo, al notar que la tensión cedía ligeramente. Le puse una mano sobre la suya y se la apreté.

—Por cierto, lamento tener que dejarte...

—¿Y eso?

—Es que tengo que ver cómo va la cena.

Asintió con la cabeza, y estaba sensual, guapísima.

—¿Necesitas que te ayude?

—No, ya casi está todo listo.

—Entonces, ¿te importa que me quede aquí fuera? Se respira tanta paz...

—En absoluto.

En la cocina, comprobé que los espárragos que había cocido ya se habían enfriado, de modo que encendí el fuego para recalentarlos. La salsa holandesa se había coagulado un poco, pero tras revolverla a fondo volvió a quedar en perfectas condiciones. Concentré entonces toda mi atención en el lenguado y abrí el horno para pincharlo con un tenedor. Le faltaban sólo dos minutos.

La emisora que había sintonizado con la radio de la cocina daba música de la época de las orquestas grandes de jazz. Estaba a punto de apagarla cuando oí la voz de Jane a mis espaldas.

—No la quites —dijo.

Alcé la mirada.

—Creía que ibas a disfrutar de la noche.

—Pues sí, pero es que no es lo mismo si tú no estás. —Se apoyó contra la encimera y adoptó la misma postura de siempre—. Por cierto, ¿también habías encargado esa música en especial para esta noche? —dijo en broma.

—El programa está sonando desde hace un par de horas. Supongo que es el tema especial que ponen para esta noche.

—Pues vaya recuerdos que me trae —dijo—. Papá oía todo el rato música de las bandas grandes de jazz. —Se pasó una mano muy despacio por el cabello, ensimismada en sus recuerdos—. ¿Sabías que mamá y él a veces bailaban en la cocina? Estaban los dos fregando los platos y, de pronto, sin previo aviso, se abrazaban y se ponían a bailar. La primera vez que los vi supongo que tendría seis años más o menos, y no me pareció nada llamativo. Cuando crecí un poco, Kate y yo los veíamos y nos echábamos a reír por lo bajo. Los señalábamos con el dedo, nos burlábamos, pero ellos se limitaban a reír y seguían bailando como si tal cosa. Como si fuesen las dos únicas personas que hubiera en el mundo.

—No tenía ni idea.

—La última vez que los vi hacerlo fue una semana antes

de que se mudaran a vivir a Creekside. Me acerqué a visitarlos para ver cómo estaban. Los vi por la ventana de la cocina mientras aparcaba el coche, y me eché a llorar. Supe que iba a ser la última vez que los viese bailar allí, en la cocina, y me sentí como si se me rompiera en dos el corazón. —Hizo una pausa, ensimismada en sus pensamientos. Luego, meneó la cabeza—. Perdona, soy un poco aguafiestas, ¿no?

—No pasa nada —dije—. Ellos forman parte de nuestra vida, y esta casa es su casa. Si quieres que te sea sincero, más me asombraría que no pensaras en ellos. Además, ésa es una maravillosa manera de recordarlos.

Pareció pararse a considerar unos momentos mis palabras. En el silencio que se hizo, aproveché para retirar el lenguado del horno y dejar la fuente sobre la cocina.

—¿Wilson? —me llamó en voz queda.

Me volví.

—Cuando decías en tu carta que a partir de ahora vas a intentar ser más romántico, ¿te referías a esto?

—Sí.

—Y eso... ¿quiere decir que puedo contar con que haya más cenas como ésta?

—Si eso es lo que deseas, sí, desde luego.

Se llevó un dedo a la barbilla.

—Pues va a ser más difícil que me sorprendas. Tendrás que inventarte algo nuevo.

—No creo que sea tan difícil como lo pintas.

—¿No?

—Probablemente podría inventarme algo nuevo ahora mismo, si de veras tuviera que hacerlo.

—¿Por ejemplo?

La miré a los ojos mientras ella me evaluaba y de pronto tomé la determinación de no decepcionarla. Tras un mínimo titubeo, apagué el fogón donde se calentaban los espárragos y dejé la fuente a un lado. Jane siguió con la mirada mis movimientos, con evidente interés. Me ajusté la chaqueta antes de cruzar la cocina y tenderle una mano.

—¿Te apetece bailar?

Jane se sonrojó al cogerme la mano, a la vez que me pasaba el otro brazo por la espalda. Tiré de ella con firmeza hacia mí y noté que apretaba su cuerpo contra el mío. Comenzamos a trazar lentos círculos, dejando que la música de la radio colmase toda la estancia. Percibí el olor a champú de lavanda que había utilizado, noté el roce de sus piernas contra las mías.

—Eres guapísima —le susurré, y Jane respondió acariciándome con el pulgar el dorso de la mano.

Cuando terminó la canción, seguimos abrazados hasta que comenzó la siguiente, bailando despacio, y el sutil movimiento era embriagador. Cuando Jane se separó para mirarme, su sonrisa era de absoluta ternura. Me puso una mano en la cara y me la acarició con suavidad. Como si fuera un viejo hábito que acabara de redescubrir, me incliné hacia ella y nuestras caras se acercaron.

Su beso fue casi como el aliento mismo, y en ese instante nos abandonamos a todo lo que estábamos sintiendo, a todo lo que deseábamos. La rodeé con mis brazos y la volví a besar, sentí su deseo y sentí el mío. Hundí una mano en su cabello y ella emitió un levísimo gemido, un sonido a la vez conocido y eléctrico, nuevo y antiguo, un milagro tal como todos los milagros deberían ser.

Sin mediar palabra, me separé de ella y me limité a contemplarla antes de alejarla de la cocina llevándomela de la mano. Sentí que seguía recorriendo el dorso de mi mano con el pulgar mientras pasábamos entre las mesas, apagando una vela tras otra.

En la acogedora oscuridad la acompañé al piso de arriba. En su dormitorio de antaño, la luz de la luna entraba a raudales por la ventana; nos abrazamos, bañados por la luz lechosa y las sombras. Nos volvimos a besar una y otra vez, y Jane me pasó las manos por el pecho a la vez que yo buscaba la cremallera en la espalda de su vestido. Suspiró levemente cuando comencé a abrirla.

Mis labios se deslizaron por su mejilla y su cuello, y probé el sabor de la curva de su hombro. Tiró de mi chaqueta, que cayó al suelo a la vez que el vestido que llevaba ella. Su piel estaba caliente al tacto cuando nos desplomamos sobre la cama.

Hicimos el amor despacio y con ternura, y la pasión que sentimos el uno por el otro fue un redescubrimiento que nos mareó, que nos atrajo por su novedad. Quise que durase para siempre, la besé una y otra y otra vez, a la vez que le decía en susurros palabras de amor. Después, yacimos el uno en brazos del otro, exhaustos. Recorrí su piel con las yemas de los dedos mientras ella se dormía a mi lado, tratando de aferrarme a la quietud perfecta del momento.

Justo pasada la medianoche, Jane despertó y se dio cuenta de que la observaba. A oscuras, sólo atiné a ver su expresión de malicia, como si al mismo tiempo estuviera escandalizada y emocionada por lo que había ocurrido.

—¿Jane? —le pregunté.

—¿Qué?

—Quiero que me digas una cosa.

Sonrió contenta, a la espera.

Titubeé antes de respirar a fondo.

—Si tuvieras que volver a hacerlo todo desde el principio, y a sabiendas de cómo nos iban a salir las cosas... ¿te volverías a casar conmigo?

Calló durante un largo rato, sopesando a fondo la pregunta. Me dio entonces unas palmaditas en el pecho y me miró con una expresión suavizada.

—Sí —dijo lisa y llanamente—. Lo haría.

Ésas eran las palabras que yo más anhelaba oír de sus labios, de modo que la atraje hacia mí. La besé en el cabello y en el cuello, deseoso de que el instante durase para siempre.

—Te quiero más de lo que nunca llegarás a saber —le dije.

Me besó en el pecho.

—Lo sé —respondió—, y yo también te quiero.

Capítulo 17

Cuando el sol de la mañana comenzó a entrar a raudales por la ventana, despertamos entrelazados e hicimos el amor una vez más antes de separarnos y disponernos a acometer el largo día que los dos teníamos por delante.

Tras el desayuno, revisamos la casa una vez más y lo dispusimos todo tal como debía quedar para el sábado. Pusimos velas nuevas en las mesas, limpiamos y recogimos la mesa del porche, la guardamos en el granero y tiré a la basura la cena que había preparado, no sin cierta decepción.

Cuando nos dimos por satisfechos con todos los detalles volvimos a casa. Leslie tenía previsto llegar a las cuatro; Joseph había podido encontrar plaza en un vuelo que le permitiría llegar a eso de las cinco. En el contestador había un mensaje de Anna, en el cual decía que iba a repasar los preparativos de última hora con Keith; es decir, además de cerciorarse de que su vestido estaba listo, iba a asegurarse de que todos los empleados que habíamos contratado no cancelasen el compromiso a última hora. También prometió que se encargaría ella misma de recoger el vestido de Jane, y que lo traería cuando viniera a cenar con Keith más tarde aquella noche.

En la cocina, Jane y yo preparamos un estofado de carne en la olla, donde se cocinaría lentamente a lo largo de la tarde. Mientras preparábamos los ingredientes, discutimos la logística de la boda, aunque de vez en cuando la sonrisa secreta de Jane me recordó que ella se acordaba de la noche anterior.

A sabiendas de que todo el ajetreo iría en aumento a medida que avanzase el día, fuimos al centro para comer tranquilamente los dos. Recogimos unos sándwiches en la charcutería Pollock Street y fuimos paseando hasta la iglesia Episcopaliana, donde nos los comimos a la sombra de los magnolios que cubrían los jardines.

Después de comer fuimos hasta Union Point cogidos de la mano; desde allí contemplamos durante un rato las aguas del río Neuse. Las olas eran mansas y el agua estaba saturada de barcos de todo tipo; los niños disfrutaban de los últimos días del verano antes de volver a la escuela. Por vez primera en toda la semana Jane me pareció completamente distendida, y cuando la rodeé con el brazo tuve la extraña sensación de que éramos una pareja que acababa de empezar su andadura en la vida. Fue el día más perfecto que pasamos los dos juntos desde hacía años. Disfruté como un niño hasta que regresamos a casa y oímos el mensaje en el contestador.

Era Kate. Llamaba por Noah.

—Mejor será que vengáis cuanto antes —decía—. No sé qué hacer.

Kate estaba en el pasillo cuando llegamos a Creekside.

—Ni siquiera se presta a hablar de lo que ha pasado —dijo con evidente preocupación—. Ahora mismo, se ha quedado mirando fijamente el estanque. Incluso ha sido brusco conmigo cuando he tratado de hablar con él; me ha dicho que como yo no le creía, no iba a entender nada. Insistía en que deseaba estar solo, y al final me ha espantado.

—Pero... ¿físicamente está bien? —preguntó Jane.

—Eso creo. Se ha negado a comer nada, parecía incluso

enfadado ante la sola idea de comer. Por lo demás, está estupendamente. Pero muy enfadado. La última vez que me he asomado a su habitación me ha dicho a gritos que me vaya.

Miré la puerta cerrada. En todos los años pasados desde que nos conocíamos, nunca había oído a Noah levantar la voz.

Kate retorcía con nerviosismo su pañoleta de seda.

—No ha querido hablar con Jeff ni con David; se han marchado hace unos minutos. Creo que los dos se han sentido dolidos por su manera de actuar.

—¿Y tampoco quiere hablar conmigo? —preguntó Jane.

—No —respondió Kate. Se encogió de hombros como si no supiera qué hacer—. Ya te lo he dicho en el mensaje, no creo que desee hablar con nadie. El único con quien se me ocurre que podría hablar eres tú —añadió, y me miró con una expresión de escepticismo.

Asentí con la cabeza. Aunque me preocupaba que Jane pudiera estar molesta, igual que le sucedió cuando Noah se empeñó en recibirme sólo a mí cuando lo ingresaron en el hospital, ella me apretó la mano para prestarme su apoyo, y me miró a los ojos.

—Creo que lo mejor es que entres tú a ver cómo se encuentra.

—Supongo que sí.

—Yo te espero aquí mismo, con Kate. A ver si puedes conseguir que coma algo.

—Lo haré.

Llamé con los nudillos a la puerta de Noah y la abrí un poco.

—¿Noah? Soy yo, Wilson. ¿Puedo entrar?

Sentado junto a la ventana, Noah no respondió. Esperé unos momentos antes de entrar en su habitación. Sobre la cama vi la bandeja de comida que no había querido ni siquiera tocar. Tras cerrar la puerta, junté las manos.

—Kate y Jane creen que a lo mejor te apetece hablar conmigo.

Vi que alzaba los hombros al respirar hondo, vi que volvía a bajarlos. Con el cabello blanco cayéndole por la parte superior del jersey, parecía diminuto en su mecedora.

—¿Están ahí fuera?

Lo dijo en voz tan baja que apenas lo oí.

—Sí.

Noah no dijo nada más. En medio del silencio, crucé la habitación y me senté al borde de la cama. Vi las arrugas de tensión en su rostro, aunque se negaba aún a mirarme.

—Me gustaría que me dijeras qué ha pasado —dije tímidamente.

Hundió el mentón en el pecho antes de alzar la mirada. Y miró por la ventana.

—Se ha ido —dijo—. Cuando he salido esta mañana, ya no estaba.

Entendí inmediatamente a quién se estaba refiriendo.

—Tal vez estuviera en otra parte del estanque. Tal vez no se ha dado cuenta de que tú estabas allí —sugerí.

—Se ha ido —dijo con voz monótona, sin rastro alguno de emoción—. Lo he sabido nada más despertar. No me preguntes cómo, pero lo he sabido. Notaba que se había ido y, cuando he echado a caminar hacia el estanque, esa sensación sólo ha ido en aumento, cada vez más. No quería creerlo, he estado llamándola una hora. Pero no ha aparecido. —Hizo una mueca de dolor, se enderezó en la mecedora, siguió mirando por la ventana—. Al final, me he rendido.

Por la ventana, se veía el estanque brillar al sol.

—¿Quieres que volvamos a comprobar si está ahora?

—Es que no está.

—¿Cómo lo sabes?

—Porque lo sé —dijo—. Del mismo modo que por la mañana he sabido que se había ido.

Abrí la boca para contestar, pero me lo pensé mejor. No tenía ningún sentido discutir con él. Noah ya tenía una decisión tomada. Además, algo en mi interior me dijo que con toda seguridad tenía razón.

—Volverá —dije, y procuré parecer convincente.

—Puede ser —respondió—. Y puede que no. Eso no se puede saber.

—Te echará demasiado en falta, no creo que esté lejos mucho tiempo.

—Si tanto me echará de menos, ¿por qué tenía que marcharse? —preguntó acalorado—. ¡No tiene ni pies ni cabeza!

Con la mano buena dio una palmada en el brazo de la mecedora antes de menear la cabeza como desaprobación.

—Ojalá pudieran entenderlo.

—¿Quiénes?

—Mis hijos. Las enfermeras. Incluso el doctor Barnwell.

—¿Te refieres a que Allie es el cisne?

Por vez primera en todo ese rato miró hacia mí.

—No, Wilson. Me refiero a que yo soy Noah, a que soy el mismo hombre que siempre he sido.

No quedé muy seguro de lo que había querido decir, aunque supe que era preferible guardar silencio mientras esperaba a que se explicara.

—Tendrías que haberlos visto hoy. A todos. ¿Y qué más dará si no me apetecía hablar con ellos de ese asunto? De todos modos nadie me cree, y no estaba con ganas de convencer a nadie de que sé muy bien de qué estoy hablando. Todos se habrían puesto a discutir conmigo, que es lo que hacen siempre. ¿Y qué les importará si no quería comer? Por la manera de quejarse, cualquiera diría que había intentado tirarme por la ventana. Estoy disgustado, y tengo todo el derecho del mundo. Y cuando me disgusto, no suelo comer. Así he sido durante toda mi vida, pero ahora parece que basta con que haga eso para que todos se comporten como si mis facultades mentales acabaran de menguar otro peldaño más... Kate ha estado aquí y ha intentado darme de comer a la boca, haciendo como que no había pasado nada. ¿A que no te lo puedes creer? Y luego han aparecido Jeff y David, y lo han explicado diciendo que probablemente el cisne ha salido en busca de alimento, haciendo caso omiso de que yo le doy de comer dos veces al día. A ninguno parece importarle nada lo que le haya ocurrido.

Mientras me esforzaba por entender qué estaba ocurriendo, de pronto comprendí que en la súbita ira de Noah había algo más, que no sólo era debida al modo como habían reaccionado sus hijos.

—¿Qué es lo que te fastidia en realidad? —le pregunté con amabilidad—. ¿Que se hayan comportado como si no fuese más que un cisne? —hice una pausa—. Eso es lo que siempre han creído, tú lo sabes de sobra. Y hasta ahora nunca habías permitido que eso te afectara.

—A ellos no les importa, les da igual.

—Si acaso —contraataqué—, les importa demasiado.

Apartó la vista con terquedad.

—Es que no lo entiendo —volvió a decir—. ¿Por qué tenía que irse?

Dijo eso y de pronto caí en la cuenta de que no estaba enojado con sus hijos. Y tampoco se trataba de una mera reacción ante el hecho de que el cisne hubiera desaparecido. No, era algo de mayor profundidad, algo que no estaba seguro de que él estuviera dispuesto a reconocer, ni siquiera ante sí mismo.

En vez de apremiarle para que lo dijera, me callé. Permanecimos juntos en silencio. Mientras aguardaba, vi que su mano se movía con nerviosismo sobre su regazo.

—¿Qué tal fue anoche con Jane? —me preguntó al cabo de unos momentos, aunque sin venir a cuento de nada.

Nada más oír su pregunta, a pesar de lo que habíamos estado hablando vi fugazmente una imagen: él bailando con Allie en la cocina.

—Mejor de lo que había imaginado —respondí.

—¿Le gustó el álbum?

—Le encantó.

—Qué bien —dijo. Por vez primera desde que había entrado lo vi sonreír, aunque fue una sonrisa que se desvaneció tan deprisa como había llegado.

—Estoy seguro de que quiere hablar contigo —dije—. Y Kate sigue ahí fuera.

—Lo sé —dijo con aire de sentirse derrotado—. Que entren si quieren.

—¿Estás seguro?

Cuando asintió con la cabeza, me acerqué y le puse una mano sobre la rodilla.

—¿Seguro que estarás bien?

—Sí, seguro.

—¿Quieres que les diga que prefieres no hablar del cisne?

Se paró unos instantes a considerar mis palabras antes de negar con la cabeza.

—Da lo mismo.

—¿Y hace falta que te recuerde que no te pases con ellas?

Me miró con resignación.

—No es que tenga muchas ganas de tomaduras de pelo, pero te prometo que no volveré a gritar. Y no te preocupes, que tampoco diré ni haré nada que pueda molestar a Jane. No quiero que esté preocupada por mí cuando debería estar únicamente pendiente de la ceremonia de mañana y todo lo demás.

Me levanté de la cama y apoyé una mano sobre su hombro antes de volverme para salir.

Me di perfecta cuenta de que Noah estaba enojado consigo mismo. Había pasado los últimos cuatro años creyendo que el cisne era Allie, pues necesitaba creer que ella iba a encontrar una fórmula para regresar a su lado, pero la inexplicable desaparición del animal había hecho temblar profundamente esa fe.

Al salir de la habitación, casi pude oírle preguntar: «¿Y si mis hijos hubieran estado en lo cierto desde siempre?».

En el pasillo, sin embargo, me reservé esa información. Sí que di a entender, sin embargo, que lo más aconsejable seguramente fuera dejar que Noah hablara de todo lo que le viniera en gana, y que los demás reaccionasen con toda la naturalidad que les fuera posible.

Tanto Jane como Kate asintieron con la cabeza. Jane abrió la marcha al volver a la habitación. Noah nos miró al entrar. Jane y Kate se detuvieron a la espera de que las invitara a pasar, sin saber muy bien qué iban a encontrarse.

—Hola, papá —dijo Jane.

—Hola, cariño —respondió forzando una sonrisa.

—¿Te encuentras bien?

Nos miró a Jane y a mí, y miró luego la bandeja de comida que se había quedado fría sobre la cama.

—Pues empiezo a tener un poco de hambre, pero quitando eso me encuentro estupendamente. Kate, ¿te importaría...?

—Claro, papá, cómo no —dijo Kate, y dio un paso adelante—. Voy a traerte algo. ¿Te apetece un poco de sopa, un sándwich de jamón?

—Pues un sándwich de jamón estaría muy bien —asintió con un gesto de la cabeza—. Y un vaso de té frío con azúcar, por favor.

—Voy corriendo a traértelo —dijo Kate—. ¿Quieres también un pedazo de tarta de chocolate? Me he enterado de que está recién hecha.

—Sí, gracias, buena idea —dijo—. Ah, y disculpa, siento haberme comportado antes como lo he hecho. Estaba molesto, no tenía ningún motivo para desahogarme contigo.

Kate esbozó una fugaz sonrisa.

—No pasa nada, papá.

Kate me lanzó una mirada de alivio, aunque su preocupación seguía siendo evidente. Nada más irse ella de la habitación, Noah señaló hacia la cama.

—Adelante —dijo con voz de gran tranquilidad—. Poneos cómodos.

Según atravesaba la habitación, miré atento a Noah, preguntándome qué se traería entre manos. No supe bien cómo, pero sospeché que había pedido a Kate que se fuera porque deseaba hablar a solas con Jane y conmigo.

Jane tomó asiento en la cama. Me senté a su lado y me cogió una mano.

—Siento mucho lo del cisne, papá —le dijo.

—Gracias —dijo él. Por su expresión, comprendí que no deseaba decir ni una palabra más al respecto—. Wilson me ha hablado de la casa —dijo en cambio—. Tengo entendido que ha quedado de maravilla.

A Jane se le suavizó la expresión.

—Es como un cuento de hadas, papá. Está incluso más bonita de lo que estuvo para la boda de Kate —hizo una pausa—. Estábamos pensando que Wilson podría pasar por aquí a recogerte a eso de las cinco. Ya sé que es algo temprano, pero así tendrás tiempo de estar un rato a tus anchas en la casa. Hace bastante tiempo que no has estado allí.

—Me parece una idea excelente —dijo—. Me sentará bien ver la vieja casa, el jardín. —Miró a Jane y me miró a mí antes de mirar de nuevo a su hija. Pareció reparar por vez primera en que nos habíamos dado la mano, y sonrió—. Tengo una cosa para vosotros dos —dijo—. Y, si no os importa, me gustaría dárosla antes de que regrese Kate. Tal vez ella no lo entienda.

—¿De qué se trata? —preguntó Jane.

—Échame una mano, ¿quieres? —me dijo—. Está en mi escritorio, y me cuesta trabajo levantarme cuando llevo tanto tiempo sentado.

Me levanté y fui a cogerle un brazo. Se puso en pie y cruzó la habitación con cautela. Tras abrir uno de los cajones, extrajo un regalo envuelto y volvió a su mecedora. Pareció que ese breve recorrido le había fatigado, e hizo una mueca de dolor al sentarse de nuevo.

—Le pedí a una de las enfermeras que me lo envolviera, fue ayer mismo —dijo a la vez que nos tendía el obsequio.

Era pequeño y rectangular y estaba envuelto en papel de aluminio rojo, pero en el momento mismo en que nos lo ofreció supe perfectamente qué contenía. También Jane pareció saber de qué se trataba, pues ninguno de los dos hicimos el gesto de recogerlo de sus manos.

—Por favor —dijo.

Jane titubeó antes de aceptarlo. Pasó una mano sobre el papel y alzó la mirada.

—Pero... papá... —dijo.

—Ábrelo —la apremió él.

Jane retiró la cinta adhesiva y desenvolvió el envoltorio. Sin una caja, el libro desgastado por el uso resultó inmediatamente reconocible, igual que el pequeño agujero producido por una bala en la esquina superior derecha, una bala que iba destinada a él en plena Segunda Guerra Mundial. Era su ejemplar de *Hojas de hierba*, de Walt Whitman, el libro que yo mismo le llevé al hospital, el libro sin el cual yo no me imaginaba a Noah.

—Feliz aniversario —dijo.

Jane sostuvo el libro como si le diera miedo que pudiera romperse. Me miró de reojo y volvió a mirar a su padre.

—No podemos aceptarlo —dijo con voz muy suave, y sonó tan disgustada como me sentía yo.

—Sí, sí que podéis —dijo.

—Pero... ¿por qué?

Nos miró despacio.

—¿Sabíais que lo leía a diario, mientras esperaba a tu madre? Fue después de aquel verano en que ella se fue, cuando aún éramos casi niños. En cierto modo, era como si le leyera a ella los poemas. Y luego, cuando nos casamos, lo leíamos en el porche, tal como mucho antes había imaginado que sucedería. Hemos debido de leer cada poema juntos unas mil veces a lo largo de tantos años. En algunas ocasiones, yo estaba leyendo cuando levantaba la mirada y veía que tu madre movía los labios a la vez que los míos. Llegó a un punto en el que era capaz de recitar los poemas de memoria.

Se quedó mirando por la ventana. De pronto, comprendí que estaba pensando de nuevo en el cisne.

—Ya no puedo leer esas páginas —dijo Noah—. No consigo distinguir las palabras, aunque lo que más me inquieta es pensar que nadie más vuelva a leerlas nunca. No quiero que se convierta en una reliquia, en algo que termine olvidado, arrinconado en una estantería, en una especie de recuerdo de Allie y de mí. Sé que no os gusta Whitman tanto como a mí, pero de todos mis hijos sois vosotros dos los únicos que lo habéis leído de principio a fin. Y... ¿quién sabe? A lo mejor os da por volver a leerlo.

Jane miró el libro.

—Lo leeré —prometió.

—Y yo también —dije.

—Lo sé —repuso Noah, y nos miró alternativamente a los dos—. Por eso quería que vosotros os quedarais con mi ejemplar.

Después de comer, Noah dio muestras de estar necesitado de un descanso, de manera que Jane y yo regresamos a casa.

Anna y Keith llegaron a media tarde; Leslie llegó en coche pocos minutos después, y todos nos quedamos un rato en la cocina, charlando, bromeando, igual que en los viejos tiempos. Si bien comentamos la noticia de que el cisne había desaparecido, no abundamos en comentarios sobre ese asunto. Al contrario; con la llamada del fin de semana, nos montamos en dos coches y fuimos a la casa de Noah. Al igual que Jane la noche anterior, Anna, Keith y Leslie se quedaron pasmados. Dedicaron una hora a recorrer los jardines y la casa boquiabiertos. Cuando me planté cerca de las escaleras, en el salón, Jane se acercó a mí y se quedó a mi lado sonriendo. Me fijé en ella, hizo con la cabeza un gesto en dirección a las escaleras y me guiñó un ojo. Me reí. Cuando Leslie preguntó qué nos hacía tanta gracia, Jane se hizo la inocente.

—Nada, cosas de tu padre y mías. Una broma privada.

Por el camino de vuelta a casa me desvié para pasar por el aeropuerto y recoger a Joseph. Me saludó con su «qué hay, papi», de costumbre; a pesar de todo lo que teníamos en marcha, sólo añadió «te veo más delgado». Recogimos su equipaje y vino conmigo a Creekside para recoger a Noah. Como siempre, Joseph se mostró reservado en mi presencia, pero nada más ver a Noah se animó visiblemente. También Noah se alegró de ver que Joseph había ido a recogerlo. Iban los dos en el asiento de atrás, charlando cada vez más contentos, a medida que regresábamos a casa, donde todos los recibieron con grandes abrazos nada más entrar en casa. Noah se sentó enseguida en el sofá, con Leslie a un lado y Joseph al otro, compartiendo historias y anécdotas, mientras Anna y Jane charlaban en la cocina. Los sonidos que se propagaban por la casa eran de nuevo familiares; me vi pensando que así era como siempre debería ser.

La cena estuvo salpicada de risas, a la vez que Anna y Jane relataban con todo detalle el loco ajetreo de la semana. Cuando la velada iba terminándose, Anna me sorprendió al hacer tintinear su copa con el tenedor.

Se hizo el silencio en la mesa y esto fue lo que dijo:

—Quisiera brindar por mamá y papá —dijo alzando la copa—. Sin vosotros dos, nada de todo esto habría sido posible. Y ésta va a ser la boda más maravillosa que nadie podría desear jamás.

Cuando Noah se cansó, lo llevé de regreso a Creekside. Los pasillos estaban desiertos cuando lo acompañé a su habitación.

—Gracias de nuevo por el libro —dije, haciendo un alto ante la puerta—. Es el regalo más especial que podías habernos hecho.

—De nada —respondió. Sus ojos, grises por las cataratas, parecían ver mi interior.

Me aclaré la garganta.

—Es posible que mañana por la mañana vuelva a estar ahí —sugerí.

—Sí, es posible —repuso.

Joseph, Leslie y Anna seguían sentados en torno a la mesa cuando regresé a casa. Keith se había marchado a la suya pocos minutos antes. Cuando pregunté por Jane, me señalaron hacia la terraza. Abrí la puerta corredera y vi a Jane apoyada contra la balaustrada, de modo que me acerqué a ella. Pasamos un largo instante los dos juntos, disfrutando del aire fresco de verano, sin que ninguno dijera nada.

—¿Se encontraba bien cuando lo has dejado? —preguntó Jane al fin.

—Todo lo bien que cabía esperar. Pero bastante cansado al final, claro.

—¿Crees que lo ha pasado bien esta noche?

—Sin ninguna duda —dije—. Le encanta pasar un rato con sus nietos.

Miró por la cristalera la escena del comedor. Leslie gesticulaba con ambas manos, obviamente en medio de alguna anécdota humorística, y tanto Anna como Joseph se estaban partiendo de risa. Su júbilo era audible incluso desde fuera.

—Al verlos así me vienen los recuerdos —dijo Jane—. Ojalá Joseph no viviera tan lejos. Sé que las chicas lo echan de menos. Llevan riéndose de ese modo casi una hora juntos los tres.

—¿Por qué no estás sentada a la mesa con ellos?

—He estado hasta hace un par de minutos. Cuando he visto los faros de tu coche, he salido con disimulo fuera.

—¿Y eso?

—Porque quería estar a solas contigo —dijo, y me dio un codazo juguetón—. Quería darte tu regalo de aniversario, y ya has dicho tú mismo que mañana va a ser un día muy alborotado. —Me deslizó una tarjeta—. Sé que parece poca cosa, pero no era un regalo que pudiese envolver. Lo entenderás cuando veas de qué se trata.

Me picaba la curiosidad, así que abrí el sobre de la tarjeta y me encontré con un certificado.

—¿Clases de cocina? —pregunté sonriente.

—En Charleston —dijo, arrimándose más a mí. Señaló el certificado y siguió con las explicaciones—. Se supone que son clases del máximo nivel. ¿Lo ves? Pasas un fin de semana en el Mondori Inn con el chef del hotel, que se supone que es uno de los mejores del país. Ya sé que lo estás haciendo de maravilla por tus propios medios, pero se me ocurrió que a lo mejor te diviertes probando cosas nuevas, aprendiendo otras cosas. Por lo visto, te enseñan a emplear el cuchillo de trinchar, a saber con toda exactitud cuándo está la sartén a punto para saltear, incluso a preparar la guarnición de los platos que sirvas... Conoces a Helen, ¿no?, la del coro de la iglesia... Pues me ha dicho que ella estuvo allí y que fue uno de los mejores fines de semana que ha pasado en toda su vida.

Le di un rápido abrazo.

—Muchas gracias —le dije—. ¿Y cuándo es?

—Las clases se imparten en septiembre y en octubre, el primer y el tercer fin de semana de cada mes, de modo que puedes elegir el fin de semana que mejor te vaya. Luego, basta con que hagas una llamada y te inscribas.

Examiné el certificado, tratando de imaginarme cómo serían aquellas clases. Preocupada por mi silencio, Jane habló con indecisión.

—Si no te gusta —dijo—, lo puedo cambiar por otra cosa.

—No, es perfecto —dije para tranquilizarla. Pero fruncí el ceño antes de añadir—: claro que... hay una cosa más.

—¿Qué?

La rodeé con ambos brazos.

—Disfrutaría mucho más con las clases si pudiéramos asistir juntos. Vayámonos a pasar un fin de semana romántico aprovechándolo. Charleston es una ciudad maravillosa en esa época del año, seguro que podemos pasarlo de maravilla.

—¿Lo dices en serio? —preguntó.

La atraje más hacia mí y la miré a los ojos.

—No se me ocurre ninguna otra cosa que me apetezca más hacer. Te echaría tanto de menos, si no vienes, que no lo disfrutaría.

—La ausencia a veces sirve para que crezca el cariño —dijo en broma.

—No creo que sea posible —dije poniéndome más serio—. No tienes ni idea de cuánto te amo.

—Oh, claro que lo sé —repuso.

Por el rabillo del ojo, vi a nuestros hijos, que nos miraban cuando me incliné para besarla, sintiendo sus labios apretados contra los míos. En el pasado, una cosa así me habría cohibido. En esos instantes, no me importó absolutamente nada.

Capítulo 18

El sábado por la mañana estaba menos nervioso de lo que había supuesto.

Anna apareció después de que todos estuviéramos levantados, y nos sorprendió con su total despreocupación mientras desayunaba con los demás miembros de la familia. Después, holgazaneamos todos un rato en la terraza de la parte trasera, donde el tiempo pasaba casi a cámara lenta. Tal vez nos estábamos aprestando con calma para el frenesí que se desataría ya entrada la tarde.

En más de una ocasión pillé tanto a Leslie como a Joseph mirándonos a Jane y a mí, al parecer paralizados al vernos dándonos codazos en plan juguetón, riéndonos el uno con las cosas que contaba el otro. Así como Leslie parecía tener casi los ojos llorosos —casi como si fuese una madre orgullosa de sus criaturas—, la expresión de Joseph era más difícil de descifrar. No supe si se alegraba por nosotros o si trataba de adivinar cuánto iba a durar esta nueva fase.

Es posible que sus reacciones estuvieran más que justificadas. Al contrario que Anna, ninguno de los dos nos había visto mucho últimamente, y no cabe duda de que ambos recordaban cómo nos tratábamos el uno al otro la última vez que nos vieron juntos; desde luego, cuando Joseph nos visitó por Navidad, Jane y yo apenas nos habíamos hablado en su presencia. Y obvio es decir que él aún tenía muy presente la visita de Jane a Nueva York, hecha el año anterior.

Me pregunté si Jane se habría fijado en el desconcierto con que nuestros hijos nos habían sometido a examen. Si así era, desde luego que no le prestó la menor atención. Muy al contrario, obsequió a Joseph y a Leslie con toda suerte de historias sobre los planes de la boda, incapaz de disimular su deleite ante lo bien que había salido todo. Leslie tenía cientos de preguntas por hacer, y casi se derritió con cada nueva revelación de un detalle romántico; en cambio, Joseph parecía contentarse con escuchar en silencio. Anna metía baza de vez en cuando, por lo común en respuesta a tal o cual pregunta. Estaba sentada a mi lado, en el sofá, y cuando Jane se levantó para poner una nueva cafetera Anna miró a su madre hacia atrás. Luego, me cogió una mano, se inclinó hacia mi oreja y me susurró al oído: «Tengo unas ganas enormes de que llegue la noche».

Las mujeres de la familia tenían cita en la peluquería a la una de la tarde, y conversaban como colegialas al salir por la puerta. En cuanto a mí, tanto John Peterson como Henry MacDonald llamaron a media mañana, para preguntarme si querría reunirme con ellos en casa de Noah. Peterson quería hacer las últimas pruebas de sonido con el piano, mientras MacDonald deseaba echar un vistazo a la cocina y al resto de la propiedad para asegurarse de que la cena marchara sobre ruedas. Ambos prometieron que se iba a tratar de una breve visita, si bien les aseguré que no había ningún problema. Tenía que llevar algo —algo que Leslie había dejado en el maletero de su coche—, de modo que entraba dentro de lo previsto el acercarme por allí.

En el momento en que me iba a marchar, oí que Joseph entraba en el cuarto de estar a mis espaldas.

—Eh, papi. ¿Te importa que vaya contigo?

—En absoluto —le dije.

Joseph se limitó a mirar por la ventanilla y apenas habló en el trayecto a casa de Noah. No había estado allí desde hacía años, de modo que pareció empaparse de la vista mientras serpenteábamos por las carreteras jalonadas de árboles. La ciudad de Nueva York sin duda era excitante, y Joseph la consideraba ya su casa, a pesar de lo cual le noté que había olvidado lo maravilloso que puede ser el campo en esas zonas bajas.

Tras reducir la velocidad, cogí el camino de la casa y aparqué donde siempre. Cuando salimos del coche, Joseph se quedó parado unos momentos contemplando la casa. Estaba resplandeciente, bañada por la luz del verano. Al cabo de unas cuantas horas, Anna, Leslie y Jane iban a estar en la planta de arriba, vistiéndose para la boda. Habíamos decidido que la procesión arrancase desde la casa; mirando las ventanas de la planta de arriba, traté de imaginarme esos últimos momentos previos a la boda, cuando todos los invitados estuvieran sentados, esperando, y no lo conseguí.

Cuando me desperté de mi ensoñación, vi que Joseph se había alejado del coche y se dirigía hacia la carpa. Caminaba con las manos en los bolsillos, recorriendo la propiedad con la mirada. A la entrada de la carpa se detuvo y se volvió a mirarme, esperándome.

Caminamos en silencio por la carpa y por la rosaleda, y luego entramos en la casa. Así como Joseph no estaba visiblemente emocionado, me di cuenta de que sí se había quedado tan impresionado como Anna y Leslie el día anterior. Cuando terminó el recorrido, hizo unas cuantas preguntas técnicas sobre lo que se había hecho —cómo, qué, quién, etcétera—, pero cuando el encargado del catering subió por el camino de la casa ya había vuelto a guardar silencio.

—Bueno, ¿y qué te ha parecido? —le pregunté.

No me contestó de inmediato, aunque una tenue sonrisa le tiraba de los labios mientras contemplaba la finca.

—Si quieres que te sea sincero —reconoció al fin—, no me puedo creer que lo hayas conseguido.

Seguí su mirada y recordé de repente cómo estaba todo aquello sólo unos cuantos días antes.

—Desde luego es increíble —dije distraídamente.

Al oír mi respuesta, Joseph negó con la cabeza.

—No hablo sólo de todo esto —dijo, indicando el paisaje que nos rodeaba—. Me refiero a mamá. —Hizo una pausa para asegurarse de que en esos momentos gozaba de toda mi atención—. El año pasado, cuando vino a verme —siguió diciendo—, estaba más disgustada de lo que nunca la he visto. Nada más bajar del avión se echó a llorar. ¿Lo sabías?

Mi expresión contestó por mí.

Se metió las manos en los bolsillos y bajó la mirada al suelo, rehusando mirarme a la cara.

—Me dijo que no quería que tú la vieras así, que por eso había intentado no venirse abajo, y que durante el vuelo... supongo que ya no pudo aguantar más. —Titubeó—. Es decir, que allí estaba yo, esperando a mi madre en el aeropuerto, y la veo salir del avión como quien viene de un funeral. Sé que suelo lidiar a diario con la pena de muchas personas debido a mi trabajo, pero cuando se trata de tu propia madre...

No pudo terminar la frase. Me di cuenta de que era mejor que no dijera nada.

—Me tuvo levantado hasta pasada la medianoche la primera noche que pasó conmigo. No dejaba de divagar y llorar a cuenta de lo que estaba pasando entre vosotros dos. Y debo reconocer que me enojé contigo, mucho. No sólo por haberte olvidado del aniversario, sino por todo lo demás. Por todo. Es como si para ti nuestra familia siempre hubiera sido una mera comodidad que los demás daban por supuesto que ibas a mantener, pero tú nunca querías hacer el trabajo requerido. Al final, le dije que si seguía sintiéndose tan triste, después de tantos años, tal vez estuviera mejor sola.

No supe qué decir.

—Es una gran mujer, papi —dijo—. Y yo estaba harto de verla tan dolida. Harto. Y a lo largo de los días que siguieron es cierto que se recuperó un poco, desde luego, a pesar de lo cual le tenía pavor a volver a casa. Se le ponía un gesto realmente triste siempre que surgía esa cuestión, de modo que al final le pedí que se quedara conmigo en Nueva York. Durante un tiempo pensé que iba a aceptar el ofrecimiento. Pero al final, dijo que no podía. Que tú la necesitabas.

Se me hizo un nudo en la garganta.

—Cuando me dijiste lo que deseabas hacer para vuestro aniversario, mi primera reacción fue que no quería tener nada que ver con una cosa así. Ni siquiera tenía ganas de venir este fin de semana, te lo digo en serio. Pero ayer por la noche... —meneó la cabeza y suspiró—. Tendrías que haberla oído hablar cuando te fuiste para llevar a Noah. No podía dejar de hablar de ti. No paró de comentar lo magnífico que habías sido, lo bien que os habíais llevado últimamente los dos. Y luego, al ver cómo os besasteis en la terraza...

Me dio la cara con una expresión que rayaba en la incredulidad; era como si me viera por vez primera.

—Lo has conseguido, papi. No sé cómo, pero lo cierto es que lo has conseguido. No creo que la haya visto nunca tan contenta.

Peterson y MacDonald llegaron puntuales, y tal como habían prometido no se quedaron mucho tiempo. Guardé en la planta de arriba lo que había en el maletero del coche de Leslie; al volver a casa, Joseph y yo hicimos un alto en la tienda de alquiler para recoger dos esmóquines, uno para él, el otro para Noah. Dejé a Joseph en la casa antes de encaminarme a Creekside, pues tenía que hacer un recado antes de asistir a la ceremonia.

Noah estaba sentado en la mecedora. El sol de última hora de la tarde entraba a raudales por la ventana, y cuando se volvió a saludarme supe de inmediato que el cisne no había regresado. Me quedé parado en el umbral.

—Hola, Noah —dije.

—Hola, Wilson —dijo en un susurro. Parecía demacrado, como si las arrugas de la cara se le hubieran ahondado desde la noche anterior.

—¿Te encuentras bien?

—Pues podría estar mejor —dijo—, pero también podría estar mucho peor.

Forzó una sonrisa, como si quisiera tranquilizarme.

—¿Estás listo para que nos vayamos?

—Sí —asintió con la cabeza—, por supuesto.

Durante el trayecto no hizo mención del cisne. En cambio fue mirando por la ventanilla, igual que había hecho Joseph, y preferí dejarlo en paz con sus pensamientos. Ahora bien, mi expectativa fue en aumento a medida que nos acercábamos a la casa. Tenía unas ganas tremendas de que él viese todo lo que habíamos hecho, y supongo que contaba con que Noah se mostrase tan deslumbrado como todos los demás.

Por extraño que fuera, no manifestó ninguna reacción visible cuando bajamos del coche. Miró alrededor y al final se encogió de hombros levísimamente.

—¿No dijiste que lo habías arreglado todo? —dijo.

Parpadeé, preguntándome si le había oído bien.

—Sí.

—¿Dónde?

—Pues... por todas partes —dije—. Vamos, te enseñaré cómo ha quedado el jardín.

Negó con la cabeza.

—Ya lo veo bien desde aquí —dijo—. Está igual que siempre.

—Hombre, ahora puede que sí, pero tendrías que haberlo visto la semana pasada —dije casi a la defensiva—. Estaba lleno de maleza. Y la casa...

Me cortó en seco con una sonrisa maliciosa.

—Te lo has tragado, ¿eh? —dijo guiñándome un ojo—. Venga, vamos a ver qué has hecho.

Dimos un paseo por la propiedad y la casa antes de retirarnos al columpio del porche. Disponíamos de una hora larga antes de tener que ponernos el esmoquin. Joseph ya estaba vestido cuando llegó, y al cabo de pocos minutos aparecieron Anna, Leslie y Jane, que venían directas de la peluquería. Las chicas estaban mareadas cuando salieron del coche. Se adelantaron a Jane y desaparecieron en la planta de arriba, cada cual con su vestido doblado sobre el brazo.

Jane se detuvo ante mí, con los ojos centelleantes al verlas marchar.

—No te olvides —me dijo—: Keith no tiene que ver a Anna antes de la ceremonia, de modo que no le dejes subir.

—Cuenta conmigo —prometí.

—De hecho, no dejes que suba nadie. Ha de ser una sorpresa.

Alcé dos dedos en alto.

—Daré la vida en la custodia de las escaleras —dije.

—Eso te incluye a ti también.

—Me lo imaginaba.

La vi mirar hacia la escalera, vacía.

—¿Ya te estás poniendo nervioso?

—Pues un poco.

—Yo también. Cuesta creer que tu hijita sea una mujer hecha y derecha y que dentro de nada vaya a casarse.

Aunque emocionada, lo dijo con un punto de melancolía. Me incliné para darle un beso en la mejilla. Sonrió.

—Oye... he de ir a ayudar a Anna, necesita que le eche una mano para ponerse el vestido, ya sabes. Tiene que quedarle muy ajustado. Y yo también tengo que terminar de prepararme.

—Lo sé —dije—, nos vemos enseguida.

A lo largo de la hora siguiente vimos llegar primero al fotógrafo, luego a John Peterson y después a los encargados del catering, todos los cuales se aplicaron a su cometido con notable eficacia. Llegó la tarta y la colocaron en la mesa correspondiente; aparecieron los floristas con el ramo, las flores para los ojales de los caballeros y para los prendidos, y cuando estaban a punto de llegar los primeros invitados apareció el reverendo, que repasó conmigo el orden de la procesión.

Al poco tiempo, el jardín empezó a llenarse de coches. Noah y yo nos quedamos en el porche para recibir a la mayoría de los invitados antes de dirigirlos hacia la carpa, donde Joseph y Keith se dedicaron a acompañar a las damas a sus sillas correspondientes. John Peterson ya estaba sentado al piano, cuyas notas colmaban el cálido aire de la tarde con la suavidad de la música de Bach. Muy pronto, todo el mundo estuvo sentado y el reverendo ocupaba su lugar correspondiente.

Cuando comenzaba a ponerse el sol, la carpa adquirió un resplandor casi místico. Las velas parpadeaban en las mesas y los encargados del catering pasaron a la parte de atrás, listos para disponer la comida.

Por primera vez, el acontecimiento empezó a parecerme real. Procurando no perder la calma, me puse a caminar de un lado a otro. La boda iba a comenzar en menos de un cuarto de hora; di por sentado que mi esposa y mis hijas sabían bien qué estaban haciendo. Intenté convencerme de que tan sólo pretendían esperar hasta el último instante para hacer acto de presencia, pero no pude dejar de asomarme por la puerta de entrada de la casa para echar un vistazo a la escalera cada dos minutos. Noah seguía sentado en el columpio del porche, y me miraba con cara de divertirse.

—Pareces una diana en uno de esos juegos de tiro al blanco de las ferias ambulantes —me dijo—. ¿Sabes? Como esos en los que un pingüino se mueve de un lado a otro.

—¿Tan mal me ves? —dije procurando que no se me arrugase la frente.

—Si sigues así, vas a hacer un canalillo en el porche de tanto ir y venir.

Decidí que era preferible esperar sentado y me dirigí hacia él cuando oí pasos escaleras abajo.

Noah alzó las manos para indicar que él se quedaba en donde estaba. Respiré hondo y entré en el recibidor. Jane bajaba despacio por la escalera, deslizando una mano sobre la balaustrada, y sólo pude quedarme mirándola.

Con el cabello recogido con una pinza, estaba glamurosísima. Llevaba un vestido de satén de color melocotón, que se le ceñía al cuerpo de un modo incitante, y se había pintado los labios de rosa brillante. Llevaba la sombra de ojos suficiente para acentuar sus ojos oscuros, y cuando vio mi expresión hizo un alto, deleitándose con mi apreciación.

—Estás... increíble —conseguí decir.

—Gracias —contestó suavemente.

Instantes después avanzaba hacia mí. A medida que se acercaba capté su nuevo perfume, pero cuando me incliné para besarla se apartó antes de que me aproximara.

—Ni se te ocurra, bobo —dijo riéndose—, que me correrás todo el carmín.

—¿En serio?

—Sí, en serio —dijo, y de un golpe apartó mis manos, con las que la agarraba—. Ya me besarás más tarde, te lo prometo. Cuando me eche a llorar, se me fastidiará todo el maquillaje, así que dará igual.

—Bueno, ¿y dónde está Anna?

Señaló hacia las escaleras con la cabeza.

—Ya está preparada, pero quería hablar con Leslie un momento a solas antes de bajar. Supongo que será por alguna confidencia de última hora. —Esbozó una sonrisa soñadora—. Qué ganas tengo de que la veas. No creo que haya visto una novia tan hermosa en toda mi vida. ¿Y lo demás? ¿Todo listo?

—En cuanto se le indique, John empezará a tocar la marcha nupcial.

Jane asintió con la cabeza. Parecía nerviosa.

—¿Y papá?

—Ahí mismo, donde tiene que estar —le dije—. No te preocupes, todo va a salir perfecto. Ahora ya sólo nos queda esperar.

Asintió de nuevo con la cabeza.

—¿Qué hora es?

Miré el reloj.

—Las ocho en punto —dije, y en el momento en que Jane estaba a punto de preguntarme si no debería ir en busca de Anna, la puerta se abrió arriba con un chirrido. Miramos arriba a la vez.

Leslie fue la primera que apareció; igual que Jane, era la belleza en persona. Su piel tenía la frescura de la juventud, y bajó las escaleras dando brincos con un alborozo apenas reprimido. Llevaba también un vestido de color melocotón; al contrario que el de Jane, era un vestido sin mangas, con lo cual dejó ver los músculos bronceados de sus brazos mientras se agarraba a la balaustrada.

—Ya viene —dijo sin aliento—. Baja enseguida.

Joseph entró por la puerta a nuestras espaldas y se situó junto a su hermana. Jane buscó mi brazo. Sorprendido, noté que me temblaban las manos. Al final, me dije, todo queda en esto, nada más que un ligero temblor. Y cuando oímos abrirse la puerta de arriba, Jane se puso a sonreír como una niña.

—Ahí viene —susurró.

Y sí, Anna ya venía, aunque incluso en ese instante todos mis pensamientos estaban concentrados en Jane. A su lado, supe en ese momento que nunca la había amado tanto como entonces. De pronto, se me había quedado la boca seca.

Cuando Anna hizo acto de presencia, a Jane se le pusieron los ojos como platos. Por un instante pareció quedarse paralizada, incapaz de articular palabra. Al ver la expresión de su madre, Anna bajó las escaleras tan deprisa como lo había hecho Leslie, aunque con una mano a la espalda.

El vestido que llevaba no era el que Jane la había visto ponerse minutos antes. En cambio, llevaba el vestido que yo había llevado a la casa por la mañana; lo había colgado en uno de los armarios vacíos, dentro de la bolsa, y hacía juego a la perfección con el de Leslie.

Antes de que Jane pudiera armarse de voluntad para decir algo, Anna avanzó hacia ella y reveló lo que llevaba escondido a la espalda.

—Creo que eres tú quien debiera ponerse esto —dijo por todo decir.

Cuando Jane vio el velo de novia que Anna sostenía ante sus ojos, parpadeó rápidamente, incapaz de dar crédito a lo que estaba viendo.

—¿Qué está pasando aquí? —preguntó—. ¿Por qué te has quitado el vestido de novia?

—Porque yo no me voy a casar —dijo Anna con una sonrisa tranquila—. Al menos, no de momento.

—Pero... ¿qué me estás diciendo? —exclamó Anna—. ¡Pues claro que te vas a casar!

Anna negó con la cabeza.

—Ésta nunca ha sido mi boda, mamá. Siempre ha sido tu boda, desde el principio. —Hizo una pausa—. Si no, ¿por qué te crees que he dejado que tú lo escojas todo?

Jane parecía incapaz de digerir lo que estaba ocurriendo. Miró a Anna, a Joseph, a Leslie, sondeando en sus sonrisas una respuesta. Al final, me miró a mí.

Tomé sus manos entre las mías y me las llevé a los labios. Todo un año de planes, un año de secretos, se reducía al final a ese instante. La besé suavemente en los dedos antes de mirarla a los ojos.

—Dijiste que volverías a casarte conmigo, ¿verdad?

Por un instante, fue como si los dos estuviéramos a solas en la estancia. Mientras Jane me miraba fijamente, pensé en todos los preparativos que había realizado a lo largo de un año entero: unas vacaciones en el momento oportuno, un fotógrafo y un catering que por casualidad habían recibido una «cancelación», los invitados a la boda sin planes para el fin de semana, equipos enteros de trabajadores capaces de «encontrar un hueco» para dejar la casa en condiciones tan sólo con dos o tres días de margen...

Costó unos segundos, pero al cabo comenzó a aparecer en la cara de Jane una expresión de haberlo comprendido todo. Y cuando por fin se hizo cargo de lo que estaba ocurriendo, de cuál era el verdadero propósito del fin de semana, se me quedó mirando maravillada, con total incredulidad.

—¿Mi boda? —lo dijo con tal suavidad que apenas se la oyó.

Asentí con la cabeza.

—La boda que debí darte hace muchísimo tiempo.

Aunque Jane quiso conocer todos los detalles allí y en ese momento, alcancé el velo que Anna todavía sujetaba.

—Te lo contaré todo durante la recepción —le dije, y se lo coloqué con cuidado sobre la cabeza—, pero ahora mismo nos están esperando los invitados. A Joseph y a mí nos esperan delante, de modo que me tengo que ir. No te olvides del ramo.

Jane me suplicaba con los ojos.

—Pero... Espera...

—No me puedo quedar ni un instante más —le dije en voz baja—. Se supone que no he de verte antes de la ceremonia, ¿recuerdas? —sonreí—. Pero te veré dentro de unos minutos, ¿de acuerdo?

Noté que los invitados me miraban cuando Joseph y yo emprendimos el camino hacia el enrejado. Instantes después me encontraba de pie junto a Harvey Wellington, el reverendo al que había pedido que oficiara la ceremonia.

—Tienes las alianzas, ¿verdad? —pregunté.

Joseph se dio unas palmadas en el bolsillo del pecho.

—Aquí mismo, papi. Las he recogido hoy, como tú me encargaste.

A lo lejos, el sol comenzaba a hundirse tras la línea de los árboles, y el cielo muy despacio se tornaba gris. Mi mirada recorrió a los invitados; mientras oía sus murmullos callados, me invadió un sentimiento de gratitud. Kate, David y Jeff estaban sentados con sus cónyuges en las primeras filas; Keith estaba sentado tras ellos, y detrás se encontraban los amigos que Jane y yo habíamos compartido toda una vida. Les debía a todos y cada uno de ellos mi más profundo agradecimiento por haber hecho que fuera posible todo lo que estaba ocurriendo. Unos me habían enviado fotografías para el álbum, otros me habían ayudado a encontrar exactamente a las personas idóneas para llevar a buen puerto mis planes de boda. Sin embargo, mi gratitud iba mucho más allá de tales cosas. En los tiempos que corrían parecía imposible guardar secretos, y no sólo habían guardado ése todos ellos, sino que además habían cumplido con entusiasmo y allí estaban, dispuestos a celebrar un momento tan especial de nuestras vidas.

Quise dar las gracias a Anna muy especialmente. Todo aquello no habría sido posible sin su voluntariosa participación, y estaba clarísimo que no pudo resultarle nada fácil. Tuvo que vigilar con suma atención todas las palabras que dijo, sin dejar de tener atareada a Jane. Para Keith también había tenido que ser una pesada carga, y me vi pensando en esos momentos que algún día sería un yerno excepcional. Cuando Anna y él decidieran casarse, me prometí que Anna disfrutaría exactamente de la boda que deseara, sin mirar los costes.

Leslie también había sido de una ayuda inmensa. Fue ella quien convenció a Jane para quedarse en Greensboro, fue ella quien fue a la tienda para comprar el vestido a juego de Anna antes de llevarlo a casa. Más aún, fue a ella a quien recurrí para pedirle ideas que dieran a la boda toda la belleza que fuese posible. Con su entusiasmo por las películas románticas, había mostrado un talento innato. Contar con Harvey Wellington y con John Peterson había sido idea suya.

Luego, por supuesto, estaba Joseph. Fue con diferencia el menos apasionado de mis hijos cuando le expliqué todo lo que me proponía hacer, aunque supongo que eso en el fondo era de esperar. Lo que en cambio no podía esperarme era sentir el peso de su mano sobre mi hombro mientras los dos estábamos al lado del enrejado, a la espera de que llegara Jane.

—Eh, papi —susurró.

—¿Qué?

Me sonrió.

—Sólo quiero que sepas que es un honor para mí ser tu padrino en esta boda.

Con esas palabras suyas se me hizo un nudo en la garganta.

—Gracias —atiné a decir a duras penas.

La boda se desarrolló mejor de lo que podía esperar. Nunca olvidaré los emocionados murmullos de los invitados, ni cómo alargaban el cuello para ver a mis hijas cuando llegaban por el pasillo. Nunca olvidaré cómo me temblaron las manos cuando oí los primeros acordes de la marcha nupcial, ni lo radiante que estaba Jane acompañada de su padre por el pasillo.

Con el velo sobre la cara, Jane parecía una novia joven y hermosa. Con un ramo de tulipanes y de rosas miniatura agarrado suavemente en sus manos, parecía casi deslizarse por el pasillo. A su lado, Noah estaba resplandeciente de indisimulado gozo; era un padre orgulloso de pies a cabeza.

Al término del pasillo, Jane y él se detuvieron, y Noah muy despacio le levantó el velo de la cara. Tras darle un beso en la mejilla, le susurró algo al oído y tomó asiento en primera fila, al lado de Kate. Tras ellos, vi que algunas mujeres ya se secaban las lágrimas con la punta de los pañuelos.

Harvey dio comienzo a la ceremonia con una oración de gracias. Nos pidió que nos mirásemos uno al otro y habló entonces del amor y de la renovación y del esfuerzo que entrañaba. A lo largo de la ceremonia, Jane me apretó las manos con fuerza, sin apartar su mirada de mis ojos ni un solo instante.

Cuando llegó el momento, pedí a Joseph los anillos. Para Jane había comprado una alianza de aniversario adornada con un diamante engastado; para mí, una copia exacta de la alianza que había llevado siempre, una alianza que parecía brillar con la esperanza de un futuro mejor.

Renovamos los votos que habíamos contraído tanto tiempo atrás y nos pusimos uno al otro las alianzas. Cuando llegó el momento de besar a la novia, lo hice entre los vítores, silbidos y aplausos del gentío, con un estallido de flashes de las cámaras.

La recepción duró hasta la medianoche. La cena fue magnífica. John Peterson se mostró en espléndida forma al piano. Cada uno de nuestros hijos propuso un brindis y yo hice lo propio para agradecer a los presentes todo lo que habían hecho por nosotros. Jane no dejaba de sonreír.

Después de cenar apartamos algunas de las mesas y Jane y yo estuvimos horas bailando. En los momentos que se tomó para recobrar el aliento, me acribilló con preguntas de todo tipo, preguntas que a mí no habían dejado de preocuparme, y mucho, en cada uno de los instantes de la semana que pasé despierto.

—Pero ¿y si a alguien se le hubiera escapado el secreto?

—Pero no se les escapó —respondí.

—¿Y si se les hubiera escapado?

—No sé. Supongo que me limité a conservar la esperanza de que, si a alguien se le escapaba, tú creyeras que habías oído mal. O de que no te podrías creer que yo estuviera tan loco como para hacer una cosa así.

—Has confiado muchísimo en mucha gente.

—Lo sé —dije—. Y agradezco que hayan demostrado que no estaba equivocado.

—Yo también. Ésta es la noche más maravillosa de toda mi vida. —Vaciló al mirar alrededor—. Gracias, Wilson. Gracias por cada uno de los detalles.

La rodeé con un brazo.

—De nada.

ϒ

Según se acercaba el reloj a la medianoche, los invitados comenzaron a marcharse. Cada uno de ellos me estrechó la mano y abrazó a Jane al despedirse. Cuando Peterson por fin cerró la tapa del piano, Jane le dio las gracias profusamente. Impulsivamente, lo besó en la mejilla.

—No me habría perdido todo esto por nada del mundo —le dijo él.

Harvey Wellington y su mujer fueron de los últimos en marcharse. Jane y yo los acompañamos al porche. Cuando Jane dio las gracias a Harvey por haber oficiado la ceremonia, éste negó con la cabeza.

—No es preciso agradecer nada. No hay nada tan maravilloso como formar parte de una cosa como ésta. En esto consiste a fin de cuentas el matrimonio.

Jane sonrió.

—Os llamaré para que cenemos todos juntos.

—Con mucho gusto.

Nuestros hijos estaban en torno a una de las mesas, repasando tranquilamente toda la velada; por lo demás, la casa había quedado en silencio. Jane se unió a ellos y yo me quedé detrás de ella. Miré en derredor y caí en la cuenta de que Noah había desaparecido sin que nadie se percatara.

Había estado extrañamente callado durante casi toda la noche, y pensé que quizás hubiera salido al porche de atrás, con la esperanza de pasar un rato solo y tranquilo. Antes ya lo había encontrado allí y, para ser completamente sincero, me había preocupado un poco. Había sido un día muy largo, y al haberse hecho tan tarde quise preguntarle si no prefería que lo llevara ya a Creekside. Pero cuando salí al porche no estaba allí.

Iba a regresar al interior para comprobar si estaba en alguna de las habitaciones de la planta de arriba cuando descubrí una figura solitaria, de pie a la orilla del río, a lo lejos. Nunca llegaré a saber cómo fui capaz de descubrirlo allí, pero tal vez viese el dorso de sus manos moviéndose en la oscuridad. Con su esmoquin negro, en medio de la noche que lo circundaba pasaba completamente inadvertido.

Me debatí entre llamarlo o no, y al final opté por no hacerlo. Por la razón que fuera, tuve la impresión de que no quería que nadie más supiera que se encontraba allí. Picado sin embargo por la curiosidad, vacilé brevemente antes de avanzar por las escaleras y caminar hacia él.

En lo alto, las estrellas lucían con toda su intensidad. El aire era fresco, con el aroma a tierra de las regiones bajas. Hice con los zapatos suaves sonidos de roce al pisar la grava, pero en cuanto llegué a la hierba el terreno bajaba en cuesta, al principio poco a poco, luego de manera más empinada. Me costó trabajo mantener el equilibrio en medio de la vegetación cada vez más espesa. Apartando las ramas que me cerraban el paso a la altura de la cara, no alcanzaba a entender ni cómo ni por qué había ido Noah por allá.

De pie, de espaldas a mí, estaba susurrando cuando me acerqué. La suave cadencia de su voz era inconfundible. Al principio pensé que me hablaba a mí, pero de pronto comprendí que ni siquiera había reparado en mi presencia.

—¿Noah? —lo llamé en voz baja.

Se dio la vuelta sorprendido, y me miró. Le costó unos momentos reconocerme a oscuras, aunque poco a poco se distendió su expresión. De pie, delante de él, tuve la extraña sensación de que lo había sorprendido haciendo algo malo.

—No te he oído llegar. ¿Qué estás haciendo aquí?

Sonreí con socarronería.

—Estaba a punto de hacerte la misma pregunta.

En vez de contestar, señaló hacia la casa con la cabeza.

—Vaya fiesta que has dado esta noche. La verdad es que te has superado. Creo que Jane no ha dejado de sonreír en toda la velada.

—Gracias —vacilé—. ¿Lo has pasado bien?

—Lo he pasado de maravilla —respondió.

Por un instante, ninguno de los dos dijo nada.

—¿Te encuentras bien? —le pregunté por fin.

—Podría estar mejor —dijo—. Claro que también podría estar peor.

—¿Seguro?

—Sí —repuso—, seguro.

Tal vez por responder a mi expresión de curiosidad hizo un comentario.

—Hace una noche espléndida. Tanto que he pensado tomarme un ratito para disfrutarla.

—¿Aquí abajo?

Asintió con la cabeza.

—¿Por qué?

Supongo que debiera haber adivinado la razón por la que había corrido el riesgo de bajar hasta la orilla del río, pero lo cierto es que en ese momento no se me ocurrió.

—Sabía que no me había abandonado —dijo sencillamente—. Y deseaba hablar con ella.

—¿Con quién?

Noah no pareció haber oído mi pregunta. Se limitó a señalar con el mentón hacia el río.

—Creo que ha venido por la boda.

Con eso, de pronto entendí qué me estaba diciendo, y al mirar al río no vi nada en absoluto. Se me encogió el corazón; abrumado por un sentimiento de súbita impotencia, me vi preguntándome si los médicos al fin y al cabo no tendrían razón. Tal vez deliraba, o tal vez los acontecimientos de la noche habían sido demasiado para él. Cuando abrí la boca para tratar de convencerlo de que volviera conmigo a la casa, las palabras parecieron atascárseme en la garganta.

Y es que en las ondulantes aguas, más allá de él, como salido de la nada, llegó deslizándose sobre el arroyo iluminado por la luna. En libertad, estaba majestuoso; el plumaje resplandecía casi plateado, y cerré los ojos con la esperanza de quitarme la imagen de la cabeza. No obstante, volví a abrirlos y el cisne trazaba círculos delante de nosotros. De repente, sonreí. Noah tenía razón. Aunque no supiera por qué ni cómo había llegado allí, no me cupo ninguna duda de que el cisne era ella. Tenía que serlo. Había visto cientos de veces el cisne, e incluso desde lejos no pude menos que fijarme en la diminuta mancha negra en medio del pecho, justo encima del corazón.

Epílogo

En el porche, con el otoño en pleno apogeo, la frescura del aire nocturno me resulta de lo más tonificante ahora que rememoro la noche en que nos casamos. Todavía retengo todos los detalles con gran viveza, tal como recuerdo todo lo que sucedió a lo largo del año en que olvidé nuestro aniversario.

Resulta extraño pensar que todo eso ha quedado atrás. Los preparativos habían ocupado mi pensamiento durante tanto tiempo, y la había visualizado tantas veces, que en ocasiones llego incluso a sentirme como si hubiera perdido contacto con un viejo amigo, con alguien en cuya compañía me sentía muy a gusto. Sin embargo, después de todos esos recuerdos he terminado por comprender que ahora tengo la respuesta a la pregunta que tanto meditaba la primera vez que salí aquí al porche.

Sí. He llegado a la conclusión de que un hombre verdaderamente puede cambiar.

Los acontecimientos del pasado año me han enseñado mucho sobre mí mismo, así como algunas verdades universales. He aprendido, por ejemplo, que si bien es muy fácil infligir heridas a quienes amamos, es mucho más difícil, a menudo, curarlas. Sin embargo, ese proceso de curación de esas heridas me ha deparado la experiencia más rica de mi vida, y me ha llevado a creer que si bien a menudo he sobrestimado lo que era capaz de lograr en un día, igualmente había subestimado lo que podía conseguir en todo un año. Por encima de todo, he aprendido que es posible que dos personas vuelvan a enamorarse de nuevo, incluso cuando hay entre ellos una vida llena de decepciones.

No estoy muy seguro acerca de qué pensar sobre el cisne y sobre lo que vi esa noche, y debo reconocer que sigue sin resultarme nada fácil ser romántico. Es una lucha diaria por reinventarme, y hay una parte de mí que se pregunta si no ha de ser siempre así. Pero ¿qué más da? Me aferro a las lecciones que Noah me dio a propósito del amor, acerca de cómo mantenerlo vivo, y aun cuando quizás jamás llegue a ser un verdadero romántico, como Noah, no por eso dejaré de intentarlo nunca.

Agradecimientos

Siempre me divierte dar las gracias a quien debo,
pues es de bien nacidos ser agradecidos.
No soy un poeta, eso lo he de reconocer,
así que mis disculpas si la rima se me ha de torcer.

Primero quiero dar las gracias a mis hijos
porque a todos ellos quiero por igual,
a Miles, a Ryan, a Landon, a Lexie y a Savannah,
que hacen de mi vida continua fuente de gozo.

Theresa me ayuda de continuo, Jamie nunca me falla;
suerte tengo de trabajar con ellas, y espero que así haya de ser.

A Denise, que ha hecho películas de mis libros,
y a Richard y a Howie, que negociaron los contratos,
a Scotty, que los redactó:
todos ellos son amigos, a todos mi gratitud.

A Larry, el jefe, que es de veras un buen tipo,
y a Maureen, que es más lista que el hambre;
a Emi, a Jennifer y a Edna, que saben lo que hacen.
Si de vender libros se trata, se lo saben al dedillo.

Hay también otros que han hecho de mis días
una gran aventura, una maravilla,
de modo que mi agradecimiento a mis amigos y a mi familia,
pues gracias a vosotros mi vida es una delicia.

Este libro utiliza el tipo Aldus, que toma su nombre
del vanguardista impresor del Renacimiento
italiano, Aldus Manutius. Hermann Zapf
diseñó el tipo Aldus para la imprenta
Stempel en 1954, como una réplica
más ligera y elegante del
popular tipo
Palatino

* * *
* *
*

La boda se acabó de imprimir en un
día de invierno de 2004, en los
talleres de Graficromo
Calle Juan Bautista
Escudero
(Córdoba)

* * *
* *
*